KB012154

가끔씩 툭하고
러시아어로 부끄러워하는
옆자리의 아랴 양
Иногда Аля внезапно кокетничает по-русски
6
Хорошо,
я верю тебе.

노노아

"다녀오셨습니까~♥
주인님♥ 아가씨♥"

“자, 여기 있어.”

"왜 그래?"

목차

가끔씩 툭하고 러시아어로 부끄러워하는 옆자리의 아랴 양 6

SUN SUN SUN 지음
모모코 일러스트
이승원 옮김

프롤로그 나의 마법사

『아랴 양은 정말 노력가네.』

어릴 적부터 몇 번이나 들어왔던 말이다. 그 말에 나는 항상 위화감을 느꼈다.

노력했을 뿐인데 왜 칭찬을 받는 것일까? 눈앞의 일에 전력을 다해 임하는 건 당연한 일이며 그러지 않는 게 이상한 일이다.

자신처럼 생각하는 이가 극소수에 불과하다는 것을 눈치 챈 후로도 나는 삶의 방식을 바꿀 생각이 들지 않았다. 항상 더 높은 곳을, 자신이 이상적이라 여기는 자신을 목표로 삼으며 노력할 뿐…….

『그렇게 마음에 안 들면, 너 혼자 하면 되겠네!!』

아홉 살의 나이에 클래스메이트에게 그런 말을 들은 순간부터, 이 삶의 방식을 이해받지 못하더라도 괜찮다고 생각했다. 누구 한 명 이해해주지 않을지라도, 누구 한 명 칭찬해주지 않을지라도, 나 자신이 내 노력을 알고 있으면 그것으로 충분하다. 그렇게 혼자서 더 높은 곳을 향하는 것에 아무런 망설임도 느끼지 않았다……고 여겼다. 그날,

학교에서 선생님에게 질문을 받을 때까지는 말이다.

『여러분은, 장래에 무엇이 되고 싶나요?』

그것은, 정말 대수롭지 않은 질문이었다. 하지만, 나는 그 질문의 답이 내 안에 존재하지 않는다는 사실에 경악했다.

나에게는 인생의 목표가 없다. 항상 더 높은 곳에 오르려 하면서도 나는 그것을 통해 추구하는 무언가를 가지고 있지 않았다. 그 사실을 눈치챈 순간, 하염없이 높은 곳으로만 향하는 자신의 삶에 대한 의문과 망설임이 생겨났다.

나는…… 고정용 밧줄이 끊어진 열기구다. 그저 더 높은 곳으로 날아갈 수밖에 없다. 날아가면 갈수록 경치는 어두워지고, 숨쉬기 괴로워진다. 그런데도 도움을 청할 상대는 없다. 이런 삶이 옳은지 물어볼 상대마저 없다.

누군가가 나와 같은 높이에서, 나와 같은 속도로 날아줬으면 한다. 혼자가 아니라는 것을 알면 분명 망설임은 사라질 것이다. 누군가와 경쟁하게 된다면 어둠을 향해 날아가는 것도 무섭지 않을 것이다. 하지만 아무도 없다. 다들 나를 두고 갔다. 홀로 높은 곳을 향하려 한 것은 나. 이제 와서 돌아갈 수는 없다.

조그마한 새장에서 머나먼 지면을 내려다보며, 추락의 공포에 떨면서 더 높은 곳으로 날아간다. 그 끝에 무엇이 있는지도, 어디로 향하고 있는지도 모르는 채, 끝도 없이…….

『왜 학생회장이 되고 싶은 거야?』

예전에 그가 그렇게 물어봤을 때, 나는 주저 없이 답했다. 되고 싶으니까 되려는 것이다. 높은 곳에 오르려 하는 것에 이유 같은 건 없다고 말이다. 하지만…… 그것이 완전한 진실이 아니라는 것을, 나 자신은 알고 있었다. 더는 추궁당하지 않기 위해, 나는 일부러 바로 답한 것이다.

왜냐하면…… 내가 학생회장이 되려 하는 건, 더 이기적인 감정에 기인하고 있다. 결국, 나는 누군가에게 인정받고 싶은 것이다. 내 삶의 방식이 틀리지 않았다는 것을 말이다. 세이레이 학원에 들어와서, 많은 학생에게 지지와 존경을 받는 학생회장이라는 지위를 알게 된 나는…… 그 자리에 서게 된다면 이 갑갑함에서 해방되리라고 생각했다. 망설임이 사라지고, 앞이 보이지 않는 어둠 속을 나아가는 것 또한 두려워하지 않게 되리라고 여겼다.

『쿠죠 양이 노력하고 있다는 건 알아.』

그 말이 나에게 얼마나 큰 의미를 지녔는가. 그는 분명 알지 못하리라.

그는 마치 마법사 같은 사람이었다. 비행기를 타지 않고도 맨몸으로 자유롭게 하늘을 마음대로 나는 심술쟁이 마법사. 그는 어느 쪽이 위이고 어느 쪽이 아래인지 전혀 개의치 않았다. 때로는 새장 안에 틀어박힌 채 맹목적으로 날아오르기만 하는 나를 놀리듯이 주위를 난다. 그리고 때로는, 나를 인도하듯 상공을 난다.

추락의 공포도, 어둠 속으로 향하는 공포도, 그에게서는 전혀 느껴지지 않았다. 자유로운 그의 행동이 거슬려서 잔소리를 마구 해줬다. 하지만 그는 새장 안에서 불평불만을 쏟아내는 나를 어린애 다루듯 했고…… 그게 또 나를 화나게 했다. 화가 났지만, 한편으로 즐거웠다. 그가 훌쩍 어딘가로 가버리면 쓸쓸했고, 그러다 어느새 내 곁으로 다가와 있는 그 변덕스러움을 원망했지만…… 실은 알고 있었다. 그만이 내 옆에 있어 줬다. 그라는 존재가 나에게 있어 구원이었다. 그래서…….

『잔말 말고 내 손을 잡아! 아랴!』

그래서 나는 그때, 그의 손을 잡았다. 그의 손을 잡고 새장 밖으로 나가서, 자신이 얼마나 좁은 세계에서 살아왔는지를 깨달았다.

혼자 날고 있다고 여겼던 하늘에는, 나 말고도 많은 이들이 있었다. 그들은 각자의 방법으로, 때로는 혼자, 때로는 협력하며 하늘을 날고 있었다. 각자의 나는 방식에는 나름의 매력이 있었고…… 높이 나는 쪽이 우수하다는 것은 망상에 불과했다.

높이 날아올라야만 닿을 수 있는 장소도 있다. 하지만 높이 날기만 해선 갈 수 없는 장소, 보이지 않는 경치도 있다. 그리고—.

『아랴 양의 노래, 진짜 최고임다!』

『그 밴드명, 정말 마음에 들었어……. 고마워.』

『목 상태는 괜찮나요? 연습을 과하게 해서 목이 상하는 일은 없도록 주의해주세요.』

『아릿사도 감자칩 먹을래~?』

용기를 내서 걸음을 내디딘 나를 자신의 비행기에 태워 주는 사람들도 있었다. 그런 것도 전부 그가 가르쳐줬다.

하지만…… 그는 결코 같은 비행기에 눌러앉지 않았다. 마치 마법을 쓴 것처럼 비행기 안에 나타나더니, 불쑥 내리고 말았다. 변덕스럽게 비행기를 갈아타며 그는 하늘을 방황했다. 어디에도 갈 수 있지만, 어디로 향하는지 종잡을 수 없는 마법사.

무언가를 마음속에 품고 있지만, 그는 결코 그것을 보여주지 않는다. 그의 깊은 내면을 향해 손을 뻗으려 하면, 항상 장난스러운 태도로 그 손길을 피했다. 그것이 그 나름의 거절이라고 생각하기에…… 나 또한 더는 파고들지 않았다. 하지만 실은 알고 싶다. 그의 마음에 더 다가서고 싶다. 하지만 그는 변덕스러운 마법사니까……, 내가 억지로 다가서면 또 떠나갈 듯한 느낌이 들었다. 그래서, 그에게 물어볼 수가 없다.

저기, 마사치카. 너는 뭘 원하는 거야? 뭘 품고 있는 거야? 언제까지 내 곁에 있어 줄 거야? 너한테, 나란 애는…….

Иногда Аля внезапно кокетничает по-русски

제 1 화 얘들, 너무 즐기는 거 아니냐고

"마나 포션과 엘릭서 하나씩 부탁합니다~."

"네~."

무대에서의 퀴즈 대결이 끝난 후, 마사치카와 아리사는 반에서 운영하는 가게 일을 도우러 갔다. 내일은 외부 손님맞이로 실행위원회 일이 바쁠 것으로 예상되기에, 하다못해 지금 이쪽 일을 최대한 도와주자고 생각한 것이다.

"쿠제~, 꽤 잘 어울리네~?"

"하하, 고마워……. 뭐, 예상했던 것보다 더 부끄럽지만 말이야."

"다들 거쳐 간 길이니까 포기해. 나는 이미 익숙해졌어."

"역시 보스는 관록이 느껴지는걸……!"

"훗. 길드 마스터라고 부르라고, 길드 마스터."

그렇게 말하며 덩치가 좋은 유도부 남학생이 공허한 미소를 머금었다. 몸이 듬직한 그는 옷깃이 길고 장식이 과다하게 달린 코트를 걸치고 있었으나, 험악한 인상 탓에 그야말로 도적단 두령…… 아니, 모험가 길드의 수장 같은 분위기였다.

(일단 원래 콘셉트는 카페였을 텐데…… 뭐, 코스프레 카페란 장르라고 생각하면 되려나.)

마사치카는 카페 요소가 전혀 느껴지지 않는 가게 안을 보며 쓴웃음을 지은 후, 아이스박스에서 페트병을 꺼냈다.

손님도 같은 학교 학생이며 숫자 또한 그렇게 많지 않았기에, 카페 일도 꽤 여유가 있었다. 조금 신경 쓰이는 건…… 마법사 코스프레 삼아서 걸친 로브와 뾰족모자가 생각했던 것보다 더워서 거추장스럽다는 걸까.

(몸을 웅크릴 때마다 바닥에 쓸리고, 펄럭일 때마다 먼지가 날려……. 모자도 챙이 다른 데 걸리려고 하잖아. 솔직히 말해 이 옷차림은 손님 상대에 적합하지 않아.)

툭하면 다리에 닿는 로브에 인상을 찡그린 마사치카는 음료를 따른 종이컵을 쟁반에 뒀다. 그러자 여기사 코스프레를 한 같은 반 여자애가 그것을 손님에게 가져갔다.

(이 퀄리티 차이는 뭐냐고…….)

마사치카는 그 뒷모습을 보면서 말로 형용할 수 없는 표정을 지었다. 망토는 싸구려이고 갑옷과 검 또한 종이와 골판지로 만든 거지만, 이런 쪽으로 철저한 같은 반 애가 열심히 만든 거라 그런지 갑옷의 퀄리티가 상당했다. 마사치카는 어린애의 가장행렬에 참가한 느낌이지만, 저쪽은 어엿한 코스프레 같았다. 덕분에 마사치카는 주눅이 들었다. 아까 전의 유도부원? 걔는 코스프레를 한 게 아니라 아예 본인이었다.

(뭐, 부엌 담당이니까 괜찮지만…… 그런데, 아랴는 대체 언제 오는 거야?)

아리사는 근무 시간이 같기에, 마사치카와 함께 교실에 왔다. 하지만 도착하자마자 아리사는 대기하고 있던 같은 반 여자애 세 명에게 그대로 납치당했고, 그 후로 15분 넘게 흘렀는데도 돌아오지 않았다.

(근무 시간이 시작되고 꽤 흘렀는데……. 괜찮은 걸까? 뭐, 지금 인원으로도 충분히 돌아가지만 말이야.)

교실 안을 둘러보니, 손님으로 온 학생이 음료를 한 손에 든 채 굳은 표정으로 이야기를 나누고 있었다.

"아마, 베이스는 진저에일인 것 같은데…… 대체 어떻게 만든 걸까? 어디서 마셔본 적이 있는 것 같긴 한데 말이야."

"이거…… 혹시 코코아가 들어간 거 아냐? 왠지 그리움이 느껴지는 맛이잖아……."

"어라, 어렴풋이 매실장아찌 맛이 느껴지는데…… 기분 탓일까?"

"뭐, 정말?"

그들이 하는 건, 각자가 마시는 음료의 레시피 맞추기다. 원래 기획에서는 음료를 제공하기만 할 예정이었지만, 한 남학생의 아이디어로 메뉴 뒤편에 음료의 배합을 적어 두고 마시면서 그것을 맞추도록 변경했다. 맞춘 사람에게 경품 같은 걸 주지는 않지만, 반응을 보아하니 꽤 즐기고 있는 것 같았다.

당연히 이런 짓을 하면 손님이 오래 눌러앉게 되며, 가게의 회전율이 떨어진다. 하지만 원래부터 일손이 그다지 필요하지 않은 기획을 추구한 만큼, 그 점은 크게 문제가 되지 않았다.

(딱히 우수상이나 특별상을 노리는 것도 아니잖아……. 이 정도가 딱 좋아.)

우수상은 학생과 손님의 앙케트에서 가장 인기가 있었던 기획에 주어지는 상이다. 그리고 특별상은 가장 많은 매상을 올린 기획에 주어지는 상이다. 그런 상을 진짜로 노리는 반과 부도 있지만, 마사치카의 반은 노리지 않기로 했다.

(특별상을 노려 봤자, 부모의 인맥을 동원해 말도 안 될 만큼 호화로운 가게를 차린 곳에는 절대 못 이기거든…….)

마사치카가 그런 생각을 하고 있을 때, 교실의 문이 천천히 열리더니…… 엘프 아가씨가 안으로 들어왔다.

"어엉?"

마사치카는 무심코 바보 같은 목소리를 내고 말았다. 하지만 마사치카만 그런 게 아니었다. 교실 안에 있던 학생은 손님과 점원 가릴 것 없이, 갑자기 나타난 이세계의 주민을 보고 얼이 나가고 말았다.

"자, 오래 기다렸어~!"

그리고 엘프 아가씨의 뒤편에서 그녀의 등을 밀던 여학생이 즐거운 목소리로 그렇게 외쳤다. 그녀는 아까 아리사를 납치한 여학생 중 한 명이었다. 그 뒤편에서 아리사 납치에 동참했던 다른 여학생 두 명도 모습을 보이더니, 교실 안의 반응을 보며 유쾌한 표정을 지었다.

"아하하, 반응 끝내주네~."

"고생한 보람이 있어요……!"

"무지무지 열심히 만들었잖아……."

그 여자 3인조는 성취감에 사로잡혔다. 그런 그녀들 앞에서 당혹감과 수치심이 뒤섞인 표정을 짓고 있는 엘프 아가씨에게, 마사치카는 머뭇머뭇 다가가서 말을 건넸다.

"아랴……?"

마사치카의 목소리를 듣고 한순간 돌아보더니, 곧 부리나케 고개를 반대편으로 돌린 이는 바로 엘프 아리사 양이었다. 은발 사이로 삐죽 튀어나온 귀는 뾰족했으며, 흰색과 녹색으로 꾸며진 원피스 드레스를 걸치고 있었다. 코스프레 요소는 그게 전부였으며, 딱히 화장을 하지도 않았지만…… 안 그래도 차원이 다른 미모를 자랑하는 아리사가 저런 옷차림을 하자…….

(이야, 진짜로 인간처럼 안 보이네.)

진짜 엘프 같아 보였다. 안 그래도 아리사는 『일본인이 친근감을 가지기 쉬운 외국인 얼굴』이라고 하는, 2차원의(오타쿠의)

이상형
주민 같은 얼굴을 지녔다. 그런 그녀의 귀를 뾰족하게 만들고 이세계 느낌의 의상을 입히자, 완벽한 엘프가 됐다. 이렇게 아름다운 여자애가 인간일 리 없잖아.

【용기를 내고 한 걸음 내디뎠더니…… 이세계에 도착하고 말았어…….】

눈을 살짝 내리깐 채 공허한 눈길을 머금은 아리사가 시니컬한 목소리의 러시아어로 그렇게 중얼거리자, 마사치카는 그 말을 듣고 정신을 차렸다. 그리고 가볍게 헛기침을 한 후, 아리사에게 다시 말을 건넸다.

"참, 잘 어울려……. 정말, 예쁘네."

마사치카가 그렇게 말한 순간, 아리사를 납치했던 여학생 세 명이「우후후~♪」하고 놀리는 듯한 목소리를 냈다. 하지만 곧 교실 안에 있던 학생들이 손님 점원 가리지 않고 몰려들었기에, 그녀들은 즉시 아리사의 경호에 임했다.

"우와아, 끝내줘! 진짜 엘프네! 리얼 엘프!"

"이건 약았어……. 일본인은 절대 못 이긴다고."

"저, 저기, 사진 한 장 찍어도 돼?! 딱 한 장만 찍을게!"

앞다퉈 몰려드는 남자들을 막아선 3인조는 양아치 같은 표정을 지으며 위협했다.

"야, 다가오지 말라고!"

"거기, 찍지 마! 확 돈 뜯는다!"

"코스프레의 철칙도 모르는 거냐! 허락 안 받고 촬영하면 바로 퇴장이다, 짜샤!"

일단 그녀들도 양갓집 규수다……. 평소에는 결코 저런 식으로 말하지 않는 애들이다. 아리사의 저 모습을 보아하니, 어쩌면 코스프레에 있어서 엄청난 정열을 지니고 있는 걸지도 모른다.

(어, 어라? 혹시 이 세 사람은 수예부일까? 아…… 그렇다면 이해가 돼. 거기는 엄청 정열적…… 아니, 열광적인 사람이 많잖아.)

과거에 있었던 수예부와의 이런저런 일을 떠올린 마사치카는 약간 공허한 눈길을 머금었다. 바로 그때, 아리사가 부끄러운 듯이 손으로 귀를 감추면서 마사치카를 힐끔 쳐다봤다.

"부, 부끄러우니까…… 너무 쳐다보지 마."

"아니, 그 퀄리티로 부끄러워하면 나는 어쩌라는 거냐고……."

아리사는 그 말을 듣고 마사치카가 걸친 뾰족모자와 로브를 쳐다보더니, 입가를 슬쩍 말아 올렸다.

"뭐…… 괜찮은 것 같네."

"무시하는 거 아냐?"

"그렇지 않아. 끝부분에 별이 달린 지팡이만 들면 완벽할 것 같아."

"재롱 잔치 하는 게 아니라고."

마사치카가 태클을 날리자, 아리사는 손을 입가로 가져가며 웃음을 흘렸다. 그 부드러운 미소를 보자, 흥분하며 몰려든 남자들은 혼이 빠져나간 것처럼 입을 쩍 벌렸다.

"아, 아랴 공주가 웃고 있어……."

"우와, 귀여워."

"저기, 『고고한 공주님』은 더 쿨할 줄 알았는데…… 평범하게 귀엽잖아."

"에이, 선배! 저건 완전 레어한 거라고요!"

한순간 침묵이 이어진 후, 망연자실한 목소리와 경악에 찬 목소리가 터져 나왔다. 그 목소리를 듣고 약간 당황한 표정을 지은 아리사는 곧 감정을 숨기려는 듯이 미간을 좁히며 표정을 굳혔다. 그 광경을 보더니 「아아……」 하고 탄식하며 아쉬워하는 남자들을 수예부 3인조가 쫓아냈다. 그 광경을 옆에서 지켜보던 아리사는 자신의 몸을 내려다보며 중얼거렸다.

"나, 실은 엘프에 대해 잘 모르는데…… 어떤 캐릭터야?"

"캐릭터가 아니라 종족이야. 판타지 세계에 등장하는 정석적인 종족 중 하나지. 숲 안에서 자연과 함께 살아가는 귀가 긴 종족인데, 남녀 전부 아름답고 수백 년을 살지만 겉모습은 20대 정도에서 멈춘다고 하는 로망 넘치는 체질을 지녔어. 그리고 대부분 자존심이 강하고 폐쇄적이라, 인간과는 사이가 좋지 않아."

"그렇구나……."

대답하는 아리사의 목소리가 약간 가라앉은 것 같았기에, 별생각 없이 설명하던 마사치카는 퍼뜩 놀랐다. 등 뒤에 있는 수예부 3인조를 힐끔 쳐다본 후, 작은 목소리로 덧붙여 말했다.

"으, 음…… 딱히, 네 성격이 엘프 같다는 이유로 그 코스프레를 고른 건 아닐걸? 단순히 아름다운 이종족의 대표격이 엘프라서 그렇달까…… 원래 엘프는 채식주의자에 금속을 싫어한다는 설정이 있고, 활의 명수라는 일면도 있거든. 그런 부분은 너와 전혀 다르고, 애초에—."

"어……? 왜 그래?"

마사치카가 갑자기 말을 빠르게 늘어놓자, 아리사는 의아한 듯한 눈길로 그를 쳐다봤다. 그 눈빛에서 도망치듯 시선을 돌린 마사치카는 얼버무리듯 말을 이었다.

"아니, 애초에…… 엘프는 보통 옅은 금발이거든? 그러니 딱히 깊은 의미 같은 건 없을, 거야."

스스로가 생각해도 참 궁색한 발언이란 생각이 들었다. 하지만 어쩔 수 없다. 「고대부터 이어져 내려온 전통 엘프는 전부 슬렌더 체형이야!」라고는 솔직히 말할 수 없었다. 게다가 글래머러스한 엘프는 속된 말로 에로프라 불린다……란 말 또한 당연히 할 수 없었다.

(뭐, 엘프는 활의 명수니까…… 가슴이 크면 활 쏘는 데

방해될 거잖아.)

“뭔가, 이상한 생각 안 했어……?”

“응? 안 했거든? 다들 진정한 것 같으니까, 슬슬 일을 다시 시작하자.”

그렇게 자연스럽게 고개를 돌린 마사치카는 맡은 자리로 돌아갔다. 그런 그의 등을 미심쩍은 눈길로 쳐다보던 아리사도 입구에서 호객 업무를 맡았다. 하지만…….

“어, 엘프?!”

“이, 이쪽이야, 이쪽! 완전 대박이라고!!”

“우와, 끝내주네.”

“죄, 죄송한데 사진 찍어도 될까요?!”

1분도 흐르기 전에 복도가 붐비기 시작하자, 아리사는 3인조에게 회수됐다. 그러자 복도에 몰린 사람들이 그대로 입점 대기 행렬로 바뀌더니, 가게 안은 순식간에 아수라장이 됐다.

“순식간에 손님이 늘어났어……. 길드 마스터, 어떻게 하지?”

마사치카가 보스 겸 길드 마스터에게 묻자, 길드 마스터는 여유 넘치는 웃음을 흘리며 말했다.

“어쩌지……?”

“뭐?!”

“으음, 일단 테이크아웃을 실시할까……?”

"종이컵용 뚜껑도 없는 데다, 다들 아랴를 보러 온 거니까 그래봤자 소용없어."

"아, 그래. 뚜껑이 필요하겠네. 쏟을 수도 있으니까…… 으음, 그럼 자리를 늘릴까?"

"그 전에 줄 정리와 시간제한이 필요하지 않을까?"

"쿠제! 부탁해!"

"무슨……!!"

한 치의 주저도 없이 전부 떠넘기는 길드 마스터에게 마사치카가 태클을 날리려고 하자, 그는 상냥한 눈길을 머금으며 마사치카의 어깨에 손을 얹었다.

"쿠제…… 오늘부터 네가 부길드장이다."

"어이쿠, 이 길드 마스터는 모험가 출신이었어? 실력은 좋지만 사무 업무는 완전 형편없구나?"

"잘 부탁해, 서브 마스터!"

""""잘 부탁해!!""""

"이 자식들이……!"

클래스메이트들이 길드 마스터와 힘을 합쳐 관리직을 떠넘기려 하자 마사치카는 그들을 노려봤지만…… 하나같이 시치미를 떼며 시선을 피했다. 아리사마저도 약간 내키지 않는 표정을 지으며 고개를 돌렸다.

(아……. 뭐, 이런 것도 내 일이긴 한가…….)

그렇게 생각을 고친 마사치카는 클래스메이트를 지휘하

기 시작했다.

“그럼 당분간은 착석 10분 후에 퇴장하는 걸로 하고…… 줄 정리 담당에게 그런 내용이 적힌 플래카드를 들게 하자. 거기 있는 원흉 3인방~? 도망칠 생각 마~. 책임지고 도우라고~.”

마치 「어? 우리는 이 시간대 담당 아니거든?」이라는 표정으로 나가려 하는 수예부 3인조를 불러세운 후, 한 명은 줄 정리 담당, 한 명은 시간 관리 담당, 한 명은 아리사의 경호 담당으로 임명했다.

“어, 시간 관리…… 타이머 없어? 혼자서 여섯 자리를 스마트폰 하나로 관리하는 건…….”

“그냥 자리에 앉은 시간을 기록해두면 되잖아.”

“완전 아날로그 방식!”

그렇게 다소 옥신각신하기는 했지만, 항의를 받기 전에 접객 방법을 재구축했다. 줄을 선 학생들도 복도에서 창문을 통해 아리사를 뚫어지게 쳐다보고 있었기에 항의를 할 수가 없었을지도 모른다.

“이야, 쿠제. 엄청난 일이 벌어진 것 같은걸.”

“아, 어서 오세요. 농구부원과 함께 다니나 보네요.”

“응. 휴식 시간이 겹쳤거든.”

낯이 익은 상급생이 말을 걸어오자, 마사치카는 모자를 손으로 누르며 인사를 했다. 그러자, 함께 자리에 앉은 농구부원들이 친근한 미소를 머금으며 마사치카에게 말을 건넸다.

“아까 퀴즈 대결, 잘 봤어~.”

“대단한 승부였어! 마지막에 역전했을 때는 무심코 함성을 질렀다고.”

“고마워요.”

“쿠죠 양도 대단했어!”

“어, 아, 고맙습니다.”

농구부원이 갑자기 말을 걸자, 접객을 하던 아리사는 당황했다. 그런 아리사의 어색한 대답을 개의치 않으면서, 농구부원들은 열띤 목소리로 퀴즈 대결의 감상을 이야기했다.

“이야, 진짜 대단했어. 나는 평범하게 퀴즈를 풀었지만, 절반도 못 맞췄다니깐.”

“맞아~. 이 녀석은 자기가 내기를 제안해놓고 져버렸어. 덕분에 여기서 한턱내기로 했다고~.”

“쿠죠 양은 무대 위에서 정말 잘 맞추던걸. 역시 대단해.”

“퀴즈 대결 승리, 진짜로 축하해!”

그렇게 말하며 한 사람이 박수를 치자, 같은 테이블에 앉은 남학생의 손가락 휘파람과 박수가 이어졌다. 그러자 다른 테이블의 학생과 박수와 축하의 말을 건넸고, 이윽고 교실 전체가 박수와 환성으로 가득 찼다.

"어, 으, 음……."

갑자기 사방팔방에서 호의적인 시선이 쏟아지자, 아리사는 잠시 당황한 후에 아무 말 없이 고개를 숙였다. 어떤 반응을 보이면 좋을지 모르겠다는 듯이, 아리사는 몸을 웅크린 채 연신 고개를 숙이기만 했다. 무대 위에서의 늠름한 모습과는 전혀 다른 그 풋풋한 모습 덕분에 교실 안은 훈훈한 분위기에 휩싸였다.

"왠지, 쿠죠 양의 분위기가 달라진 것 같지 않아……?"

"그렇지? 나는 저 애를 잘 알지 못하지만, 생각했던 것보다 친근하게 느껴져."

"아랴는 원래 저런 느낌이었어요……. 이제까지는 외모 탓에 주위 사람이 쉽게 다가가지 못했을 뿐이죠."

"어, 그래?"

"네. 걔는 커뮤니케이션 능력이 뛰어난 편이 아니지만, 평범하게 말을 걸면 얼마든지 이야기를 나눌 수 있을걸요?"

마사치카가 자연스럽게 한마디 곁들이자, 농구부원들은 의외라는 표정을 지으며 고개를 끄덕였다.

"흐음~ 그렇구나. 나는 커뮤력 괴물인 너만 예외인 줄 알았어."

"누가 커뮤력 괴물이라는 거야~."

"너야, 너."

"진짜로 너는 아무하고나 친해지잖아."

"선배한테도 반말로 태클을 날릴 정도로 말이지."

"어라? 저, 혹시 사고 쳤어요? 아얏, 아프다고요."

혼신의 시치미 연기를 펼친 바람에 선배에게 쥐어박힌 마사치카는 주방(이라는 명칭의 음료 보관장)으로 대피했다. 그리고 몇 분 후, 복도가 술렁거렸다.

음료를 준비하면서 그쪽을 쳐다보니, 그 소란의 원인이 입구에 나타났다.

"어머…… 여러분, 정말 괜찮으신가요? 왠지 죄송스럽네요……."

"아뇨! 저희는 여기서 구경하고 싶거든요!"

줄지어 선 학생들에게 자리를 양보받아서 입구에 선 이는 소매와 옷깃에 프릴이 달린 미니스커트 유카타 차림의 유키였다. 커다란 머리 장식의 사이드 테일 스타일로 만든 검은 머리카락이 그 노골적일 정도로 귀여운 의상과 매우 잘 어울렸다.

마치 인형 같은 모습을 한 유키와 피규어 같은 모습을 한 아리사가 대면했다. 아까 무대 위에서 열띤 대결을 펼친 두 사람이 대치하자 교실 안이 술렁거림과 긴장에 휩싸였다.

시선이 어마어마하게 밀집된 가운데 유키가 먼저 입을 열었다.

"어머, 아랴 양. 정말 아름답네요. 마치 요정 같아요."

"고마워……. 유키 양도, 그 옷 참 잘 어울려."

"그런가요? 고마워요."

"그건 반에서 하는 기획의 의상이야? 유키 양의 반에서는 전통 축제 느낌의 가게를 한다고 했지?"

"그렇답니다. 옷을 갈아입는 것도 시간이 걸리니까, 선전 삼아서 이렇게 입고 왔어요."

딱히 불화 같은 건 느껴지지 않고 오히려 친근한 느낌마저 감도는 대화다. 하지만 주위 사람들은 그런 두 사람을 마른침을 삼키며 지켜보고 있었다.

그런 주위의 시선을 눈치챈 건지…… 아니, 눈치챈 게 분명했다. 오히려 주위 사람들에게 들려주려는 듯이 유키는 아리사에게 웃는 얼굴로 말을 건넸다.

"참, 아까 대결은 정말 멋졌어요. 설마 최종 문제에서 역전을 당하다니…… 제가 지긴 했지만, 참 드라마틱했다니까요."

"어? 아, 응…… 그래."

아리사는 어떤 반응을 보여야 좋을지 모르겠다는 듯이, 애매하게 고개를 끄덕였다. 승리자로서 패배자인 유키를 어떻게 대해야 좋을지 모르는 것이리라. 그런 아리사의 마음을 꿰뚫어 본 것처럼, 유키는 빙긋 웃었다.

"정말, 아랴 양이 그렇게 거북해하면 저도 곤란하답니다. 서로가 정정당당히 최선을 다한 결과이니 자랑스럽게 여겨주세요."

"으, 응……."

그런 말을 듣더라도, 패배자 앞에서 우쭐댈 수 있을 리가 없다. 아리사가 어색하게 고개를 끄덕이자, 유키는 아까 일은 개의치 않는다는 것처럼 미소 지었다. 이 모습만 보면, 누가 승리자이고 누가 패배자인지 알 수 없었다. 그리고 그것이 바로 유키가 노리는 바이리라.

이것은 온갖 경기에서 공통되는 점이지만, 패배자가 호감도를 올릴 수 있는 시합 후의 대응은 순순하게 패배를 인정하고 승리자를 칭송하는 것이다.

거꾸로 패배를 인정하려 들지 않거나, 노골적으로 분통을 터뜨리며 대전 상대와의 악수에 응하지 않는 것은 최악이다. 유키도 그것을 알기에, 대결이 끝나자마자 자기 쪽에서 아리사를 만나러 온 것이다.

(겸사겸사 지고도 여유 넘치는 태도를 보여서 거물이란 인상을 어필……이려나. 이런 일대일 대결은 아랴에게 아직 버거울 거야.)

그렇다고 이 상황에서 마사치카가 노골적으로 아리사를 도우려 나선다면 거꾸로 그녀의 주가를 떨어뜨릴 것이다. 그렇기에 마사치카는 이 흐름을 일단 끊기 위해, 두 사람이 아니라 시간 관리 담당 여학생에게 말을 건넸다.

"3번 좌석, 이제 시간이 되지 않았어?"

"뭐? 어, 진짜네. 저기, 죄송해요. 시간이 됐으니 자리를 비워주시지 않겠어요?"

매우 신경 쓰이는 부분에서 자리에서 일어나게 된 3번 좌석의 학생들은 「너무해~」 하며 불평을 늘어놓으면서도 자리에서 일어났다. 그러자 여기사는 재빨리 그 자리를 정리하고 행주로 닦은 후, 유키를 자리로 안내했다.

"고마워요. 저기, 아랴 양에게 접객을 부탁드려도 될까요?"

"어—."

"물론이죠! 아니, 확 동석해버려!"

"뭐?"

아리사의 말을 끊은 경호 담당 여자애가 유키 옆의 의자를 빼주더니, 반쯤 강제로 아리사를 앉혔다. 마치 단골손님에게 지명을 받은 신입 소녀에게 술을 따라드리라고 권하는 술집 마담 같았다.

"오오…… 아름다워."

그렇게 두 사람을 나란히 앉힌 후, 완전 제멋대로인 수예부 3인조는 감동한 표정을 지었다. 하지만 그런 표정을 짓고 있는 건 그녀들만이 아니었다. 교실 안, 그리고 복도의 학생들도 나란히 앉아 있는 절세 미소녀 두 사람에게서 시선을 떼지 못했다.

"저기, 나는 일을—."

"그런 건 내가 할게! 스오우 양, 뭘 마시겠어요?"

아리사의 말을 끊은 경호 담당 여자애가 유키에게 메뉴

를 내밀었다. 그러자 유키는 메뉴를 힐끔 쳐다본 후, 빙긋 웃으며 말했다.

"그래요……. 우유 한 잔 부탁드려도 될까요?"

그 순간, 마사치카와 아리사를 제외한 B반의 학생 사이에서 날카로운 분위기가 흘렀다.

정체불명의 긴장감을 느낀 마사치카가 눈을 깜빡이는 가운데, 천천히 유키의 앞으로 이동한 길드 마스터는 테이블을 손으로 짚으며 험악한 목소리로 말했다.

"아가씨…… 여기는 술집이거든? 우유가 마시고 싶으면 집에 돌아가서 엄마 젖이나 마시라고."

"아니, 여긴 술집이 아니거든……?"

이 뚱딴지같은 전개를 이해 못 한 마사치카가 작은 목소리로 태클을 날리는 가운데, 유키는 미소를 머금으며 길드 마스터를 마주 바라봤다. 덩치가 좋은 길드 마스터와 시선을 마주하자 유키의 조그마한 체구가 더 두드러졌지만, 딱히 겁먹은 느낌은 들지 않았다.

"어머니는 달이 아름다운 밤에 돌아가셨답니다."

"아니, 살아 있잖아……."

마사치카는 또 작은 목소리로 태클을 날렸지만, 유키의 대답을 듣고 웃음을 머금은 길드 마스터가 교실 뒤편의 사물함에서 나무 상자를 꺼냈다. 그것을 유키 앞에 두더니, 길드 마스터는 의자에 털썩 앉았다.

그리고 의미심장한 태도로 나무 상자를 열자, 그 안에는 호화로운 장식이 된 유리병이 하나 있었다.

“거참 귀여운 손님인걸……. 좋아. 이게 바로 네가 원한 거다.”

“잠깐만.”

듣도 보도 못한 전개와 듣도 보도 못한 병을 본 마사치카는 길드 마스터의 어깨를 움켜잡았다. 으음, 기다란 옷깃이 되게 거추장스럽네.

“아니, 이게 뭐야. 이게 대체 뭐냐고.”

“쿠제……. 이세계의 술집이, 숨겨진 일면을 지니고 있는 건 클리셰잖아?”

“그러니까 여긴 술집이 아니라고~.”

길드 마스터에 맞춰주듯 「하아~ 이런이런」 하고 말하듯 어깨를 으쓱거리는 클래스메이트들을 노려본 후, 마사치카는 아리사의 표정을 살폈다. 그리고 그녀가 자신과 마찬가지라는 사실을 확인했다.

사전에 못 들은 처지

“그것보다…… 일전의 시음회 때도 그렇고, 대체 왜 나와 아랴한테만 자세하게 이야기해주지 않는 건데? 설마 학생회가 알면 큰일 나는 위험물을 취급하고 있는 건 아니지?”

“그럴 리가 없잖아? 합법이라고, 합법.”

“아직 법에 저촉되지 않는 위험한 것을 취급하는 녀석이 유독 그런 소리를 한다고! 합법 소리 말고, 위험물이 아니라는 소리부터 하란 말이다!"

"위험물이 아냐."

"그럼 뭐로 된 건데?"

"동물?"

"동물?!"

수수께끼는 더 깊어지고 있지만, 일단 그 의문을 접어두기로 한 마사치카는 유키를 향해 고개를 돌렸다.

"그런데, 나도 모르는 방금 그 암호? 를, 네가 어떻게 아는 거야?"

"소문을 들었답니다. 여기서 그 암호를 말하면, 불가사의한 음료를 마실 수 있다더군요."

"흐음, 그래……."

교우관계가 넓은 유키라면, 누군가를 통해 그 소문을 접할 수 있을 것이다. 그건 그렇다 치고, 진짜로 이 음료가 무해한 건지 신경 쓰였다. 그도 그럴 것이, 마사치카는 시제작 단계의 음료를 마시고 끔찍한 일을 겪었던 것이다.

"저기, 길드 마스터. 진짜로 이상한 부작용 같은 건 없지?"

"글쎄, 그건 자기 책임이지. 나는 그저 제공만 할 뿐—."

길드 마스터가 은밀한 길드의 수장다운 태도를 유지하며 대답하자, 마사치카는 그의 어깨를 손가락이 박힐 정도로 세게 움켜쥐며 다시 물었다.

"무해한, 거지?"

"아, 네. 무해함다."

길드 마스터, 과보호 오빠의 압력에 굴복하다.

연기하는 느낌이 싹 사라진 채 고개를 끄덕이는 길드 마스터를 캐내려는 듯한 시선으로 응시한 후에야, 마사치카는 그의 어깨에서 손을 뗐다.

그러자 길드 마스터는 나무 상자에 들어 있던 샷글라스에 병 안에 든 내용물을 따른 후, 유키 앞에 뒀다. 그리고 헛기침을 하며 다시 분위기를 잡은 후, 의미심장한 어조로 말했다.

"자, 이게 시크릿 드링크…… 암리타, 다."

언뜻 보기에는 물 같아 보이는 투명한 액체다. 뭘 배합하면 이렇게 투명한 액체가 되는 건지, 짐작조차 되지 않았다.

마사치카만이 아니라 아리사도 미심쩍은 표정을 지은 가운데, 유키는 그 샷글라스를 쥐더니…….

"잘 마실게요."

……하고 말한 후, 과감하게 한 잔 쭉 들이켰다. 그리고 눈을 치켜떴다.

"이건……! 웅대한 가을 하늘을 연상케 하는 향기, 대지의 은혜를 응축한 듯한 풍부함, 한마디로 표현하자면—."

빈 샷글라스를 뚫어지게 응시하면서, 유키는 한참을 뜸들인 후에 중얼거렸다.

"무(無)."
"무인 거냐."
"무."
무인 것 같았다.

◇

"저는 한동안 휴식 시간인데, 아랴 양은 언제부터 휴식을 취하나요? 괜찮다면 같이 돌아보지 않겠어요?"
"으음, 나는—."
유키의 질문에 아리사가 대답하기도 전에……. 수예부 아가씨가 또 끼어들었다.
"밖을 돌아볼 거야?! 그럼 쿠죠 양은 그 옷차림으로 선전해주지 않을래?"
"솔직히 말해 복도가 완전히 정체 상태잖아. 일찌감치 휴식 시간을 가져줬으면 해. 게다가 스오우 양과 함께 다닌다면 선전 효과도 끝내줄 거야! 아, 뭣하면 쿠제도 같이 가."
"그래도 되죠? 길드 마스터."
"어, 그게—."
""""아앙?""""
"응, 좋아!"
여자애가 지으면 안 되는 표정을 지어가며 억지로 허락을 받아낸 세 사람은 이어서 마사치카를 향해 고개를 돌렸다.

"그러면 이참에 쿠제도 좀 더 신경 써서 코스프레를 해야겠네."

"어, 준비해둔 게 더 있는 거야?"

"응. 귀족과 오크, 어느 쪽이 좋아?"

"양쪽 다 엘프와 엮지 마! 위험하다고!"

"뭐, 일단 가서 고민하자."

이러쿵저러쿵하는 사이에 마사치카가 끌려가자, 아리사와 유키만이 남겨졌다. 여전히 주위에서 쏟아지고 있는 뜨거운 시선에 거북함을 약간 느끼면서도, 아리사는 유키에게 물었다.

"뭐, 같이 돌아보게 될 것 같은데…… 어디 가보고 싶은 곳이 있어?"

"글쎄요……. 친구가 있는 반 몇 곳을 가볼까 해요. 아랴 양은 가보고 싶은 곳이 있나요?"

"나는 딱히……."

"그런가요? 아, 그러고 보니 마샤 선배와 사라시나 선배의 반에서는 마술 쇼를 보여주는 바를 하는 것 같아요."

"그래……."

유키가 그렇게 말하자, 아리사는 약간 어처구니없는 듯한 웃음을 흘렸다.

"사라시나 선배는 몰라도…… 마샤가 마술을 할 수 있을까?"

"후훗. 확실히 이미지적으로는 맞지 않는군요. 마샤 선배가 화려하게 트럼프를 섞는 모습 같은 건, 그다지 상상이 안 된답니다."

"마샤는 좀 느려터진 편이잖아."

"하다못해 느긋한 편이라고 말하는 편이 낫지 않을까요?"

가족이기에 내릴 수 있는 그 인정사정없는 평가를 들은 유키가 약간 난처한 투로 그렇게 말했다. 그 말을 듣고 어깨를 가볍게 으쓱한 아리사는 문뜩 생각난 건지, 주위를 살피면서 약간 낮은 목소리로 물었다.

"유키 양은…… 어때?"

"네?"

"오빠가 있다고, 전에 말했잖아? 어떤 사람인가 해서 말이야."

아리사는 별생각 없이 그렇게 물은 후 화들짝 놀랐다. 유키의 오빠는 집을 나가서 지금은 떨어져서 산다고 들었다. 자초지종은 모르지만, 어쩌면 함부로 언급해서는 안 되는 부분일지도 모른다.

"아, 저기, 어디까지나 말해줄 수 있다면……."

아리사가 허둥지둥 그렇게 덧붙여 말하자, 유키는 그녀를 안심시키려는 듯이 미소 지었다.

"후훗. 그렇게 신경 쓸 필요는 없답니다. 저와 오라버니는 매우 양호한 관계니까요."

"그, 그렇구나."

"네. 그래요……. 어떤 사람, 이려나요……."

고개를 갸웃거리며 시선을 천장 쪽으로 돌린 유키는 잠시 후, 입가에 손을 대며 의미심장한 미소를 흘렸다. 그리고, 아리사의 얼굴을 곁눈질하며 말했다.

"그래요. 참 귀여운 사람이랍니다."

"귀, 귀여워?"

"네. 아랴 양의 마음에도 쏙 들지 않을까 싶어요."

"에이……."

분명 『상냥한 사람』이나 『믿음직한 사람』이라고 평가하리라고 생각하고 있었던 아리사는 그 뜻밖의 인물 평가를 듣고 표정을 살짝 굳혔다.

(귀엽다……. 남자인데, 귀엽다니…….)

아리사의 머릿속에 『귀여운 타입의 남자애』로서 알려진 아이돌 몇 명의 얼굴이 떠올랐다. 남녀불문하고 자립한 사람을 좋아하는 아리사로선, 노골적으로 아양을 떠는 듯한 그들의 행동거지를 그다지 선호하지 않는데…….

(아니, 그것보다 동생에게 귀엽다는 소리를 듣는 오빠라니…….)

이어서 아리사의 머릿속에 떠오른 이미지는, 유키처럼 체구가 작고 화사한 인상의 치와와 같은 소년이었다. 믿음직스럽지 못한 인상의 소년이 유키에게 놀림을 받고 부들부들 떠는 광경을 상상한 아리사는 얼굴을 살짝 찌푸렸다.

아양 떠는 타입인지 믿음직스럽지 못한 타입인지는 모르겠지만, 양쪽 다 아리사의 취향과는 한참 떨어져 있었다.

(유키 양에게는 미안하지만…… 도저히, 친해질 수 있을 것 같지 않아.)

그래도 유키의 오빠와 만날 일은 웬만해선 없을 테니, 문제 될 것은 없다. 아리사는 그렇게 생각하며 애매한 웃음을 흘렸다.

"그래도 사이가 좋다니 다행이네."

"네. 언젠가 아랴 양에게도 소개할 수 있었으면 좋겠어요."

"그, 래……. 기대하고 있을게."

아리사가 예의상 그렇게 대답하자, 유키는 의미심장한 미소를 머금었다. 그 미소를 보고 속내를 읽힌 듯한 느낌이 든 아리사는 은근슬쩍 시선을 돌렸다.

(그건 그렇고, 유키 양은 귀여운 타입의 남자를 좋아하는 걸까? ……나는 이해 못 하겠어.)

유키의 웃음기 어린 시선을 눈치채지 못한 척하면서, 아리사는 그런 생각을 했다. 바로 그때…….

"기다리게 해서 미안해~."

마사치카를 끌고 갔던 여학생의 목소리가 마침 들려오자, 아리사는 다행이라는 심정으로 고개를 돌렸다.

그러자 눈에 들어온 것은 빨간색 호박바지였다. 끝자락이 장딴지 언저리까지 가리는, 호박바지다.

"푸훗."

"풉."

"이거 봐~. 반응이 이럴 줄 알았다니깐~."

아리사와 유키가 반사적으로 입가를 가리며 고개를 돌리자, 그림책 속 왕자님 같은 옷차림을 한 마사치카가 질색하는 듯한 표정을 지었다. 그러자 비장감과 함께 아이러니한 느낌이 강해진 탓에, 아리사와 유키는 웃음을 참을 수가 없었다.

"푸흡, 훗, 아뇨, 잘 어울린, 다고, 으흑, 생각해요."

"완전 바보 취급하고 있네. 티 좀 내지 말라고."

"그렇게, 생각, 푸풉, 하지 않거든요? 안 그래요? 아랴 양."

"마, 맞, 아."

유키의 말을 듣고, 마사치카를 다시 쳐다본 아리사는…… 아까보다 더 재롱 잔치 느낌이 강해진 그의 겉모습을 보자마자, 고개를 휙 돌렸다.

"으~~~~!!"

"그만해! 너희가 그러면 아무리 나라도 상처 입거든?! 야, 거기! 방금 사진 찍었지?!"

얼굴이 새빨개진 마사치카가 화난 눈길로 주위를 둘러봤지만, 옷차림이 옷차림이라 그런지 버릇없는 왕자님이 투정을 부리는 것처럼 보였다. 그 모습에 더 웃음이 난 아리사는 심술궂은 미소를 머금으며 중얼거렸다.

【귀~여워♡】

제 2 화 발경은 오타쿠의 낭만

"그럼, 우선 어디부터 가볼까요?"

유키가 그렇게 말하자, 다시 견습 마법사 코스프레로 돌아온 마사치카가 대답했다.

"나는 먹을 걸 파는 곳을 둘러보고 싶네. 아직 점심 안 먹었거든……. 아랴도 마찬가지지?"

"뭐? 응……."

현재 시각은 오후 두 시 반이 지났지만, 마사치카와 아리사는 아직 점심을 먹지 못했다. 퀴즈 대결 전에는 실행위원 일 때문에 바빴고, 퀴즈 대결이 끝난 후에는 그 흥분과 긴장의 여운이 이어진 바람에 식욕이 느껴지지 않았다.

"그런가요. 저도 퀴즈 대결 후에 간단히만 먹었으니까, 어디 제대로 된 음식을 파는 곳에 가볼까요."

"그렇다면…… 역시 저기 가볼까? 줄을 좀 서긴 해야 하지만 말이야."

마사치카의 시선은 어마어마한 존재감을 뿜고 있는 1학년 D반과 F반의 공동 기획 코너를 향하고 있었다. 바로 D반부터 F반까지의 세 교실을 이용한 메이드 카페다. F반의 교실이 탈의실 겸 조리실이며, D반과 E반 교실이 홀이다. 참고로 E반은 교정 쪽에서 노점을 운영하고 있다. 어째서 이렇게 된 거냐면 어디 사는 여왕님께서 「메이드 카페를 할 거면 사얏찌도 같이 하자~. 아니면 안 해~」 하고 억지를 부린 결과, E반은 학교의 여왕님과 토론회의 여왕님의 압력에 굴복해서 쫓겨났다~라는 소문이 돌고 있다고 한다. E반 측에서 딱히 항의하지도 않았기에, 어디까지나 소문에 지나지 않지만 말이다.

"괜찮군요. 저도 조금 관심이 갔답니다."

"나도 좋아."

두 사람이 동의하자, 마사치카는 대기열에 줄을 섰다. 점심 식사 시간이 지나서 그런지, 그렇게 오래 기다리는 일 없이 차례가 돌아왔다.

"다녀오셨습니까, 주인님. 아가씨."

"으, 응."

줄 정리 겸 호객을 담당하는 꽤 귀여운 메이드가 공손히 고개를 숙이며 그렇게 말하자, 마사치카는 예상 이상으로 본격적이란 사실에 약간 당황했다.

"마사치카 씨, 너무 히죽거리는 것 아닌가요?"

"아, 아니거든?"

【정말 못났어…….】

(반론할 수 없는 독설 좀 늘어놓지 마.)

양쪽에서 거침없는 지적이 날아오자, 마사치카는 약간 불안해진 나머지 손으로 입가를 가렸다. 그러자 눈앞에 있는 메이드가 작게 웃음을 흘렸다.

(아, 큰일 났다.)

손으로 가린 입가에 자연스러운 미소가 어린 것을 스스로도 알 수 있었다.

(어라? 뭐야. 혹시…… 나, 의외로 메이드한테 약한 거 아냐?!)

본업이 메이드인 아야노가 평소 곁에 있는 만큼, 메이드란 존재에 익숙하다고 생각했는데…… 아무래도, 그것은 착각에 지나지 않았던 모양이다.

(크, 큰일 났다……. 입구에서부터 이래서야, 안에 들어섰다간 나는 중증 오타쿠처럼 좋아 죽을지도 몰라. 게다가 이 두 사람 앞에서 그러는 건 너무 위험하다고!)

유키한테는 평생 놀림을 받을 테고, 아리사는 모멸에 찬 시선을 보낼 것이다. 마사치카가 뜻밖의 위기감에 사로잡혀 있을 때, 미소를 거둔 메이드가 D반 교실을 손으로 가리켰다.

"이쪽으로 오세요. 참고로 옆 교실로 이동할 때는 자릿세로 200엔을 받는답니다."

"아, 네."

가련한 메이드의 입에서 그런 장삿속 넘치는 발언이 흘

러나오자, 마사치카는 무심코 미소를 거뒀다.

보아하니 두 교실의 복도 측 창문은 암막으로 완전히 가려져 있어서 안쪽을 볼 수 없었다. 즉, 안에 어떤 메이드가 있는지 알 수 없다. 만약 안내받은 교실에 점 찍어둔 메이드가 없다면, 돈을 내고 옆 교실로 이동…… 같은 식인 것 같았다. 악랄하다.

(응, 좋아. 미소는 싹 사라졌어. 그래, 괜찮아.)

어찌어찌 마음을 추스른 마사치카는 미닫이문 앞에 섰다. 설령 그 어떤 메이드가 나타나더라도 한심한 표정을 짓지 않기 위해, 마음을 굳게 먹은 후…… 문을 열었다.

"다녀오셨습니까~♡ 주인님♡ 아가씨♡"

샤라라라라~♪ 같은 효과음이 들려올 듯한, 완벽한 마중을 선보인 미소녀 메이드였다. 탐스러운 엉덩이를 감싸고 있는 미니스커트, 그 아래로 뻗은 길고 새하얀 다리, 그리고 어린아이를 연상시키는 살짝 웨이브진 트윈테일 머리 모양이 그 순수한 미소와 잘 어울렸다. 진짜 메이드 카페에서도 보기 힘든 수준의 엄청난 미소녀 메이드다. 마사치카조차도 그런 그녀를 보더니, 무심코…….

"으악~."

비명을 지르고 말았다. 왜냐하면 노노아였기 때문이다. 설명 끝.

"어머? 왜 그러시죠? 주인님♡"

“그건 내가 할 말이거든?”

노노아가 평소와 완전히 동떨어진 태도를 보이자, 마사치카는 볼에 경련이 일어난 채 태클을 날렸다.

“어머나~. 멋진 엘프 아가씨까지 오셨군요. 참 잘 어울리세요♡”

“아, 응. 고마워?”

아리사조차도 너무 놀란 나머지 눈을 치켜뜨며 살짝 질리고 말았다.

“마중 감사해요. 노노아 씨도 참 잘 어울리세요.”

한편, 상류층 아가씨 모드인 유키는 이 정도로 당황하지 않았다. 청초한 미소를 유지한 채, 자연스럽게 노노아를 칭찬했다. 그러자 노노아는 깍지 낀 손을 턱에 대더니, 몸을 배배 꼬며 부끄러워했다.

“어머~ 정말요~? 기뻐라~♡”

……그것도, 꺄하~♡ 하는 효과음이 들려올 것만 같을 만큼 노골적으로 말이다.

“커, 억.”

“…….”

마사치카는 정신적인 대미지를 심하게 받은 탓에 가슴이 쓰렸다. 아리사는 평소와의 갭이 어마어마한 노노아를 본 탓에 사고회로가 정지됐다. 하지만 노노아는 밴드 동료의 그런 반응을 개의치 않는 듯이(진짜로 개의치 않는 거겠지만), 끔뻑하고 멋진 윙크를 한 후에 세 사람을 자리로 안내했다.

"저, 저기, 주문해도 될까요?!"

"앗, 네~♡"

그리고 마사치카 일행이 자리에 앉자마자 다른 자리의 손님에게 호출받은 노노아는 그쪽으로 향했다. 아무래도 지금의 노노아를 보고 위화감만 느낀 마사치카 일행은 극소수파에 해당하는 것 같았으며, 교실 안의 다른 남자 손님은 전부 노노아에게 매료된 것처럼 보였다. 주문을 받는 동안에도 사방팔방에서 노노아의 가녀린 허리와 치마 아래로 드러난 새하얀 허벅지를 향해 시선이 쏟아지고 있는 것을 알 수 있었다.

노노아도 그것을 눈치챘겠지만, 모델 활동을 하느라 남들의 시선에 익숙한 덕분인지 태연해 보였다. 그뿐만 아니라…….

"정말~, 주인님? 어디 보시는 거예요?"

"어, 아니, 그게……."

장난스럽게 「꾸지람」을 할 여유마저 보이고 있었다. 진짜로 꾸짖는 게 아니라는 것을 태도로 알 수 있었기에, 테이블에 앉은 남자들은 부끄러워하면서도 좋아 죽겠다는 듯이 입가를 씰룩이고 있었다.

"으으, 무서워~."

그리고 마사치카는 또 질리고 말았다. 바로 그때, 노노아의 아키하바라~ 느낌의 메이드복과는 정반대인 클래식한 메이드복을 입은 여학생이 다가왔다.

"주문하시겠습니까?"

그녀를 본 순간, 마사치카는 무심코 어떤 칭호를 입에 담고 말았다.

"어, 메. 메이드장……."

"네? 메이드장이 맞습니다만……."

세 사람의 코스프레에 별다른 관심이 없는지, 가볍게 한 쪽 눈을 치켜뜨며 안경을 고쳐 쓴 이는 바로 사야카였다. 주위의 메이드와 달리 아양을 떠는 분위기가 접객 태도에서 전혀 느껴지지 않았다. 장식이 적은 롱스커트 메이드복과 냉철한 빛을 뿜는 안경이, 평범한 메이드와는 확연히 다른 관록을 자아내고 있었다.

"뭘 주문하시겠습니까?"

"으음, 그럼 이『메이드의 애정 듬뿍 미트 소스』를……."

"저희 가게의 추천 메뉴는 카레라이스입니다."

"뭐?"

"추천 메뉴는 카레라이스입니다."

메이드장이 완곡하게 주문을 거부했다. 무심코 표정이 굳은 마사치카는 어쩔 수 없이 그 추천 메뉴를 시키려다―.

"……아. 파스타는 만드는 데 손이 많이 가서 그런 거지?"

"어머, 들켰군요."

"당연하지. 식품 쪽 점검을 한 사람이 누구겠냐고."

문화제에서 식품 제공을 하기 위해서는 보건소 측의 행정 조사를 받아야 하기에, 조리 공정에 문제가 없는지 사전에 전부 점검을 받는다. 그 점검에 관여한 마사치카가 알다시피 카레라이스는 전자레인지로 데운 즉석밥에 카레를 끼얹기만 하면 되지만, 파스타는 건면을 삶아야 하기 때문에 손이 많이 간다. 그 외에도 단순히…… 카레라이스 쪽이 원가율이 낮다. 아니, 솔직히 말해…….

"아니…… 카레, 너무 비싼 거 아냐? 아무리 수제라고 해도, 문화제에서 천 엔이나 받는 건 좀……."

아무리 부잣집 학생이 많은 세이레이 학원의 문화제라고 해도 네 자릿수 가격의 요리는 흔하지 않다. 이게 최고급 요리라면 모르지만, 아무리 『메이드』의 『수제』라는 부가가치가 붙어 있다고 해도 카레는 카레다. 요금 설정이 지나치게 공격적이라고 해도 과언이 아니다. 하지만 이 메이드장이 아무런 대책 없이 이런 금액으로 설정했을 리가 없다.

"잘 보십시오. 그쪽에는 메이드와의 투샷 즉석카메라 촬영이 걸린 추첨권이 포함되어 있습니다."

"투샷 즉석카메라 촬영? 아하……."

마사치카는 메이드 카페라는 곳에 가본 적이 없지만, 가게에 따라서는 포인트를 모아서 사진 촬영 서비스를 받을 수 있는 곳도 있다는 이야기를 들은 적이 있다. 카레라이스에 추첨권이 포함되어 있다니, 모 아이돌의 악수권을 방불케 하는 것 같은데…….

“참고로, 당첨 확률은 어떻게 돼?”

“주인님, 그것은 메이드의 비밀입니다.”

“아, 일단 주인님이라고 불러주기는 하는구나…….”

오히려 그쪽이 의외였다. 마사치카가 무심코 그렇게 말하자, 사야카는 시선을 살짝 내리깔면서 말없이 안경을 고쳐 쓴 후에 입을 열었다.

“……당첨 확률은 무난한 수준으로 설정되어 있으니, 너무 걱정하지 마시길.”

“아, 응. 뭐, 그 점을 걱정하는 건 아닌데—.”

“저기요! 이쪽에 러키 카레를 하나 더 줘요! 카레와 라이스 빼고요!”

“이쪽도요!”

“네~. 추첨용 제비, 여기 있습니다~.”

“아, 저기 미안한데 말이야. 방금 어마어마하게 다크한 거래를 목격한 것 같거든?”

“기분 탓 아니려나요?”

“기분 탓 아냐~! 저 남자들의 눈을 보라고! 전원이 물러설 타이밍을 놓친 도박 중독자 같은 눈빛이라고!!”

“저희는 그 무엇도 강제하지 않습니다. 그저, 주인님 여러분의 뜻에 따르고 있을 뿐이지요."

"큭, 되, 되게 반론하기 어려운 변명을 늘어놓네……."

역시 과거에 토론회의 여왕이라 불린 사람답다고 할까. 사야카가 태연자약한 표정으로 그런 말을 늘어놓자 마사치카는 오히려 감탄하고 말았다. 그러자 유키도 감탄한 듯이 고개를 끄덕였다.

"그래요……. 메이드 카페 안에서의 식사에 따른 열악한 회전율을, 손님 한 명 한 명의 단가를 높여서 커버하고 있는 거군요."

"너도 정말 지독한 분석을 늘어놓네……. 메이드 카페에 대한 낭만이 눈곱만큼도 느껴지지 않아."

"주인님께서는 메이드 카페에 너무 큰 낭만을 품고 계신 것 아닐까요?"

"이 메이드장, 싫어~!"

무자비하게 꿈을 박살 내는 메이드장 앞에서 비명을 질렀지만, 마사치카는 딱히 사진 촬영을 바라진 않기에 평범한 카레를 주문했다. 유키와 아리사도 같은 생각이었기에, 카레라이스와 음료를 3인분 주문했다.

"그럼 잠시 기다려주십시오."

사야카가 고개를 숙인 후에 돌아가자, 마사치카는 다시 가게 안을 들러봤다. 놀라운 점은 가게 안에 있는 여성 점원 전원이 다른 디자인의 메이드복을 입고 있다는 사실이었다.

"으음, 의상에 돈을 엄청나게 들인 것 같네……. 그 대신 내부 장식은 간소하게 한 것 같지만 말이야."

"누구인지는 모르겠지만, 메이드복은 학생의 연줄로 빌렸나 봐. 대여료가 꽤 저렴했어."

"오오, 역시 회계 담당은 잘 아네."

설명을 해주는 아리사를 향해 고개를 돌려보니, 그녀는 차가운 눈길로 마사치카를 쳐다보고 있었다.

"그건 그렇고…… 마사치카는 저런 걸 좋아해?"

"뭐? 아니, 메이드를 좋아한다기보다…… 메이드복 자체는 귀엽다고 생각하긴 해. 오타쿠니까 말이지."

"흐~음?"

"그런 것치고는, 입구의…… 미조구치 양이었나요. 그녀를 보면서 꽤 입가를 씰룩거리지 않았나요?"

"아니, 딱히 그러진……."

"내 눈에도 그렇게 보였어."

아리사까지 그렇게 말하자 마사치카는 말문이 막혔다. 마사치카는 딱히 음흉한 감정을 품지 않았지만…… 뭐라고 변명할지 고민하고 있을 때, 유키가 빙긋 웃었다.

"농담이랍니다. 조금 놀렸을 뿐이에요. 마사치카 씨는 초면인 사람에게 그다지 관심을 가지지 않잖아요."

"그 말에는 어폐가 있지만…… 그렇긴 해."

유키가 그렇게 말하자, 마사치카는 쓴웃음을 머금으며 고개를 끄덕였다.

실제로 마사치카는 교류가 없는 상대에게는 이성으로서의 관심을 그다지 가지지 않는다. 마치 텔레비전에 나온 아이돌이나 여배우를 보는 것과 비슷한 느낌이었다. 「귀여워」, 「예쁜걸」, 「몸매가 좋네」 같은 감상은 품지만, 딱히 가까워지고 싶거나 만져보고 싶단 생각은 들지 않았다. 그 후로 어떤 형태로 교류를 하게 된 결과, 그런 감정이 생겨날 가능성은 있을지도 모르지만 말이다. 실제로 아리사와 처음 만났을 때도 「엄청난 미소녀네」 하고 생각했을 뿐, 딱히 친해지고 싶다고 생각하지는 않았다. 유일한 예외는 마리야…… 아니, 마아 정도일까.

(그렇게 생각하면…… 첫눈에 반했던 걸지도 몰라.)

그런 생각에 잠겨 있을 때, 맞은편에 앉아 있던 유키가 아리사에게 귓속말을 했다.

"아랴 양, 마사치카 씨가 저희를 앞에 두고 다른 여성을 생각하고 있어요."

"그렇지? 나도 왠지 그런 느낌이 들어."

"저기, 그 여자의 감이라는 건 대체 어떤 원리야?"

두 사람에게 마음을 읽힌 마사치카는 지친 듯한 눈길로 그녀들을 쳐다봤다. 하지만 아리사는 그 질문에 대답하지 않으며 차가운 어조로 추궁했다.

"그것보다, 대체 누구 생각을 한 거야?"

"……아야노야. 메이드 연관으로 문뜩 생각이 났거든."

"흐음~. 뭐, 키미시마 양은 귀엽긴 해."

"……아랴도, 메이드복을 입으면 분명 귀여울 거야."

비위를 맞춰줄 생각으로 그렇게 말한 마사치카는 문뜩 고개를 갸웃거렸다.

"어라? 아랴는…… 전에, 어떤 일인가로 메이드복을 입은 적이 있지 않아?"

"……기분 탓일 거야. 다른 사람과 착각한 것 아닐까?"

"어……? 그래, 내 착각이구나……."

마사치카가 약간 석연치 않은 심정으로 고개를 끄덕이자, 유키는 심술궂은 웃음을 흘렸다.

"마사치카 씨는 메이드복을 좋아하는군요. 다음에 저도 한번 입어줄까요?"

"흐음~ 마음대로 하지 그래?"

"……마사치카 씨, 요즘 저를 너무 홀대하는 것 아닌가요?"

"아니, 네가 딱히 귀여운 옷을 입어봤자…… 뻔하잖아?"

마사치카가 미간을 살짝 좁히며 그렇게 말하자, 비난하는 듯한 눈빛을 머금은 아리사의 볼에 희미하게 우월감이 어렸다. 하지만…….

"귀여워해 준 후에 사진을 찍기만 할 거라고."

"마사치카 씨도 참 무슨 소리를 하는 거예요. 귀여워해

준다니…… 정말 대담하다니까요."

"아, 농담이거든? 아랴? 농담이라고."

순식간에 아리사의 눈빛이 순도 100퍼센트의 영구동토로 변하자, 마사치카는 딱 잘라 그렇게 말했다. 물론 농담은 아니다. 유키가 귀여운 메이드복을 입는다면, 마사치카는 사진을 마구 찍어댄 후에 마구 귀여워해 줄 것이다. 하지만 그걸 이 자리에서 솔직하게 인정했다간 문제 발언이 될 것이기에, 농담으로 치부했다.

그러자 아리사는 일단 납득한 건지, 약간 불만 섞인 표정을 지으며 고개를 휙 돌렸다. 마음을 전혀 숨기지 못하는 그 태도를 본 마사치카는 「하아, 정말」 하며 쓴웃음을 흘렸다.

(뭐, 이 정도라면 친구 사이의 질투로 해석할 수도…….)

【나한테는 그런 티도 낸 적 없으면서…….】

(없네요……. 자기도 여자애로 봐달라고 어필하고 있군요.)

이런데도 본인에게 자각이 없다는 건, 문제라는 생각마저 들 정도였다.

(으음…… 본인은 『파트너가 항상 자기를 가장 우선해줬으면 해!』 같은 생각이라고 여기는 건가? 아랴는 1등을 좋아하긴 하니까…….)

그런 생각을 하고 있을 때, 메이드장이 카레라이스 3인분과 음료를 가져왔다.

“『메이드의 수제 러키 카레』 나왔습니다.”

“아, 고마워.”

테이블에 요리와 음료를 둔 후, 사야카는 위편에 구멍이 뚫린 상자를 들고 왔다.

“그리고, 이게 추첨 제비입니다.”

“아하, 아까부터 아비규환을 일으키고 있는…….”

“말씀이 과하시군요. 저쪽에 있는 주인님들께서는 운이 충분치 않으실 뿐입니다.”

“정말로 운 문제려나.”

일부러 세보지는 않았지만, 대여섯 명이 1만 엔권 지폐를 떠나보낸 건 틀림없어 보였다. 귀를 기울이면 「다음에야말로……」라든가 「하지만 더 이상은……」 같은 고뇌에 찬 목소리가 들려왔다. 그리고 노노아의 「주인님~, 음료 더 드시겠어요~?」라는 달콤한 목소리도 들렸다. 자리에 앉은 손님이 고민 중이든 말든 최대한 돈을 뜯어내는 스타일이었다. 듬직하네(악랄하네).

(저걸 『운이 충분치 않다』는 걸로 치부해버리는 건 너무 안 됐잖아…….)

마음속으로 그렇게 생각하며, 대충 제비를 뽑았다. 그리고 접혀 있는 종이를 펼쳐보니, 거기에는 『당첨』이라는 글자가…….

“어?”

"그거 보세요. 운 문제가 맞지 않습니까?"

사야카는 입가를 슬쩍 말아 올리며 웃더니, 교실 전체에 울려 퍼질 만큼 큰 목소리로 외쳤다.

"축하드립니다! 투샷 즉석카메라 촬영에 당첨되셨습니다!"

그 말이 울려 퍼진 순간, 「역시 이만 포기할까……」 하고 말하며 자리에서 일어나려던 남자들이 일제히 마사치카를 돌아봤다. 바로 그때, 노노아가 그들에게 말을 건넸다.

"더 주문하시겠어요~?"

"……그래. 러키 카레를 하나 더 부탁해!"

"끄응…… 나도 줘!"

"아아, 가련한 사내놈들이 또 도박의 늪에……."

냉정하게 생각해보면, 지금 당첨 제비가 하나 나왔다는 것은 아까보다 더 확률이 떨어졌다는 의미다. 하지만 그들은 그런 합리적인 판단을 내릴 수 없는 것이리라. 혹은 다른 사람이 한 번에 당첨됐다는 사실을 받아들일 수 없는 걸지도 모른다.

(어? 잠깐만. 그렇게 생각해보면…… 내가 당첨된 게, 진짜로 우연일까?)

어처구니없기는 했다. 하지만…… 지금 이 자리에서 마사치카가 당첨되는 건, 그들의 구매 의욕을 자극하는 데 더할 나위 없는 상황이었다. 그런 의심에 사로잡혀서 생각해보니, 다른 제비는 꼼꼼하게 접혀 있었지만 마사치카가 쥔 제비는 엉성하게 접혀 있어서 무의식적으로 움켜쥔 것 같기도…….

"아, 꽝이네요."

"나도 그래……."

유키와 아리사가 백지인 제비를 테이블 위에 두는 가운데, 마사치카는 사야카의 얼굴을 지그시 응시했다. 하지만 사야카는 속내가 전혀 드러나지 않는 담담한 미소를 머금으며 마사치카에게 물었다.

"그럼 주인님, 어느 아이와 같이 사진을 찍으시겠습니까?"

"뭐? 아, 으음……."

"참고로, 가장 인기 있는 건 노노아입니다."

"아니, 걔는—."

"그러실 줄 알았습니다. 노노아! 지명이에요!"

"이 메이드장, 사람 말 되게 안 듣네!"

"네~♡ 지명해주신 거군요? 주인님♡"

"……."

여전히 귀여운 척을 마구 해대는 노노아를, 마사치카는 차갑게 식은 눈길로 쳐다봤다. 하지만 노노아는 그 점을 눈치챘을 텐데도 깔끔하게 무시했다.

"그럼 주인님, 이쪽으로 와주세요♡"

그렇게 말한 노노아는 교실 뒤편의 칠판 앞에 섰다. 그곳에는 하트와 꽃과 리본 같은 것이 다양한 색깔의 분필로

화사하게 그려져 있어, 일종의 촬영 공간인 것 같았다.

"아, 그래……. 여기서 사진을 찍는 거구나."

솔직히 말하자면, 이 섬뜩한 메이드 노노아와 사진을 찍고 싶지는 않다. 그렇다고 다른 여학생을 지명했다간 괜한 오해를 살 것 같았기에, 마사치카는 아무 말 없이 자리에서 일어났다.

"아아, 맙소사……."

"내 노노아 양이……."

그러자, 뇌가 파괴된 사내놈들의 가련한 목소리가 주위에서 들려왔다.

"그래요. 이게 바로 『내가 먼저 좋아했는데(BSS)』인가요……."

"BSS……?"

유키와 아리사의 그런 대화를 등 너머로 들으면서, 마사치카는 칠판 앞에 섰다. 그러자, 노노아가 분필 한 개를 마사치카에게 내밀었다.

"자, 주인님. 여기에 이름을 적어주세요."

"이름?"

"응. 여기에 노노아와 주인님의 이름을 적고~ 사진을 찍을 거야☆"

보아하니, 칠판 한가운데에는 화려한 십자가 같은 것이 그려져 있었다. 그 왼편에, 노노아가 자기 이름을 적었다.

(으윽, 쪽팔려.)

메이드 카페에 온 손님에게 있어서는 기쁜 서비스겠지만, 마사치카로서는 공개 처형이나 다름없었다. 그리고 등 뒤에서 따가운 시선이 날아오고 있었다. 남자들의 원념이 얼음송곳이 되어 마사치카의 등을 찔러대고 있었다.

"주인님?"

얼굴에 물음표를 띄운 노노아가 이름을 쓰라고 재촉하자, 마사치카는 약간 망설인 끝에 자기 이름을 적었다. 하지만 그것만이 아니라, 두 사람의 이름 아래에 「목표는 차기 학생회!!」라고 덧붙여서 썼다.

그러자 노노아가 한순간 정색하더니, 곧 유쾌한 듯한 미소를 입가에 머금었다.

"우후훗. 참 재미있는 주인님이네요☆"

그렇게 속삭인 노노아는 다시 순진무구한 미소를 머금었다.

"자~, 준비됐어요~."

노노아가 그렇게 말하면서 사야카를 돌아보자, 마사치카는 몰래 가슴을 쓸어내렸다. 그렇다. 이것은 수치 플레이 같은 게 아니라, 어디까지나 쿠죠·쿠제 페어와 타니야마·미야마에 페어의 협력 관계를 어필하기 위한 것이다. 그렇게 생각하면, 딱히 부끄럽지는—.

"그럼 사진을 찍을 테니, 가슴 앞으로 손을 들어서 하트 마크를 만들어주세요. 『3, 2~, 1, 러브러브 큐루~룽』 하며 찍을게요."

메이드장의 그 무자비한 발언을 들은 순간, 마사치카는 정색하고 말았다.

◇

"카레, 참 맛있었어."

"그래. 건더기도 많이 들었던걸. 생각보다 훨씬 본격적이었어."

예상 이상으로 신경 써서 만든 카레에 만족한 마사치카 일행은 자리에서 일어났다.

"아직 멀었어! 이렇게 되면 갈 데까지 가보자고!"

"이제 와서 물러설까 보냐~!"

돌이킬 수 없는 지경까지 이르고 만 사내놈들을 못 본 척하며, 세 사람은 계산하러 갔다.

"자, 아까 찍은 사진입니다."

"아, 고마워……."

솔직히 말해 가지고 싶지 않은 데다 흑역사에 지나지 않기에 지금 바로 버리고 싶다. 하지만 남들 눈에 띌 수 있는 곳에 버리는 것도 좀 그랬다.

(뭐, 집에 돌아가서 버리도록 할까…….)

그렇게 생각한 마사치카는 건네받은 사진을 확인하지도

않고 가슴 호주머니에 집어넣었다. 그리고 밖에 나간 세 사람은 식사를 하며 짠 계획에 따라 교정으로 향했다. 바로 그때…….

"아, 죄송해요~."

"어이쿠."

요리를 가지러 가는 노노아가 뒤편에서 마사치카를 추월했다. 복도를 오가는 학생들의 시선을 한 몸에 받으면서, 노노아는 탈의실 겸 조리실로 쓰이는 F반 교실에 들어갔다.

그 모습을 별생각 없이 쳐다보며, F반 앞을 지나치려 할 때—.

『다들, 바쁘겠지만 힘내♡』

『우리만 믿어! 이 자식들아, 정신 바짝 차리라고~!』

『『『우오오오오오—!!』』』

교실 안에서 완벽하게 훈련된 남자들의 목소리가 들려오자, 마사치카는 공허한 눈길을 머금었다. 아리사도 약간 놀란 눈길로 교실을 쳐다보더니, 이해가 된 듯한 표정으로 중얼거렸다.

"카페에 남자가 안 보인다 했더니…… 다들 보조 업무를 맡고 있나 보네."

"그래. 메이드 카페 같은 기획을 내놓은 건 십중팔구 남자겠지만…… 남자의 사회적 지위가 전체적으로 낮은 듯한 느낌이 드는 건 어째서일까?"

남자 손님(주인님)에게서 돈을 뜯어내고, 남자 동료를 노동력으로 마음껏 부려 먹는 메이드 집단. 교내 굴지의 지휘관(커맨더)인 사야카의 통솔력을 노노아의 마성으로 부스트하면 이런 사태가 벌어지는 건가. 이제는 일종의 세뇌라는 느낌마저 감돌았다.

『큰일 났습니다, 주방장님! 카레를 비축해둘 냄비가 부족해요!』

『아앙? 멍청아! 지금 바로 사와!』

『네, 이 곰솥 냄비를요……?』

『그게 뭐 어때서? 여자애들도 자기 몸을 희생하며 접객을 하고 있잖아! 너도 자기 몸을 희생하라고!!』

『크으! 네!!』

……남자들의 대화도, 운동부 수준을 넘어 군대 느낌이 나고 있었다.

"……뭐랄까, 여러모로 깊은 어둠이 느껴지는 메이드 카페였어."

"이제 와서 생각해보면, 사야카 양과 동료들이 중등부 학생회장이 되는 걸 저지한 저희는 어쩌면 MVP감일지도 모르겠군요."

"뭐, 그래도 강요를 하는 것 같지는 않으니까…… 단결력이 뛰어나다고, 생각할 수도 있지 않을까……?"

셋 다 미묘한 표정으로 그런 이야기를 나누면서, 마사치카 일행은 그 자리를 벗어났다.

그리고 셋이서 주위의 주목을 받으며 30분가량 여러 가게를 둘러보던 중 시간을 확인한 유키가 입을 열었다.

"저기, 저는 20분 후에 다시 실행위원 일을 하러 돌아가봐야 하는데…… 마지막으로, 괜찮다면 저희 반에서 운영하는 가게에 가보지 않겠어요?"

그 제안에 따라, 세 사람은 1학년 A반 교실을 찾았다. 축제 느낌의 등롱이 곳곳에 걸린 그곳에서는 요요 낚시와 과녁 맞히기, 그리고 고리 던지기 코너가 줄지어 있었다.

"어서 오세— 쿠, 쿠죠 양?! 우와……."

입구 근처에 있던 남자애가 아리사를 보더니 깜짝 놀라며 경악했고, 그것은 다른 학생도 마찬가지였다. 갑자기 들려온 놀란 목소리에 고개를 돌려본 그들은 찾아온 멤버를 보고 놀라더니, 이어서 아리사의 모습을 보고 말문이 완전히 막히고 말았다. 아리사의 외모에 나름 익숙한 옆반 학생들에게도 엘프 모습을 한 아리사는 충격적인 것 같았다.

"여러분, 수고 많으세요. 이 두 사람의 접객은 제가 맡을 테니, 여러분은 하시던 일을 계속하세요."

유키가 전원의 의식이 새하얗게 된 타이밍에 그렇게 말하자, 얼이 나가 있던 A반 학생들이 흔들거리며 다시 움직이기 시작했다. 그래도 아리사가 여전히 신경 쓰이는 건지, 눈앞에 있는 손님을 상대하면서도 그녀를 힐끔힐끔 쳐다봤다. 그건 손님들도 마찬가지였다.

"그럼 아랴 양, 혹시 해보고 싶은 게 있나요?"

"으음, 그게…… 요요 낚시를 해보고 싶어. 일전의 축제 때는 하나도 못 땄으니까, 그 리벤지 삼아서 말이야."

아리사가 그렇게 말한 순간, 요요 낚시를 하던 학생이 재빨리 자리를 비워줬다. 반응이 너무 빠른 탓에, 아리사는 약간 놀라고 말았다.

"자, 자~ 쿠죠 양! 이쪽으로 오세요!"

요요 낚시 코너를 맡은 남자애가 빈자리를 손으로 가리키며, 우월감과 희색이 묻어나는 목소리로 그렇게 말했다. 아리사가 머뭇머뭇 그쪽으로 향하자, 마사치카는 로브를 벗어서 건네줬다.

"어? 뭐야?"

"이걸 다리에 걸쳐. 지난번처럼 물이 튈지도 모르잖아."

"아……."

싸구려 시판품인 마사치카의 로브와 다르게 아리사의 의상은 수제 고급품이다. 물에 젖게 할 수는 없다……라는 건 구실이며, 실은 몸을 웅크렸을 때의 속옷 노출 방지를 위해서다. 아리사도 그것을 눈치챈 건지, 약간 부끄러운 듯한 눈길을 머금으며 작은 목소리로 「고마워」 하고 말했다.

로브를 안아 들며 요요 낚시 코너로 향하는 아리사를 뒤쫓으려다…… 순식간에 그녀 주위에 몰려든 사람들을 본 마사치카는 쓴웃음을 흘렸다.

"어, 어……. 다른 코너는 어쩌려고 그래."

다른 코너를 담당하는 학생들까지 자리를 벗어나서 아리사에게 몰려들자, 유키도 쓴웃음을 머금고 말았다.

"뭐, 다른 손님도 전부 저기로 몰려갔으니까요……. 이제 아랴 양은 존재 자체로도 영업 방해감이군요."

"그래……. 그런데 아까부터 계속 공기 상태인 재에 관해서는 한마디 안 하는 거야?"

"지금은 내버려 두세요. 메이드로서 복잡한 심경인 것 같으니까요."

"그렇구나."

"그건 그렇고, 마사치카 씨는 뭘 하겠어요? 아까 말했다시피, 제가 접객을 해드릴게요. 경품은 드리지 않을 거지만요."

"안 주는 거냐."

"그랬다간 마사치카 씨가 경품을 다 쓸어갈 테니까요."

"그것도 그러네."

주위에 사람이 없기에, 두 사람은 아까보다 아주 조금 본성을 드러내며 이야기를 나눴다.

"하지만…… 아무리 마사치카 씨라도, 저건 따지 못할 거라고 생각해요."

유키가 그렇게 말하며 손가락으로 가리킨 것은 과녁판의

상단 중앙에 떡하니 놓여 있는 곰 인형이었다. 다른 경품과 다르게 단상에 엉덩이를 대고 딱 앉아 있었기에, 웬만해서는 꿈쩍도 하지 않을 것 같았다.

"……뭐랄까, 관록이 엄청난걸."

"영국의 유명 브랜드에서 만든 테디베어라더군요. 장인이 수작업으로 만든 이 세상에 하나밖에 없는 물건이라, 마니아라면 군침을 삼킬 정도로 탐낼 물건이라네요."

"왜 그런 게 과녁 맞히기의 경품인 건데?"

"그야 세이레이 학원이니까요."

"큭, 설득력이 어마어마해."

마사치카는 그런 말을 하면서 과녁 맞히기 코너로 향했다. 도전을 받는다면 그에 응해주는 것이 오빠로서의 도리다.

"자, 그럼 다섯 발에 300엔이에요."

"잠깐만, 돈 받는 거야?"

"그 대신, 저 곰 인형을 따면 드리겠어요."

새침한 표정으로 그렇게 말한 유키는 본성을 드러내듯 씨익 웃으며 속삭였다.

"(문화제의 추억 삼아, 아랴 양에게 선물하는 게 어때? 마이 브라더.)"

유키가 그렇게 말하자, 진지한 표정으로 요요 낚시를 하고 있는 아리사를 어깨 너머로 쳐다본 마사치카는 말없이 지갑을 꺼냈다.

"일단 다섯 발만 하겠어."

"네~."

유키가 코르크 총알 다섯 개를 건네주자 마사치카는 익숙한 손놀림으로 그것을 장전한 후에 곰 인형을 조준했다. 그리고 조용히 방아쇠를 당기자, 코르크 총알은 인형의 머리에 정확하게 명중한 후— 허무하게 튕겨 나왔다.

"저기, 비비탄총도 이것보다는 강할걸?"

"그래서 못 딸 거라고 제가 말했잖아요."

"그래도 말이야. 아무리 악랄한 크레인 게임도 이것보다는 딸 확률이 있도록 집게 강도를 설정한다고."

이마에 정확하게 명중시켰는데, 머리가 조금 흔들렸을 뿐이었다. 인형은 여전히, 뻔뻔하게 느껴지는 모습으로 단상에 자리하고 있었다. 앞으로 몸을 살짝 숙인 그 모습을 쳐다보면서, 마사치카는 유키에게 물었다.

"……유키, 총은 몇 자루 있어?"

"네? 전부 해서 네 자루예요."

"다 줘봐."

마사치카는 유키에게 부탁해서 네 자루의 총을 전부 받더니, 남은 총알을 한 발씩 장전했다.

"……연사라도 하려는 건가요? 그래봤자 떨어뜨릴 수 없을 텐데요."

"유키……."

유키가 그렇게 말하자, 마사치카가 섣부른 판단을 내린 동생을 나무라듯 이름을 불렀다. 그리고 인형을 응시하며 조용히 말했다.

"나, 실은 요즘 발경을 연습하고 있거든?"

"맙소사. 모두가 좋아하는 그 발경 말이야?"

무심코 오타쿠 본성을 드러낸 여동생을 향해 가볍게 웃어준 후, 마사치카는 아래편에서 올려다보듯 총을 겨눴다.

"가르쳐주겠어……. 중요한 건, 힘의 전달이라는 걸 말이지."

마사치카는 자신만만하게 웃더니, 방아쇠를 당겼다.

발사된 코르크 총알은 인형의 바로 아래편을 지나친 후, 등 뒤의 칠판에 튕겨 나면서 인형의 뒤통수에 명중했다. 마사치카는 그 결과를 확인하지 않고 다른 총을 거머쥐더니, 또 같은 장소에 정확하게 사격했다.

그 결과, 앞쪽으로 몸을 살짝 숙이고 있던 인형은 앞쪽으로 쓰러지듯 낙하하면서 아래편에 있는 경품과 함께 바닥에 떨어졌다.

"좋았어."

"좋았어, 는 무슨. 발경은 어디 간 거야."

"그래. 이게 바로 비기, 『무간경(無間勁)』."

"시끄러워."

유키는 정색하면서 태클을 날리더니, 어처구니없다는 듯

이 한숨을 내쉬면서 인형을 주웠다.

"아아~, 진짜로 딸 줄은 몰랐네……. 내일 미끼 경품으로 쓸 예정이었는데 말이야. 뭐, 그래도 약속은 약속이잖아. 받아."

유키는 그렇게 말하며 마사치카에게 인형을 넘겨주더니, 씨익 웃으면서 아리사 쪽을 쳐다봤다.

"흐흥~, 그럼 이만 시작하시죠? 해피 부끄 프레젠트 타~임♪"

유키가 구경꾼 근성을 마구 드러내며 그렇게 말하자, 마사치카는 건네받은 인형을 그녀에게 내밀었다.

"어……?"

"줄게."

"뭐?"

유키가 얼이 나간 듯한 표정을 짓자, 마사치카는 상냥하면서도 약간 슬픈 듯한 눈빛으로 말했다.

"이제는 인형을 가질 수 있잖아?"

그것은 마사치카가 스오우 가문에 있던 시절의 이야기다. 심각한 소아 천식을 앓던 유키는 먼지가 부착되기 쉬운 인형을 가질 수 없었다. 어릴 적에 항상 들고 다니던 인형도 멀리하게 됐으며, 항상 청결을 최우선으로 삼는 병실 같은 간소한 방에서 지내야만 했다.

그때는 오락실에서 뽑은 곰 인형을 유키에게 주지 못했

다. 마음 깊은 곳에 남아 있던 그 앙금이 지금 마사치카에게 이런 행동을 취하게 했다.

“…….”

마사치카가 그렇게 말하자, 유키는 인형을 꼭 끌어안으며 얼굴을 묻었다. 그리고 뭔가를 참듯 몇 초 동안 어깨를 부르르 떨더니, 곧 차분한 표정을 지으며 고개를 들었다.

“큰일 날 뻔했어……. 하마터면 대낮에 교실에서 한판 뜰 뻔했네.”

“뭘 말이야?”

“하아, 내 호감도를 더 올려서 어쩌려는 거야? 이미 MAX 상태거든?”

“나는 낚은 물고기한테도 먹이를 주는 타입이라고.”

“하아, 이 사랑스러운 오라버니 자식~.”

그렇게 말한 유키는 인형에 입을 대더니, 부끄러운 듯이 몸을 흔들었다.

“으흐흐~, 정말~ 오빠는 참…… 오빠는, 왜 오빠인 거야?”

“그야 너보다 먼저 태어나서지.”

“뭐야, 그게 다야? 그럼 공경할 필요 없네.”

“갑자기 무슨 소리야?”

유키의 얼굴에서 갑자기 표정이 사라지자, 마사치카는 정색하며 태클을 날렸다. 그리고 잠시 생각에 잠기더니, 눈을 부릅뜨며 또 태클을 날렸다.

"……그리고, 너한테 공경받은 적 없다고."

"……어라? 나도 한 적 없네."

"그렇지? 공경 안 했잖아."

"공경받고 싶다면, 그에 걸맞은 태도를 보여야 하지 않을까?"

"공경받을 수 있는 오빠이기를 바란다면, 동생도 그에 걸맞은 태도를 보여야 하지 않을까?"

"이 세상에서 가장 귀여운 이 여동생님에게 불만 있어?"

"아까부터 표정이 쉴 새 없이 바뀌는 점이랄까?"

"시선이 느껴질 때마다 아가씨 모드로 돌아가고 있거든."

"우와, 초감각(하이퍼 센스)이 끝내주네."

"재주 좋지?"

"비정상적일 정도야."

오빠의 태클을 듣고 아가씨 모드로 기품 넘치는 웃음을 흘린 유키는 곧 아가씨 모드를 풀었다.

"고마워, 오빠."

"응."

무심코 머리를 쓰다듬어줄 뻔한 마사치카는 장소를 고려해 가볍게 고개만 끄덕였다. 유키는 이해한다는 듯이 웃음을 흘렸고, 남매 사이에 훈훈한 분위기가 감돈 바로 그때—어마어마한 한파가 몰려온 탓에, 두 사람 다 어깨를 부르르 떨었다.

氷

고개를 돌려보니, 요요를 든 채 인파 사이로 두 사람을 뚫어지게 쳐다보고 있는 아리사의 모습이 눈에 들어왔다. 아리사는 마치 유령처럼 몸을 일으키더니, 그 기백에 눌려서 뒷걸음질 치는 학생들 사이를 가르며 두 사람을 향해 걸어갔다. 그리고 웃음기가 전혀 섞이지 않은 눈길을 머금은 채, 미소를 머금었다.

"즐거워 보이네."

"으, 응……. 아랴도, 꽤 열중하던걸?"

"맞아……. 꽤 고생했지만, 겨우 하나 땄거든."

"그랬구나. 다행—."

"그런데? 내가 열심히 분투하는 사이, 둘이서 뭘 한 거야?"

아리사가 웃음기가 전혀 없는 미소를 머금으며 고개를 갸웃거리자, 마사치카는 「오붓한 시간을 가졌습니다」 하고 말할 수도 없었기에 사실만을 담담히 이야기했다.

"……과녁 맞히기를 했습니다."

"그래서?"

"유키가 이 인형을 못 딸 거라고 하니까…… 반드시 따주겠다고 생각했어."

"그랬구나. 그래서?"

"그래서…… 따긴 했는데, 나는 인형이 필요 없으니까…… 유키한테 줄까 해서……."

"흐으으음~."

아리사가 의미심장한 소리를 내는 가운데, 그제야 사태를 파악한 A반 학생이 허둥대기 시작했다.

"어, 잠깐만! 그 인형을 딴 거야?!"

"말도 안 돼! 못 봤는데!"

"에이, 말도 안 돼. 어, 본 사람이 없는 거야?"

믿기지 않는 듯한 반응을 보이는 학생들 앞에서, 유키는 교실 구석을 향해 말했다.

"그 어떤 부정행위도 없이, 진짜로 땄답니다. 아야노, 내 말 맞지?"

유키가 그렇게 말하자, 쭉 공기화되어 있던 아야노가 조용히 앞으로 나섰다.

"네, 틀림없습니다."

아야노가 무표정한 얼굴을 끄덕이자, A반 학생들은 일제히 머리를 감싸 쥐었다. 「말도 안 돼」라든가 「내일 경품은 어떻게 하지」 같은 소리를 하며 아비규환에 빠진 학생들 앞에서, 아야노는 자랑스럽다는 듯이 감회에 젖은 목소리로 말했다.

"마사치카 님의 비기 『무간경(無間勁)』…… 정말 멋진 기술이었습니다."

"아니, 잠깐만……."

마사치카가 허둥지둥 입을 연 순간, 교실 안의 소음이 멎었다. 그리고 다들 머리를 감싸 쥔 채, 정색을 하며 아야노와 마사치카를 뚫어지게 쳐다봤다.

"비기…… 뭐?"

"어, 자기 입으로 말한 거야?"

"대박."

"아니, 농담 좀 해봤을 뿐이라고!"

다들 일제히 질린 듯한 눈길로 쳐다보는 가운데, 마사치카가 허둥지둥 변명을 했지만 그 분위기는 바뀌지 않았다.

"마사치카……."

"아, 아랴?"

"……문화제라고 너무 들뜨지는 마."

"안됐다는 듯이 쳐다보지 말라고~!"

A반 교실에, 마사치카의 비통한 외침이 울려 퍼졌다.

제 3 화 토론회 이상으로 진심을 발휘해봤습니다

“미안하다니까 그러네. 너무 삐치지 말라고.”

“딱히 삐치진 않았어.”

A반 학생들에게 중2병 환자라는 낙인이 찍힌 후에 교실을 나선 마사치카는 복도에서 정처 없이 걸으면서, 아직 언짢은 아리사의 기분을 풀어주려고 노력했다.

생각해보면, 아리사가 불만을 품는 것도 이해됐다. 아까 들려왔던 관중들의 성원으로 볼 때, 아리사의 요요 낚시 리벤지 매치는 처절했으리라. 그래도 몇 번이나 도전과 실패를 반복한 끝에, 드디어 요요를 낚아서 성취감을 느끼며 고개를 돌려보니…… 함께 문화제를 돌아보던 두 사람은 자신의 사투를 전혀 쳐다보지 않으며 자기들끼리 노닥거리고 있었다. 만약 타케시와 히카루가 그랬다면, 마사치카도 소외감을 느끼며 가슴이 옥죄어들었으리라.

【내, 파트너인데…….】

“……러시아어로 중얼거리지 마. 무섭다고.”

다른 의미에서 가슴이 옥죄어든다고.

“아니, 저기…… 변명처럼 들리겠지만 말이야. 나도 네

요요 낚시를 볼 생각이었거든? 하지만 사람이 너무 몰려서……. 너도 참 인기가 좋아졌다고나 할까……."

마사치카가 더듬더듬 그렇게 말하자, 아리사는 머리카락을 만지작거리면서 그를 힐끔 쳐다봤다.

"……그러는 너도 다른 사람들에게 신뢰받고 있거든?"

"어? 무슨 소리야?"

"아까 우리 반에서도…… 네가, 자연스럽게 진두지휘를 했잖아."

"……아."

확실히, 듣고 보니 그랬다. 요즘 들어 문화제 실행위원으로서 누군가에게 지시를 내리는 일이 많았기에, 딱히 의식하지는 않았다.

하지만 냉정하게 생각해보니, 1학기까지만 해도 반에서 마사치카의 평가는『바보에 성실함과 거리가 먼 오타쿠』였을 것이다. 일부러 바보처럼 굴지는 않았지만, 중류 가정 출신이라는 점까지 더해져서『아랫사람』으로 여겨졌다.

마사치카는 그런 점 자체를 딱히 개의치 않았다. 오히려 주위의 인간과 원만한 인간관계를 구축하기 위해서는, 다소 얕잡아 보이는 편이 좋다는 생각마저 하고 있었다.「모난 돌이 정 맞는다」,「벼는 익을수록 고개를 숙인다」같은 말로 알 수 있듯 괜히 눈에 띄면 경계의 대상이 되고, 거꾸로 얕보인다면 상대가 경계심을 풀기에 품속으로 쉽게 들어갈 수 있다.

자신의 유용성을 드러내는 것은 품속에 들어간 후라도 괜찮다. 알 만한 상대는 그것만으로도 태도를 바꿀 것이며, 바꾸지 않는 상대라면 적당히 추켜세워주며 주도권을 쥐면 된다……라는 생각도 있지만, 단순히 남에게 괜히 기대받는 것이 귀찮아서이기도 했다.

"듣고 보니…… 그렇긴 하네."

딱히 능력을 드러낸 기억은 없지만, 어느새 반에서도 마사치카에 대한 평가가 달라진 듯한 느낌이 들었다. 그 계기가 무엇일까…… 하고 생각해보니, 두말할 것도 없이 학생회에 들어간 것이리라.

"역시, 방학식 인사 때문 아닐까?"

"어? 아…… 그럴지도 모르겠네."

아리사가 그렇게 말하자, 마사치카는 잠시 생각에 잠긴 후에 고개를 끄덕였다.

지금 생각해보니, 그때 마사치카는 전교생 앞에서 「중등부에서 그림자 부회장이었습니다」 같은 발언을 하고 말았다.

실제로 중등부에서 학생회 소속이었을 때, 마사치카는 항상 그림자처럼 행동하려 했다. 유키가 파트너로서 믿음직스러웠기에 그 이면에서 여러모로 손을 썼으며, 그런 만큼 대외적인 이벤트에서는 유키를 내세우며 얌전히 있었다. 그러니 그 인사에서 자신의 경력을 밝힐 때까지, 대부분의 학생은 그가 부회장이었다는 것을 기억조차 못 하지 않았을까. 그것은 학급 친구들도 예외가 아니었을 것이다.

“그 일로 주가가 좀 올랐고…… 2학기 들어서 문화제 실행위원으로서 이런저런 일을 하다 보니, 자연스럽게 애들에게 인정받게 된 느낌이려나? 자기 입으로 말하는 것도 좀 그렇지만 말이야.”

“그런 것 아닐까? 나보다 너를 훨씬 의지하는 것 같다니깐.”

“아니…… 뭐, 귀찮은 일을 떠맡기기 딱인 상대라고 여겨지는 걸지도 몰라.”

왠지 또 파트너로 걸맞은가 운운의 이야기가 될 것 같았기에, 마사치카는 농담 투로 그렇게 말했다.

“하지만…… 그래. 유능함이라는 건 숨길 수가 없는 거구나.”

마사치카가 머리카락을 쓸어올리면서 공허한 미소를 머금자…….

【좀 숨겨도 된단 말이야.】

아리사는 삐친 듯이 고개를 휙 돌리더니, 러시아어로 그렇게 중얼거렸다.

“……역시, 화난 거 맞지?”

“아니거든? 그냥 나와 한 약속을 잊은 걸까, 하고 생각했을 뿐이야.”

“약속?”

진짜로 무엇을 말하는 건지 몰라 고개를 갸웃거리자…… 아리사가 날카롭게 째려보는 바람에, 마사치카는 허둥지둥 기억을 뒤졌다. 그러자 음악실 근처의 계단에서 아리사와 나눈 대화가 생각났다.

“어, 아, 아하~ 혹시 그거야? 문화제를 함께 돌아보자는…… 어라, 지금 하고 있잖아?”

“이건…… 노카운트야. 나, 너한테 같이 돌아보잔 말을 못 들었는걸.”

“어, 그게 중요한 거야?”

“중요해. 애초에 같이 돌아보잔 말은 안 했거든? 『문화제에서 나를 즐겁게 해줘』라고 말했단 말이야.”

그 말은, 지금은 즐겁지 않다는 건가…… 하고 생각하다, 그녀가 지금 언짢은 상태라는 점에 생각이 미친 마사치카는 아무 말도 할 수가 없었다.

【애초에, 단둘도 아니었잖아.】

(아, 응……. 그렇지.)

【어쩌다 보니 같이 다니는 게 아니라…… 제대로 말을 하란 말이야.】

(미안해.)

【좀, 로맨틱하게 할 수 없는 거야?】

(난이도 좀 올리지 마.)

아무래도 아리사는 정식으로 데이트 신청을 해주기를 바라는 것 같았다. 아리사의 태도로 볼 때, 그녀는 「네가 부끄러움을 참아가며 말을 꺼내준다면, 같이 문화제를 돌아 봐줄 수도 있거든?」 같은 공주님 포지션을 유지하고 싶은 것 같았다. 그런 거라면, 이번이 노카운트라고 말한 심정도 이해가 됐다.

"미안해……. 내일 꼭 만회하겠어."

"……응."

퉁명하게 대답한 아리사는 고개를 휙 돌렸다. 아무래도 마사치카가 「이것」으로 약속을 지킨 것으로 하려 한 바람에, 완전히 삐친 것 같았다.

(으~음, 어떻게 하지……. 뭐, 완전히 내가 잘못하긴 했지만 말이야.)

오히려 만회할 기회가 주어진 것을 감사해야 하겠지…… 하고 생각하며 앞장서서 성큼성큼 걷고 있는 아리사의 등을 쳐다보고 있을 때, 그녀 건너편에 있는 학생이 스마트폰을 들고 있다는 사실을 눈치챘다. 눈치채는 것과 동시에 아리사 앞으로 재빨리 나선 마사치카는 오른손으로 로브를 펼쳐서 아리사를 가렸다.

"거기! 이 아름~다운 엘프 님을 촬영하고 싶은 심정은 충~분히 이해하지만, 사진을 찍기 전에 허락부터 받아주지 않겠어?"

그렇게 농담 투로 주의를 주자 그 남자는 거북한 표정을 지으며 다른 곳으로 가버렸다.

말이 통하는 학생이라 다행이다…… 하며 안심한 것도 잠시였다.

"어, 허락받으면 사진 찍어도 돼?"

마사치카의 말을 진담으로 받아들인 여학생 몇 명이 스마트폰을 손에 든 채 일제히 다가오자, 그는 그대로 굳어버렸다. 하지만 그 모습을 본 지나가던 학생까지 기대에 찬 표정으로 멈춰서기 시작했다.

"아니, 방금 그건 농담—."

"쿠죠 양, 이쪽 좀 봐줘!"

"엘프 아가씨! 사진 한 장 찍어도 돼?"

"저기, 괜찮다면 투샷을……."

마사치카의 말을 들은 척도 하지 않으며 인싸로 보이는 여학생들이 아리사에게 몰려들었다.

(우와, 되게 저돌적이네! 어떻게 하지? 선거전을 생각해서 흔쾌하게 응하는 편이 좋을까? 여자애라면 딱히 흑심은 없을 테니까…… 아니, 그래도 여기서 승낙했다간 분명 수습할 수 없는 사태가 벌어질 거야…….)

일단 아리사의 뜻을 파악해야겠다……고 생각해서 뒤를 돌아보니, 그녀 또한 어쩌면 좋을지 모르겠다는 듯한 눈길로 마사치카를 쳐다보고 있었다.

(아, 그래……. 미소 지으면서 사진을 찍어줄 수 있는 상태가 아니네. 역시 거절하는 편이—.)

그렇게 판단한 마사치카가 거절하기 위해 앞을 바라봤을 때였다.

"당신들? 너무 억지를 부리는 건 아름다운 행동이 아니랍니다."

늠름한 목소리가 소란을 꿰뚫었고, 마사치카를 포함해 이 자리에 있는 이들 전원이 목소리가 들려온 방향으로 일제히 고개를 돌렸다. 그리고 전원의 의식이 순식간에 그 사람에게 쏠리고 말았다.

그 자리에는 용맹함과 고결함을 구현한 듯한 기사복을 걸친 여성들이 있었다. 그리고 선두에는 벌꿀 빛깔의 세로롤 머리카락이 눈부시게 아름다운 여학생이 서 있었다. 여자 검도부 부장이자 선도위원회 부위원장인 키류인 스미레 본인이었다.

"스미레 선배……!"

"정말 당당하셔라……!"

아리사의 사진을 찍고 싶어 하던 여학생들도, 그 늠름하고 아름다운 모습에 매료됐다. 그런 그녀들에게 당당히 다가간 스미레는 아리사를 로브로 감싸고 있는 마사치카에게 시선을 보냈고, 그 시선에 담긴 의미를 눈치챈 그는 오른손을 내렸다. 그러자 스미레는 만족한 듯이 미소를 짓더니, 여학생들을 바라보며 말했다.

"여성에게 다가설 때는, 너무 억지스럽게 접근하는 게 아니라 신사적인 행동을 취해야 마땅하답니다. 바로 이렇게 말이죠."

그렇게 말한 스미레는 망토를 쓸어넘기며 한쪽 무릎을 꿇더니, 오른손을 자신의 가슴에 대면서 왼손을 아리사를 향해 내밀었다.

"아름다운 엘프 아가씨, 저에게 당신과의 한순간을 추억으로 남기는 명예를 내려주시지 않겠습니까?"

"……아, 네."

마치 모든 여성의 이상형(픽션) 같은 왕자님의 모습이었기에 아리사는 무심코 고개를 끄덕였다. 그리고…….

""""꺄아아아아—!!""""

복도 창문이 뒤흔들릴 듯한 새된 비명이 폭발했다. 아니, 실제로 창문이 뒤흔들렸다.

여학생들의 새된 비명을 한 몸에 받은 스미레가 은근슬쩍 아리사를 감싸듯이 서더니, 그 자리에 있는 학생들을 향해 말했다.

"알겠나요? 세이레이 학원의 학생된 자, 항상 예절을 잊으면 안 된답니다."

나무라듯 그렇게 말한 스미레는 「하지만」 하며 말을 이었다.

"바로 저처럼 하는 것은 어려울 테니…… 우선, 제가 연습 상대가 되어드리겠어요.”

그렇게 말한 스미레는 가장 가까운 곳에 있는 여학생을 향해 슬며시 눈길을 보냈다.

“자, 어떻게 부탁하면 된다고 했죠?”

“아, 네……. 저, 저기, 당신과의 한순간을—?”

“무리하지 말고, 당신의 마음에서 우러나온 말을 통해 성실히 부탁하면 된답니다.”

“으, 으음! 사진 한 장, 찍게 해주시지 않겠어요?!”

“네, 좋답니다.”

스미레는 우아한 미소를 머금더니, 순식간에 카메라를 의식한 포즈&표정을 지었다. 동시에 등 뒤로 돌린 손을 가볍게 흔들었고, 그것을 본 마사치카는 아리사를 데리고 슬그머니 그 자리를 벗어났다. 그러면서, 작은 목소리로 감사 인사를 건네는 것도 잊지 않았다.

“(고마워요, 바이올렛 선배.)”

“스미레예요!”

아무래도, 그 말은 못 들은 척해줄 수가 없는 것 같았다.

스미레가 바로 부정(태클)하자, 마사치카는 작게 웃었다. 그리고 사진 촬영에 응해주며 교통정리를 하는 스미레를 보며 감탄한 듯이 중얼거렸다.

“정말, 저 사람의 저런 면은 정말 재능이야……. 자기를 돋보이게 하는 법을 안다고나 할까……. 뭐, 연기가 섞여 있다는 점은 사촌인 유쇼와 마찬가지지만 말이지."

하지만 유쇼의 왕자라도 된 듯한 그 행동거지에 비아냥거림이 섞여 있는 것처럼 느껴지는 건 마사치카가 남자라서일까.

"참, 아랴는 괜찮았어? 아까 같은 건 인기에 따른 폐해일 거야……."

"응. 뭐…… 감싸줘서, 고마워."

아리사가 시선을 돌린 채 작은 목소리로 고맙다고 말하자, 마사치카는 어깨를 으쓱했다.

"신경 쓰지 마. 오히려 내 탓에 소동이 커진 거라고 해도 과언이 아니잖아……. 미안해. 실패했어."

"아냐. 나는 아무것도 하지 못했는걸. 마사치카를 탓할 수는 없어."

"으음…… 뭐, 앞으로도 이런 일이 또 있을지도 모르잖아. 앞으로도 정진하도록 하자."

"……그래."

그 후, 두 사람은 잠시 침묵에 빠졌다. 아리사의 기분은 어찌어찌 풀렸지만, 이번에는 분위기가 좀 무거워지고 말았다. 그것을 풀 방법이 없을지 생각하며 머리를 긁적이던 마사치카는 별생각 없이 주위를 둘러보다, 근처에 있는 교실을 쳐다봤다.

"아, 여기는…… 마샤 씨와 사라시나 선배가 하는 마술바

맞지? 들어가보지 않을래?"

"응? ……뭐, 좋아."

"그래. 아, 둘인데 괜찮나요?"

"어서 오세요~. 비어 있는 테이블에 앉아주세요~."

입구에 있는 학생에게 안내를 받으며 안에 들어갔다. 내부는 생각보다 어둑어둑했기에 마사치카는 눈을 가늘게 떴다. 실내에는 재즈가 잔잔하게 흐르고 있었으며 전체적으로 차분한 분위기가 감돌았다. 길쭉한 테이블이 입구 쪽을 향해 입을 벌리고 있는 ㄷ자 모양으로 배치되어 있었으며, 각 테이블에서는 마술 쇼가 펼쳐지고 있었다.

"어머. 아랴, 쿠제. 어서 와~."

익숙한 목소리를 듣고 고개를 돌려보니, 마침 손님을 받지 않고 있는 마리야가 이쪽으로 오라는 듯이 손짓을 하고 있었다.

"오오, 마샤 씨…… 왠지, 엄청 어른스러운 느낌이네요."

"정말~? 고마워~. 우와아, 아랴도 정말 귀엽네!"

보는 이까지 미소 짓게 만드는 그 환한 미소는 평소와 마찬가지지만, 차분한 실내 분위기를 비롯해 셔츠와 조끼로 이뤄진 바텐더 의상이 마리야에게 어른스러운 매력을 부여했다. 원래 연상인 마리야는 현재 상냥한 성인 누님 같은 이미지가 감돌고 있었기에, 마사치카는 가슴이 살짝 뛰고 말았다.

(우와아, 장난 아니네……. 이런 누님이 술을 권한다면 무한정 들이마실 것 같아.)

무심코 그런 생각을 하면서, 마리야가 있는 테이블 앞에 앉았다. 약간 다리 부분이 길고 가로로 긴 테이블에는 아랫부분을 가리려는 듯이 커다란 천이 처져 있었다. 아마 마술사의 허리 아랫부분이 손님에게 보이지 않도록 하기 위해서이리라. 테이블의 배치를 봐도, 손님이 마술사의 등 뒤에 위치하지 못하도록 배려한 것처럼 느껴졌다.

"으음, 일단 순순히 앉기는 했는데 말이야. 아랴는 여기로 괜찮겠어?"

"뭐, 상관없어. ……제대로 된 마술을 볼 수 있을지 좀 걱정이 되긴 하네."

"우와~, 바보 취급당했어~. 이 언니는 제대로 된 마술을 할 줄 알거든? 엄~청 연습했단 말이야."

마리야는 허리를 손으로 짚으며 발끈했다. 하지만 곧 빙긋 웃더니, 두 사람을 향해 메뉴를 내밀었다.

"음료는 뭐로 할래? 당연하겠지만, 전부 알코올이 들어가지 않았으니까 안심해."

마술바라는 콘셉트에 따라, 메뉴에는 논알코올 칵테일의 명칭이 줄지어 실려 있었다. 마사치카는 지식으로 몇 개는 알고 있지만 아리사는 칵테일을 잘 알지 못하는지 언뜻 보기만 해서는 어떤 건지 알 수 없는 그 이름들을 보며 딱딱하게 굳어버렸다. 하지만 언니에게 「이건 어떤 음료야」 하고 묻는 건 자존심이 허락하지 않는 건지, 아무 말 없이 메뉴를 노려보고 있었다.

“그럼 저는 신데렐라로 할게요.”

“아, 그럼 나도 같은 걸로…….”

“응~, 신데렐라 두 잔이구나~. 후훗, 왕자님이 곤란해하겠네. 그럼 잠시만 기다려줄래?”

마리야도 아리사의 허세를 눈치챘을 것이다. 하지만 마리야는 별다른 반응을 보이지 않더니, 메뉴를 회수한 후에 발치를 향해 몸을 숙였다. 그리고 잠시 달그락거리더니, 셰이커와 잔을 들고 몸을 일으켰다.

“그럼 신데렐라를 만들게~. 나는 마법사 할머니가 아니지만 말이야.”

그런 불가사의한 말을 입에 담은 마리야가 셰이커를 두 개로 나누더니, 아래쪽 절반에 페트병에 들어 있는 물을 넣었다.

“어, 잠깐만?”

아리사가 당황한 가운데, 셰이커 두 개를 합체시킨 마리야는 그대로 흔들기 시작했다. 그리고 셰이커의 뚜껑을 열고 잔 위에서 기울이자— 잔에는, 노란 액체가 따라졌다.

“어머? 앗.”

솔직하게 놀란 목소리를 낸 아리사는 아차 하며 입을 다물었다. 하지만 한번 흘러나온 목소리는 사라지지 않았고, 마리야는 약간 우쭐대면서 아리사 앞에 잔을 뒀다.

"자, 여기 있어."

"오오~."

마사치카가 박수를 보내자, 아리사 또한 약간 분해 보이는 표정을 지으면서 박수를 보냈다. 물론 마사치카는 방금 마술의 트릭을 눈치챘다. 왜냐하면 마사치카는 오타쿠로서 언제 목숨이 걸린 게임에 휘말려도 괜찮도록, 온갖 속임수 테크닉을 이하 생략.

방금 마술의 트릭은 단순하다. 셰이커 위쪽과 아래쪽이 구분되어 있으며, 위쪽에는 미리 신데렐라를 넣어뒀을 뿐이다. 물론 간파했다고 해서 그 트릭을 폭로하지는 않았다. 간파했을지라도 놀란 척을 해주는 게 매너니까 말이다.

"그럼 다음에는 카드 마술을 보여줄게."

그렇게 말한 마리야가 이번에는 테이블 매트와 트럼프를 꺼냈다. 매트를 테이블에 깔고, 그 위에 트럼프를 뒀다. 그 익숙한 손놀림을 보니, 그녀가 얼마나 연습했는지 짐작할 수 있었다.

"그럼 우선, 이 카드 더미를 둘로 나눌게. 쿠제, 적당한 타이밍에 『스톱』이라고 말해줄래?"

"네."

마사치카는 마술에 문외한인 척하며 마리야의 지시에 따

랐다.

(아랴가 아까 말한 것처럼 좀 걱정됐는데…… 문제가 없어 보이는걸. 하긴, 마샤 씨는 아랴 앞에서는 덜렁대는 척을 하지만 실은 똑 부러지는 사람이잖아.)

마사치카는 그렇게 생각하며 안심했지만…… 그는 알지 못했다. 사실 마리야가 언니에서 덜렁이가 되는 데에는 의외로 명확한 법칙이 존재한다는 사실을 말이다.

말하자면 의외로 단순한데, 마리야가 「정신을 바짝 차려야 해!」 하고 생각하면 할수록 똑 부러지는 언니가 된다. 예를 들자면 경계할 필요가 있는 인간을 상대할 때, 혹은 함께 있는 인간이 믿음직스럽지 못할 때다. 거꾸로 말하자면, 함께 있는 인간이 신뢰할 수 있는 인간일수록 「내가 정신 바짝 차리지 않아도 되겠네~」 하며 긴장을 푼다. 그리고 마리야는 덜렁이가 되고 마는 것이다.

그런 점을 고려하며, 지금 마리야의 앞에 있는 이가 누구인지 다시 살펴보자. 그렇다. 아리사와 마사치카다. 두 사람 다 마리야가 누구보다 신뢰하는, 사랑해 마지않는 이들이다. 그런 두 사람의 앞에서, 마리야의 행복함 또한 현재 최고조에 달하려 하고 있었다. 머릿속에 꽃밭이 펼쳐졌다. 지능지수로 치면 50, 편차치로 치면 30 정도 하락했다. 그 결과…….

(어라? 방금…… 더블 리프트 같은 걸 해야 하지 않았어?)

마사치카는 마리야의 손놀림에서 위화감을 느꼈지만, 그녀는 개의치 않으며 계속 진행했다.

"방금 아랴가 고른 카드를 호주머니에 넣었어. 하지만 여기에 마술을 걸면…… 3, 2~, 1!"

카운트다운을 한 마리야는 카드 더미 위에서 손가락을 튕겼지만, 딱 하는 소리는 들리지 않았다. 그리고 가장 위에 있는 카드를 뒤집자…… 또 뒷면이었다.

"어머?"

"""……."""

뒷면이 나온 카드를 또 뒤집었지만, 이번에도 뒷면이었다. ……절대로 보여주면 안 되는 모습이다.

"저기, 마샤 씨~. 음료 한 잔 더 주문해도 될까요?"

"아, 응~."

무슨 말을 하면 좋을지 생각이 안 난 마사치카는 아무것도 못 본 걸로 하기로 했다. 아리사 또한 말로 형용할 수 없는 표정을 지으며 잔을 입가로 가져갔다. 아무리 언니일지라도, 이 상황에서는 태클을 날릴 수가 없는 것 같았다.

"그, 그럼 이번에는 컵과 공을 이용한 마술을 보여줄게!"

두 사람의 배려를 받은 마리야가 이번에는 다른 도구로 마술을 선보이려 했지만…… 그 후로는 엉망진창이었다. 예고한 대로 안 되기 일쑤였으며, 보여줘선 안 되는 광경까지 잔뜩 보여줬다. 그때마다 마사치카와 아리사는 음료를 들이켰다. 그러다 보니 어느새 신데렐라가 네 잔째였다.

"으~음…… 미안해. 나, 오늘 컨디션이 안 좋나 봐."

"오늘 컨디션이 안 좋으면 어떻게 해……."

"아니, 뭐, 아까까지는 잘했잖아요? 상대가 가족이라서 긴장한 거겠죠."

마리야의 거듭된 실패를 목격한 아리사는 참다못해 매몰찬 태클을 날렸다. 그런 상황에서 마사치카는 마리야를 위로해주려 했다. 바로 그 타이밍에 교실 문이 열리자, 문뜩 그쪽을 쳐다본 마리야의 얼굴이 환해졌다.

"아, 치사키~. 이쪽으로 와봐~."

"응? 마샤, 무슨 일이야?"

마리야가 말을 건넨 방향을 쳐다보니, 바텐더 의상을 입고 한쪽 귀에 보라색 돌이 달린 귀걸이를 낀 치사키가 안으로 들어오고 있었다.

하의가 바지인 의상은 키가 큰 치사키에게 잘 어울렸다. 야무진 인상의 외모도 더해지자, 쿨한 성인 여성이란 분위기가 감돌았다.

"우왓. 사라시나 선배, 진짜 멋지네요."

"하하, 고마워."

마사치카가 무심코 칭찬을 입에 담자, 치사키는 씨익 웃으며 답했다. 그 모습에서도 어른의 여유가 느껴져서, 마사치카는 무심코 감탄 섞인 한숨을 토하고 말았다. 참고로 체감 온도가 3도 정도 내려갔다. 마사치카는 눈치채지 못한 척을 했다.

"미안해~. 나, 마술을 계속 실패하네……. 이대로는 손님에게 미안하니까, 치사키가 나 대신 마술을 좀 보여주면 안 될까?"

"응? 뭐, 좋아……."

그 말을 듣고 눈을 껌뻑인 치사키는 조끼의 호주머니를 뒤지면서 마리야와 자리를 바꾸더니, 가볍게 헛기침을 했다.

"으음, 그럼 내가 마술을 보여주겠어. 여기에 동전이 하나 있습니다."

그렇게 말한 치사키는 조끼의 호주머니에서 오락실에서 쓰는 게임용 동전을 하나 꺼내더니, 그것으로 테이블을 가볍게 내려쳤다.

"보시는 대로, 평범한 동전입니다. 직접 만져보며 확인해주세요."

깡깡 하는 딱딱한 소리가 난다는 것을 확인시켜준 치사키는 마사치카에게 동전을 내밀었다. 마사치카는 그것을 가볍게 손으로 만져본 후, 아리사에게 건네줬다. 이때 관객에게 건네준 동전에는 십중팔구 아무런 장치도 되어 있지 않다. 오히려 이 틈에 속임수를 쓰거나, 나중에 쓸 동전으로 바꿔치기하는 게 정석이다. 그것을 알기에, 마사치카는 건네받은 동전이 아니라 치사키의 손 언저리를 집중적으로 쳐다봤다.

(뭐, 보아하니 다른 도구를 가지고 있는 것 같지는 않은데…… 동전 한 닢으로 할 수 있는 마술이라면, 기믹을 쓰지 않고 순수한 테크닉으로 펼치는 것일까?)

그런 생각을 하는 사이에 아리사의 체크도 끝났고, 동전은 치사키에게 돌아갔다. 그러자 치사키는 여유에 찬 미소를 지으며 말했다.

"그럼 우선, 이 동전을 둘로 나누겠습니다."

"둘로 나누는 건가요."

"에잇."

"우와아."

"어어……."

치사키는 종이라도 찢는 듯한 손놀림으로, 우지직하는 소리를 내며 동전을 둘로 찢었다. 동전은 순식간에 반대 방향으로 휘어진 반원 모양으로 변했다.

"잘~ 보세요. 진짜로 둘로 나뉘었죠?"

"나뉘었네요. 놀라워요."

"어, 아니, 어?"

치사키의 손바닥 위에서 방금까지 동전이었던 물체가 짤랑짤랑하는 소리를 냈다.

"그럼, 이것을 손아귀에 두고 움켜쥐겠어요."

그렇게 말한 치사키는 둘로 나눠진 코인을 오른손으로

움켜쥐더니, 얼굴 높이로 들어 올렸다. 그리고, 왼손으로 카운트다운을 시작했다.

"그럼 시작할게요. 3, 2~, 1. 하앗!!"

주문이라기보다 필살기의 발성처럼 들리는 목소리를 내면서, 치사키는 오른손을 힘껏 움켜쥐었다. 그리고, 치사키가 천천히 오른손을 펴자—.

"보세요! 둘로 나눠진 동전이 사라지고, 파친코 구슬이 놓여 있어요!"

"오~."

"파친코, 구슬?"

아리사는 박수를 치면서 고개를 살짝 갸웃거렸다. 마사치카는 그녀의 심정을 이해할 수 있었다. 왜냐하면, 그 파친코 구슬의 표면에는 어찌 된 건지 동전에 새겨져 있던 문양 같은 것이 존재했다. 하지만, 지적은 하지 않았다. 눈치챘더라도 지적하지 않는 게 매너인 것이다. 결코 무서워서가 아니다.

"어때? 재미있었어?"

"재미있다기보다, 엄청났어요. 세계를 거머쥘 수도 있겠는데요."

"마술이라기보다, 기적 같은데……."

아리사가 그렇게 평가하자, 마사치카도 깊이 고개를 끄덕였다. 마술(魔術)이라기보다 귀술(鬼術)이었다. 그런 후배의 마음을 아는 건지 모르는 건지, 치사키는 멋쩍은 듯이 볼을 긁적였다.

“정말? 다행이야~. 스승님에게 배운 보람이 있네.”

“그 스승님은 대체 누구예요?!”

“으음, 우리 할머니야.”

“설마 노약자…… 아니, 노강자이신 건가요.”

“재미있었다면 다행이야. 마샤가 실수를 거듭한 것 같으니까…… 돈은 성의껏 줘.”

“방금 그걸 보여준 후에 『돈은 성의껏』이라고 말하는 건 실질적인 협박인데요.”

“어, 뭐가 말이야?”

“아무것도 아니에요.”

진짜로 영문을 모르겠다는 표정을 짓고 있는 선배에게 규정대로의 요금을 지불한 후, 마사치카와 아리사는 교실을 나섰다.

“……역시, 제대로 된 마술은 못 봤네.”

“응……. 양쪽 다 제대로 된 마술이라고는 말할 수 없을 거야.”

마술보다 더 엄청난 무언가를 본 느낌이 들지만 말이다.

“그거, 대체 어떻게 한 거지……. 부드러운 금속이었을까?”

“글쎄. 애초에 트릭을 쓰긴 한 건지도 수상하네…….”

“마샤처럼 한눈에 알아볼 수 있다면 좋았을 텐데 말이야.

정말, 오늘은 여러모로 스포일러를 당한 느낌이 들어…….”
“응. 뭐, 그렇긴 해.”
“하아, 그래가지고 제대로 할 수 있을까……. 어째선지 학생회 임원으로서는 꽤 믿음직하단 평가를 받는다고 들었는데…….”
“…….”
아리사가 회의적인 표정을 짓자, 마사치카는 애매한 미소를 머금었다.
분명 아리사는 진짜로 마리야를 어벙한 덜렁이라고 여기는 것이리라. 실제로 마리야는 아리사 앞에선 그런 어벙한 모습만 보였으니, 그런 인상을 품는 것도 무리는 아니다.
(아마 똑 부러지는 언니다운 모습은 거의 보여주지 않았겠지.)
그렇게 생각하니 좀 아쉬운 마음도 들지만 아리사에게 『믿음직하지 못한 언니』로 여겨지는 것을 마리야 본인이 바라고 있기에, 마사치카는 아쉬움을 느끼면서도 아무 말도 하지 않았다.
“그럼 슬슬 실행위원회에 가봐야 하니까, 옷 갈아입으러 갈까?”
“아…… 응. 그래.”
“그럼, 아랴는 수예부로 가면 되는 거야?”
딱 봐도 공을 엄청나게 들인 아리사의 엘프 의상을 쳐다보며 그렇게 묻자, 그녀는「응」하며 고개를 끄덕였다. 그러자 마사치카는 수예부 부실 쪽으로 향했다.

"아, 쿠제 씨."

"어, 안녕."

마침 부실을 지키고 있던 안면 있는 여자부원과 눈이 마주친 마사치카는 가볍게 손을 들어 보였다. 긴 흑발을 목 뒤편에서 하나로 묶은, 가정적인 분위기가 감도는 상당한 미소녀다.

그녀는 마사치카가 중등부 학생회에서 부회장이었던 시기에 수예부 부장이었던 동급생이며, 그 인연 덕분에 여러모로 도움을 주고받는 사이가 됐다. 소위『오타쿠에게 상냥한 미소녀』이자, 그 싹싹한 성격 덕분에 일부 남학생 사이에서 매우 인기가 있는데…… 마사치카는 그녀가 과거에 입에 담았던 명언을 인용해, 그녀를 옆트임 선배라고 부른다. 그리고 다시 한번 말하지만, 그녀는 동급생이다.

"오늘은 전시회를 보러 온…… 게 아닌가 보네."

"응. 아랴가 옷을 갈아입어야 해서 온 거야."

"오케이. 그 의상을 만든 애들을 불러올게. 아, 기다리는 사이에 둘러보고 있어."

그 말을 듣고 부실 안으로 들어가보니, 그곳에는 다양한 의상이 마네킹과 상체만 있는 인형에게 입혀진 채 전시되어 있었다. 정석적인 웨딩드레스부터 시작해서 고스로리

의상과 무희 의상, 그리고 턱시도와 군복처럼 제작자의 취향이 완전히 반영된 작품이 부실 안을 가득 채울 듯이 전시되어 있었다.

“뭐, 랄까…… 대단하네. 코스프레 가게 같아.”

“딱히 다르진 않을 거야. 다들 자기 마음 가는 대로 만들거든.”

“우와, 이 레이스는 되게 세밀하네. 진짜 레벨 하나는 장난 아니게 높다니깐…….”

“이 드레스는 팔아도 되겠다 싶어…….”

엄청난 완성도를 자랑하는 의상들을 본 마사치카와 아리사는 원래 목적을 한순간 망각하며 구경했다. 그리고 각자가 자유롭게 견학하던 도중, 마사치카는 문뜩 옆트임 선배에게 물었다.

“저기, 아랴가 저 엘프 옷을 입은 걸 보면, 전시만이 아니라 의상 대여도 하는 거야?”

“어? 아…… 으~음. 기본적으로는 안 하지만, 만든 애가 오케이하면 빌려준다고나 할까?”

“즉, 모델이 제작자의 눈에 들어야 하는구나.”

“뭐, 그래. 그리고 단순히 사이즈가 안 맞을 수도 있거든. 약간이라면 그 자리에서 손볼 수 있지만 말이야.”

“그렇구나……. 그럼 부탁이 있는데…….”

단둘이 몰래 상의를 하고 있을 때, 아리사가 미심쩍은 표정을 지으며 다가오는 걸 본 마사치카는 대화를 중단했다.

"어? 무슨 일 있어?"

"아냐. 네 코스프레의 퀄리티가 너무 높아서, 사진 찍으려는 사람이 되게 많았다는 이야기만 했어."

"맞아. 뭐, 사진 찍고 싶은 심정도 이해가 되긴 해~."

바로 말을 맞춰준 옆트임 선배에게 마음속으로 감사한 마사치카는 그 말에 동의한다는 듯이 고개를 끄덕였다. 그러자 아리사는 딱히 의심하는 기색을 보이지 않으며 인상을 살짝 찡그렸다.

"어제오늘 일이 아니기는 하지만…… 모르는 사람이 사진 요청을 해오면 어떤 반응을 보이면 좋을지 모르겠다니깐."

"아, 평소에도 그런 말을 자주 듣는구나."

"가끔이지만…… 매번 거절해."

"그거참…… 미인도 고생이 많네."

동정심이 묻어나는 목소리로 그렇게 대답하자, 시선을 살짝 숙인 아리사는 머리카락을 만지작거리면서 중얼거렸다.

【너한테는…… 찍혀도 좋지만 말이야.】

이 말을 들은 순간, 마사치카는 마음속으로「맙소사」하고 생각했다.

지금의 아리사를 찍고 싶은지 찍기 싫은지 누가 묻는다면, 찍고 싶다고 즉시 답할 것이다. 이런 하이퍼 퀄리티의 리얼 엘프 아가씨는 꼭 기록으로 남기고 싶다. 하지만 다른 사람의 사진 촬영을 거절하는 걸 봤기에, 그런 부탁을 하는 게 주저됐지만…….

(큭, 어쩌지……? 부탁하면 찍게 해준다는 걸 알았지만, 그래도 부탁하는 게 부끄럽단 사실에는 변함없어……! 하, 하지만 한때의 수치심만 감수해서 아랴의 사진을 얻을 수 있다면……!!)

몇 초 동안 고민에 고민을 거듭한 마사치카는 결론을 내렸다.

"아랴."

"응?"

"이 상황에서 이런 말을 하는 건 좀 그렇지만…… 옷 갈아입기 전에, 기왕이면 기념 삼아 사진을 찍지 않겠어?"

마사치카는 최대한 무덤덤한 태도를 보이며 무난하게 물어봤다. 그러자 아리사의 눈썹이 희미하게 흔들리더니, 곧 재미있다는 듯이 눈을 가늘게 떴다.

"흐음? 그렇게 찍고 싶어?"

"……뭐, 이런 리얼 엘프 아가씨를 본 한 명의 오타쿠로서는 말이지."

"……흐~음."

아리사는 마사치카의 말을 듣고 약간 흥이 가신 듯한 표정을 지었지만, 곧 머리카락을 쓸어넘기며 말했다.

"그래? 뭐, 좋아."

"오오, 정말? 그럼—."

그 타이밍에 누군가가 어깨를 두드렸기에 마사치카가 고개를 돌려보니, 옆트임 선배가 씨익 웃으면서 옆에 있는 방을 손가락으로 가리키고 있었다.

"그렇다면, 평소 의상을 넣어두는 방에서 찍는 게 어떨까? 빌려줄게."

"으, 응, 고마워."

"오케이."

옆트임 선배를 따라서 옆방으로 이동해보니, 그곳은 좌우로 선반이 줄지어 있는 창고였다. 전체적으로 먼지가 좀 쌓여 있었지만 안쪽 창가에는 깨끗하게 청소된 텅 빈 공간이 있었으며, 옆트임 선배는 그쪽을 손가락으로 가리켰다.

"저기서 찍으면 돼. 햇빛이 적당히 쏟아지고 있으니, 사진이 잘 나올 것 같지 않아?"

"오오, 정말이네."

그 말에 따라 아리사를 그쪽에 세우니, 확실히 느낌이 괜찮았다. 부실동은 서양식 건축물이라서, 엘프와의 친화성도 나쁘지 않았다. 게다가 역광이라는 점이 신비성을 증폭시키고 있었다.

"그럼 나는 다시 부실 일을 하러 가볼게."

"아, 응. 고마워."

"신경 쓰지 마."

쿨한 모습으로 방에서 나가는 옆트임 선배를 쳐다본 후, 마사치카는 스마트폰을 꺼내 들었다.

"그럼, 바로…… 찍어도 되지?"

"으, 음, 포즈는……."

"아, 일단은 그냥 서 있으면 돼."

"그래?"

일단 테스트 삼아서 카메라 애플리케이션을 켠 후, 화면을 쳐다보며 카메라 노출을 조절해보니…….

"오오……."

화면에 나온 것은, 그야말로 신비적인 엘프였다. 카메라 렌즈 너머로 보니, 더욱 비현실적인 느낌이 감돌았다.

"그럼, 찍는다?"

"으, 응."

서로가 약간 긴장한 상황에서, 찰칵하는 셔터 소리가 울려 퍼졌다. 그리고 찍힌 사진을 본 마사치카는 무심코 감탄 섞인 한숨을 내쉬고 말았다.

"우와, 아름다워……."

"어, 그, 그래?"

"응……."

"그, 그래? 그럼, 더 찍을래?"

"부탁할게."

마사치카는 이제 수치심 따위는 의식조차 하지 않으며

솔직하게 부탁했다. 그러자 아리사는 기분이 썩 나쁘지 않은 듯한 반응을 보이며, 시선을 돌렸다.

【기왕이면…… 귀여워해 줄래?】

(안 해.)

【머리 정도는…… 쓰다듬어도 되거든?】

(……안 한다고.)

마음속으로 「유키에게 했던 농담을 아직도 기억하고 있는 거냐……」 하고 생각하며 공허한 눈길을 머금으면서도, 마사치카는 반복해서 셔터를 눌렀다. 포즈를 바꿀 때마다, 그리고 셔터를 누를 때마다 아리사가 다른 매력을 발산하는 느낌이 든 마사치카는 사진 촬영에 더욱 빠져들었다. 그리고, 셔터를 누른 횟수가 서른 번을 넘었을 때…….

"어?"

위화감을 느낀 마사치카는 방금 찍은 사진을 확인했다.

"……?!"

사진을 확인한 마사치카는 눈을 치켜떴다. 화면에 찍힌 아리사의 새하얀 치마. 거기에…… 아리사의 하반신 실루엣이 확연하게 비쳐 보였던 것이다.

어째서 이렇게 된 건지는 모른다. 아마 창문을 통해 강한 햇빛이 쏟아져 들어오면서, 카메라의 설정과 기적적인 조화를 이루며 이런 현상이 일어난 것이리라.

딱히 속옷이 비쳐 보이는 건 아니다. 그건, 결단코, 아니지만…… 하얀 치마에 비친 아리사의 각선미가, 어마어마하게 선정적이었다.

"왜 그래?"

"아, 아무것도 아냐……."

아리사의 의문에 무심코 부정으로 답한 마사치카는 맹렬하게 고민했다.

이 기적적인 사태를, 아리사는 눈치채지 못했다. 게다가 속옷이나 아슬아슬한 부위가 찍힌 것도 아니다. 그래도 신사라면 이 사진을 삭제해야 마땅하리라. 하지만 한 명의 남자로서는 이 기적적인 사진을 삭제하는 것이 실로 아쉬웠다. 저어어어~엉말 아쉬웠다.

(어떻게 하지? 솔직하게 말하는 편이 좋을까? 하지만 솔직하게 말했다간 지우라고 할 게 뻔해……. 딱히 일부러 찍은 것도 아니고, 노린다고 또 찍을 수 있는 게 아니잖아!!)

마사치카는 3초 동안 어마어마하게 고민하고, 고민하고, 또 고민했고…… 머릿속에 나타난 천사 마리야가 무슨 말을 하기 직전에 소악마 유키가 확 밀어내버렸고…….

"아무것도 아냐. 좀 괜한 게 찍혔을 뿐이야."

그냥 눈치 못 챈 것으로 하기로 했다. 응, 기분 탓이야. 빛 때문에 이상하게 그림자가 졌을 뿐인 게 틀림없어. 전력으로 자기 자신에게 거짓말을 하면서 아무 일도 없었다는 듯이 촬영을 이어가려고 하는 마사치카에게…… 아리사는 눈을 가늘게 뜨며 이렇게 말했다.

"보여줘."

"뭐?"

"찍은 사진, 보여줘."

아리사는 그렇게 말하는 것과 동시에, 딱딱하게 굳어 있는 마사치카의 손에서 스마트폰을 재빨리 낚아챘다.

"아—."

말릴 틈도 없이, 아리사의 손은 직전에 찍은 사진을 펼쳤고—.

"……마사치카."

"넵."

"이게 뭐야?"

아리사가 얼음장 같은 표정으로 그렇게 묻자, 마사치카는 잠시 눈을 감은 후…… 교섭력을 최대한 발휘했다.

그리고 그 후, 억지 논리와 감각적인 예술론으로 코팅된 5분간에 걸친 초절정 논리 전개로, 마사치카는 「이것은 예술일 뿐, 결단코 외설이 아닙니다!」라는 주장을 아리사가 받아들이게 만들었다. 그리고 아무에게도 보여주지 않으며 엄중히 관리하겠다는 조건으로 이 기적의 사진을 보존할 권리를 거머쥐었지만…….

【역시, 다리 페티시즘 저질…….】

아리사의 호감도가, 약간 하락한 것 같은 느낌이 들었다.

제 4 화 솔직히 마음이 꽤 흔들렸다

집에 돌아오니, 흑발 청초 미소녀 소꿉친구가 공손히 무릎을 꿇고 앉아서 맞이해줬다. 혼자 사는 집에 돌아와보니, 귀여운 메이드 아가씨가 맞이해준다. 건전한 오타쿠 남자애라면 누구라도 마음이 동할 상황이리라. 마사치카 또한, 그 점에 이의는 없다.

"다녀오셨습니까, 마사치카 님."

"으, 응……."

그렇기에 이것 또한, 언뜻 보면 오타쿠에게 있어서는 꿈만 같은 상황이리라. 현관 바로 앞에서 공손히 고개를 숙이고 있는 소꿉친구 미소녀 메이드. 메이드복 위로 길고 윤기 넘치는 검은 머리카락이 흘러내리면서 베일처럼 펼쳐져 있는 그 모습은 그야말로 요조숙녀 그 자체였다. 하지만…… 그 자세가 단순한 인사나 마중이 아니라 전력 오체투지라면, 이야기가 달라진다.

"……뭐 하는 거야?"

아야노는 양손으로 바닥을 짚더니, 그 손 사이의 공간에 이마를 대고 있었다. 대체 얼마나 긴 시간 동안 이 자세로 대기하고 있었던 걸까. 아무리 마사치카라도 이 상황에서는 질려버릴 수밖에 없었다.

“아무리 승부였다고는 해도, 마사치카 님께 온갖 결례와 무례를—.”

“당연하다는 듯이 그 자세로 설명하지 마. 우선 고개를 들어.”

“아뇨, 우선 사죄를—.”

“네가 그렇게 고개를 숙이고 있으면, 내가 신발을 벗을 수 없거든? 우선 주인을 맞이하는 게, 메이드로서의 올바른 행동 아냐?”

한사코 고개를 들려고 하지 않는 아야노에게, 마사치카는 메이드로서의 예의를 지키라고 요구했다. 그래서 강제적으로 오체투지를 관두게 할 작정이었지만…… 이 소꿉친구는 마사치카의 상상을 초월했다.

“부디 이대로 제 몸을 밟고 넘어가 주십시오.”

“대놓고 자기 성적 취향을 드러내지 마. 『나를 밟고 넘어가』 같은 말을 해도 되는 건, 자기희생을 하는 전우 캐릭터뿐이라고.”

“즉, 자기희생부터 시작하라는 말씀이십니까……?”

“아냐.”

정색하며 부정한 마사치카는 한숨을 내쉬며 몸을 숙였다. 그리고 의도적으로 냉철한 표정을 지은 후, 진지한 목소리로 말을 건넸다.

"아야노."

"……!"

마사치카의 목소리에서 무언가를 느낀 건지, 아야노는 머뭇거리며 고개를 들었다. 그 얼굴을 똑바로 들여다보며, 마사치카는 조용한 목소리로 물었다.

"왜 주인(내)이 메이드(너)에게 지시를 받아야 하는 거지?"

"……!!"

"일어나."

"네!"

마사치카가 지시하자, 아야노는 튕기듯이 몸을 일으켰다. 그 모습을 본 후에야 마사치카는 신발을 벗더니 현관으로 올라서면서 말했다.

"퀴즈 대결 때의 일이라면, 사과할 필요 없어. 그건 어디까지나 승부였고, 서로가 정정당당히 겨룬 거잖아. 오히려 나를 배려해서 봐줬다면 화냈을지도 몰라."

"그, 그러지는 않았습니다만……."

"그렇지? 그럼 사과할 필요 없다고."

그렇게 말하며 가볍게 어깨를 두드려주자, 아야노는 마사치카의 가방을 받아들면서…….

"저기, 교실에서의 비기는—."

"그건 이제 언급하지 마."

아야노가 상처를 후벼파려 하자, 마사치카는 정색하며 그녀의 말을 끊었다. 그리고 마사치카는 아야노가 더 이상 아무 말도 하지 못하도록 세면장으로 향했다. 손을 씻고 입을 헹군 후에 자신의 방으로 돌아가려 하자, 아야노가 젖은 수건이 놓인 세숫대야를 건네줬다.

"자, 이걸로 땀을 닦으십시오."

"아, 고마워."

아야노에게 고맙다고 말한 마사치카는 방에서 교복을 벗은 후, 젖은 수건으로 몸을 닦았다. 그리고 옷을 갈아입으려고 하는 타이밍에 노크 소리가 들려왔기에, 방에 들어오는 것을 허락했다.

"실례하겠습니다."

고개를 숙이며 들어온 아야노는 젖은 수건이 놓인 세숫대야와 마사치카가 벗은 교복을 재빨리 수거했다.

"아, 그럴 필요는 없는데……."

"아뇨. 어차피 세면장으로 가져갈 거니까요."

"그래. 고마워."

"과분한 말씀이십니다."

그렇게 대답한 아야노는 빨래하면 안 되는 물건이 들어 있지는 않은지 확인하기 위해, 마사치카가 방금 벗은 와이셔츠의 가슴 호주머니를 뒤졌다. 그런 아야노가 갑자기 움직임을 멈추더니, 곧 그녀의 오른손이 가슴 호주머니에서 종이 한 장을 꺼냈다. 아니, 그것은 종이가 아니라…… 사야카와 노노아가 운영하는 메이드 카페에서 찍었던, 노노아와의 투샷 사진이었다.

"아, 그건—."

그 사실을 눈치챈 마사치카가 반사적으로 입을 연 것과, 아야노가 손에 쥔 사진을 뒤집어서 앞면을 확인한 것은 아이러니하게도 완벽하게 동시였다.

그 순간, 아야노의 동공이 한껏 커졌다.

"우왓, 무서워라."

무표정한 얼굴로, 그리고 초점이 맞지 않는 눈동자로 사진을 응시……라는 표현이 옳은지 의문이지만, 아무튼 아야노는 구멍이 날 정도로 그 사진을 쳐다봤다. 그 기묘한 광경을 본 마사치카의 등골을 타고 위기감이 스멀스멀 치밀어 올랐다.

(어라? 이거, 혹시…… 아내에게 룸살롱 명함을 들킨 회사원 같은 구도, 아냐?)

아침 드라마에서 본 적이 있는 상황을 떠올린 마사치카는 태연한 척하며 자초지종을 설명했다.

"아~. 그건 D반과 F반이 하는 가게에서 찍은 거야. 식사만 하러 갔는데, 내 운이 얼마나 좋은지 투샷 촬영이 당첨됐더라고."

어째서일까. 사실대로 이야기하고 있을 뿐인데 변명을

늘어놓는 느낌이 들었다. 더 말해봤자 변명처럼 들릴 것 같았기에 마사치카는 그쯤에서 입을 다물었다.

그러자 마사치카의 변명을 들은 건지 못 들은 건지 딱히 별다른 반응을 보이지 않던 아야노는…… 눈동자가 칠흑 같은 상태에서 불쑥 중얼거렸다.

"……알았습니다."

"아니, 미안한데 그러지 좀 말아줄래? 동공이 열린 사람의 『알았어』는 『왜?』 연발보다 더 무섭다고. 눈곱~만큼도 알지 못한 거지?"

질린 듯한 어조로 그렇게 말하는 마사치카는 쳐다보지도 않으며, 아야노는 감정이 깃들지 않은 목소리로 담담히 대답했다.

"아뇨……. 제 봉사에 만족하시지 못했을 뿐이란 점은 충분히 알았습니다."

"아니, 그러니까 내 말 좀 들으라고. 네 봉사에 만족 못 해서 다른 메이드와 바람피웠다, 같은 게 아니라……."

마사치카가 변명을 늘어놓자 아야노는 천천히 그를 돌아봤다. 적어도 지시에 따라 말을 들을 정도의 냉정함은 유지하고 있는 것 같아 안심하면서, 마사치카는 메이드 카페의 메이드와 본업 메이드를 똑같이 여기면 안 된다는 점을 간곡하게 타이르듯 설명했다.

"……그런 거야. 알았어?"

"네, 알았습니다."

"그래. 그럼 다행이야."

아야노가 천천히 고개를 끄덕였기에, 마사치카는 가슴을 쓸어내렸지만…… 안심하기에는 아직 일렀다.

"주인께서 이렇게 마음을 쓰시게 하다니, 메이드 실격……!"

"하나도 못 알아들은 거냐?!"

마사치카가 비명에 가까운 목소리로 고함을 지르자, 여전히 눈동자가 시꺼먼 아야노는 한 발을 뒤쪽으로 빼며 무릎을 살짝 굽히는 왕실 인사법을 선보이면서 맛이 간 듯한 목소리로 말했다.

"오늘 밤에는…… 전력을 다해 봉사해드리겠습니다, 주인님."

귀여운 메이드의 봉사 선언. 이 또한 오타쿠의 가슴을 뛰게 만드는 상황일 테지만…… 마사치카는 그 말을 들은 순간, 등골이 오싹해지는 느낌을 받았다.

◇

"……."

"……."

"……어, 새 영상이 나왔네."

"……."

(집중을 못 하겠어!!)

마사치카는 컴퓨터로 대충 웹 서핑을 하면서도, 등 뒤가 신경 쓰여서 견딜 수가 없었다.

「전력을 다해 봉사」라는 말을 듣고 처음에는 경계했지만, 다행히 아직까지 아야노는 도가 넘는 행동을 취하지 않았다. 그저…… 방구석에 쭉 서 있을 뿐이다. 전혀 소리를 내지 않으며, 쭈~욱 거기에 서 있을 뿐이다.

그런 그녀에게서는 기척은 물론이고 시선조차 느껴지지 않았다. 느껴지지 않지만, 방 안에 있다는 것을 알고 있기에 영 불편했다. 게다가 고개를 돌려서 쳐다보면, 시꺼먼 눈동자가 자신을 향하고 있는 것이다. 완전 호러 아냐?

(지, 진짜로 불편해……! 유키는 항상 이런 상태에서 지내는 걸까? 용케 멀쩡하네…….)

동생의 뻔뻔함에 전율하던 마사치카는 곧 「아냐」 하며 생각을 바꿨다.

(그러고 보면 나도 옛날에는 아무렇지 않았어. 역시 익숙함과…… 서로가 성장했기 때문일까.)

스오우가에서 나온 후, 마사치카는 집에서 혼자 있는 게 당연해지고 말았다. 게다가 아무리 소꿉친구라고는 해도, 마사치카와 아야노는 한창나이의 남녀다. 평소에는 그 점을 의식하지 않지만, 역시 유키를 상대할 때처럼 굴 수는 없었다.

(걔라면 한 방에 있어도 딱히 신경 쓰이지 않겠지만……

그리고 아야노가 열심히 일하겠다고 하는데, 나만 당당히 노는 건 무리잖아…….)

솔직히 소꿉친구가 멀뚱멀뚱 서서 대기하고 있는데, 자기만 침대에 드러누워 만화를 보는 수준의 뻔뻔함을 마사치카는 지니고 있지 않았다. 그러니 아야노를 쉬게 하자고 생각했지만…….

"저기~ 아야노?"

"네, 주인님."

"그런 데서 멀뚱멀뚱 서 있어 봤자 지겹기만 하잖아? 나도 그냥 시간만 죽이고 있을 뿐이니까…… 아까도 말했다시피, 그냥 하고 싶은 일을 해도 돼."

"이게, 제가 하고 싶은 일입니다."

"아, 그래……."

아까부터 저런 상태였기에, 이럴 수도 저럴 수도 없었다.

"그것보다, 『주인님』이라고 부르니까……."

"……무슨, 문제라도 있습니까?"

"아니, 그냥 좀 어색하달까……."

마사치카가 말끝을 흐리며 그렇게 말하자, 아야노는 눈을 치켜뜨며 그를 뚫어지게 쳐다봤다.

"하지만…… 부르게 하지 않았습니까? 저 이외의 여성에게, 주인님이라고……"

"어, 그게 분노 폭발 포인트야?"

진지하게 되물었지만, 아야노는 아무 대답도 해주지 않았다. 아니, 귀를 기울여보니 뭔가 웅얼거리고 있었다. 거리가 있어서 잘 들리지 않지만…… 인형처럼 무표정하고 동공이 열린 미소녀가, 안 들리게 웅얼거리고 있는 모습은 무시무시했다. 아무리 봐도 저주를 읊조리고 있는 것 같았기에, 마사치카는 말없이 다시 앞을 바라봤다.

(아~ 마음이 불편해.)

그리고 마음속으로 그렇게 중얼거린 마사치카는 별생각 없이 어깨를 돌렸다. 그 순간, 등 뒤에서 움직이는 기척을 느낀 마사치카는 등골이 오싹해질 정도의 위기감을 느꼈다. 그 직후…….

"주인님."

"그, 그래."

곧 등 뒤에서 말이 들려오자, 마사치카는 오른쪽 어깨를 들어 올린 상태에서 상대방을 머뭇머뭇 올려다봤다. 그러자, 여전히 눈동자가 시꺼먼 상태인 아야노가 정체불명의 박력을 두른 채 조용히 말했다.

"괜찮으시다면, 마사지를 해드리고 싶습니다."

"……마사지?"

"네. 주인님은 어깨가 결리시는 것 같습니다. 요즘 들어 많이 바쁘셨으니, 괜찮으시다면……."

"아, 아하……. 그렇구나."

피로가 쌓인 주인님을 위해, 어깨를 주물러주겠다는 말이었다. 그건 솔직히 반가운 제안이기에, 승낙해도 괜찮을 것이다. 하지만…….

(응. 엉큼한 예감이 마구마구 들어.)

아까 전의「전력을 다해 봉사」선언을 고려해볼 때, 오타쿠적으로 경계할 수밖에 없다. 솔직히 말해, 단순한 마사지로 끝날 거란 느낌이 전혀 들지 않았다.

"그래……. 으음~."

"평소 유키 님께도 해드립니다만, 매번 호평하십니다."

"유키한테도? 아, 그렇다면…… 부탁해볼까?"

아야노의 봉사 욕구를 해소해주기 위해서도, 마사지를 받는 편이 좋겠다는 쪽으로 마사치카는 생각을 바꿨다. 유키한테도 해주는 마사지라면, 별문제 없을 거라고 여기며…….

"그럼 침대에 몸을 눕혀주십시오."

(엉큼한 예감만 들어.)

무심코, 태클을 날릴 뻔했다.

"아니, 어깨를 주물러줄 뿐이니까 의자에 앉아서도……."

"이참에 몸 전체의 뭉친 부분을 골고루 풀어드리겠습니다."

"호, 호오, 몸 전체를 말이지?"

"네, 개운해지실 겁니다."

"노리고 그렇게 말하는 거 아냐?"

"네? 뭐가 말이죠?"

영문을 모르겠다는 듯한 아야노를, 마사치카는 지그시 쳐다봤다. 하지만 무표정한 그녀의 속내를 읽을 수 없었으며, 유일하게 감정이 드러나는 눈 또한 지금은 시꺼먼 탓에 감정을 파악할 수가 없었다.

(그것보다, 역시 무서워. 저기, 왜 시꺼먼 거야? 그건 대체 어떤 감정인 건데?)

왠지 거절했다간 무시무시한 사태가 벌어질 것 같았기에, 마사치카는 경계심을 품으며 침대에 엎드렸다. 그러자 아야노는「실례하겠습니다」하고 말하며 등에 걸터앉았고, 마사치카의 몸은 그대로 딱딱하게 굳어졌다.

(괘, 괜찮아. 괜히 몸이 밀착되거나 아야노가 내 아슬아슬한 부위를 만져도, 절대 의식하지 않겠어! 의식하지 않을 거라고!!)

마사치카는 결의를 다지며 아야노의 마사지에 임했지만…… 결론부터 말하자면, 지극히 건전한 마사지였다. 딱히 과도한 육체적 접촉도 이뤄지지 않았다.

"아아…… 기분 좋았어."

"그러셨다니 다행입니다."

"응, 고마워. 그리고 망상에 젖은 오타쿠라서 미안해."

"네?"

아야노가 의아해 하는 것을 기척으로 알 수 있었지만, 찔리는 구석이 너무 많아서 아무 말도 하지 않았다. 침대 위에서 마구 뒤엉킨 끝에 딱딱해진 자신의 하반신까지 개운하게 해주는 전개를 상상했다는 소리를 할 수 있을 리가 없었다.

"그럼, 저는 저녁 준비를 하러 가겠습니다."

"아, 고마워……."

"당치도 않습니다. 그럼 이만……."

아야노가 소리 없이 나가는 모습을 곁눈질로 확인한 후, 마사치카는 침대에 널브러지듯 드러누웠다.

아야노가 마사지를 해준 어깨와 허리에는 기분 좋은 열기가 어려 있었고, 왠지 움직일 마음이 들지 않았다. 그 기분 좋은 열기에 젖어 있고 싶어서 몸에 힘을 쫙 빼자, 그 열기가 온몸으로 퍼져나가면서 눈꺼풀이 무거워…….

"—님, 주인님."

"으음?"

가볍게 어깨가 흔들려서 눈을 떠보니, 아야노가 시꺼먼 눈동자로 들여다보고 있어서 약간 움찔했다.

"……아야노?"

"네, 주인님의 아야노입니다."

"……미안해. 잠들었나 보네."

"피곤하셨을 테죠. 저녁 식사는 준비되어 있습니다만, 어떻게 하시겠습니까? 목욕부터 먼저 하시겠습니까? 아니면—."

"아니, 밥 먹을래."

"……그러십니까."

이대로 있다간 왠지 불온한 발언을 들을 것 같았기에, 마사치카는 서둘러 몸을 일으켰다. 그대로 거실로 이동해 보니, 식탁에는 요리가 놓여 있었다.

“피곤해 보이셔서, 냉샤브를 준비해봤습니다.”

“오, 좋지. 오늘은 10월치고 꽤 더웠거든……. 뭐, 코스프레 탓이기도 하겠지만 말이야.”

하지만, 신경 쓰이는 점이 하나 있었다.

“……왜 내 몫뿐인 거야?”

1인분만 준비된 테이블을 쳐다보며 그렇게 묻자, 아야노는 당연하다는 투로 대답했다.

“메이드가 주인님과 한 테이블에서 식사할 수는 없습니다.”

“아니, 식사해. 항상 그래왔잖아.”

“오늘 밤의 저는 평소와 다릅니다.”

“그렇게 말하니, 왠지 멋지네.”

“……고기를 데치는 데는 시간이 걸리니, 개의치 마시고 식사하시길.”

아야노가 그렇게 말하면서 의자를 당겨주자, 마사치카는 어쩔 수 없이 의자에 앉았다. 그러자 아야노는 부엌의 밥솥 쪽으로 향했다.

“밥의 양은 어떻게 할까요?”

“으음, 평소 정도면 돼.”

“알겠습니다.”

그렇게 말한 아야노는 예쁘게 밥을 그릇에 담더니, 서둘러 가져왔다. 그리고 컵에 물을 따라준 후, 자연스럽게 마사치카의 대각선 뒤편에 섰다.

"……잘 먹겠습니다."

"네, 식사 맛있게 하시길."

돼지고기와 생채소에 유자 소스를 골고루 뿌린 후, 함께 입에 넣었다. 두 재료가 유자 소스에 의해 어우러지더니, 거기에 흰쌀밥이 더해지면서 완벽한 컬래버레이션이 입안에서 완성됐다.

"……맛있어."

"감사합니다."

그렇다. 틀림없이 맛있다. 하지만, 역시 등 뒤가 신경 쓰였다. 절묘한 타이밍에 손 언저리에 놓이는 냅킨과 조미료, 추가되는 물과 밥, 다 먹은 것부터 스마트하게 정리되는 식기……. 완벽한 식사 시중이었지만…… 마사치카는 영 요리에 집중할 수 없었다.

(으~음, 스오우가에 있던 시절에는 이게 보통이었는데…… 역시 감각이 서민화된 걸까.)

그런 생각을 하고 있을 때, 뒤편에서 목소리가 들려왔다.

"주인님, 괜찮으시다면 귀 청소를 해드릴까요?"

"귀, 귀 청소?"

"네."

입으로는「어떠신지요」하고 물으면서도, 이미 마사치카의 옆 의자에 앉은 아야노가「자」하고 말하며 자신의 허벅지를 톡톡 두드렸다.

(으음…… 이건 실질적으로 강요 아냐?)

아야노가 여전히 시꺼먼 눈동자로 뚫어지게 쳐다보고 있기에, 마사치카에게는 거절이라는 선택지가 없었다.

"그럼…… 부탁할게."

그렇게 말한 마사치카가 머뭇거리며 아야노의 허벅지에 머리를 올려놓자, 부드러운 감촉과 함께 포근하고 좋은 향기가 콧구멍 안으로 스며들었다.

(으…… 메이드복 차림인 여자애에게 귀 청소를 받으니, 수상한 가게에 온 것 같네…….)

그런 생각을 하면서 몸을 경직시키고 있을 때,「실례하겠습니다」하는 목소리에 이어서 귀 청소가 시작됐다.

(아…… 하지만, 이것도 기분 좋은걸…….)

누군가가 귀 청소를 해주는 게 몇 년 만인지 모르겠지만, 생각했던 것보다 더 좋았다. 머리와 볼에 아야노의 가녀린 손가락이 살며시 닿더니, 귓속을 살살 간지럽히는 듯한 절묘한 자극이 엄습했다. 처음에는 무심코 움찔했지만, 점점 그 자극이 기분 좋게 느껴지면서 쭉 이어졌으면 좋겠다는 기분이 들었다.

(아아~ 정말 좋아……. 왠지 마음이 놓여…….)

볼에서 느껴지는 아야노의 체온과 귀 청소의 기분 좋은 느낌에 마사치카는 점점 빠져든…… 바로 그때, 아야노의 손길이 멈췄다.

“자, 그럼 반대편으로 누워주시지 않겠습니까?”

“뭐? 아…….”

마사치카는 약간의 아쉬움을 느끼면서, 몸을 반대편으로 돌렸다. 그러자 시야가 아야노의 메이드복으로 완전히 채워졌고, 그제야 「어?」 하고 생각했다.

(어라? 이거…… 의외로 끝내주는 자세 아냐?)

메이드복 때문에 보이지 않지만, 곰곰이 생각해보니 아야노의 하복부에 코를 묻고 있는 상태다. 이건…… 여러모로 문제 있지 않을까. 그렇게 생각한 타이밍에 다시 귀 청소가 시작됐고, 그 절묘하게 간질간질한 느낌이 마사치카의 온몸에서 힘이 빠져나가게 했다.

(하아…… 으음. 뭐, 됐어…….)

나사가 풀린 머리로 「신경 쓰이면 눈을 감으면 되겠지」 하고 판단한 마사치카는 아야노에게 완전히 몸을 맡겼다. 볼과 코끝에서 느껴지는 열기와 감촉에, 왠지 머리가 상냥히 안겨 있는 듯한 느낌을 받으면서…… 마사치카는 행복한 시간을 보냈다.

“끝내주게 기분 좋았어…….”

자기 방으로 돌아온 마사치카는 무심코 그렇게 중얼거렸

다. 아야노가 식사하느라 방에 없는 틈에, 귀에 남아 있는 기분 좋은 감각에 젖어 들어갔다. 그렇게 한동안 시간을 보내고 있을 때…… 불쑥 이런 생각이 들었다.

(그래. 이 틈에 씻는 편이 좋겠어.)

지금쯤이면 아야노는 설거지를 하고 있을 것이다. 아야노의 슈퍼 봉사 타임(마사치카가 지어준 명칭)에서, 가장 경계해야 하는 것은 바로 목욕이다. 마사치카는 안다. 아야노가 다른 일을 하고 있지 않은 타이밍에 목욕했다간, 십중팔구 「등을 씻겨드리겠습니다」란 소리를 들으리란 것을…….

(슬슬 물도 데워졌을 테니, 아야노가 집안일을 하는 사이에 후딱 씻어야지.)

그렇게 결심한 마사치카는 갈아입을 옷을 들고 방을 나섰다. 그리고 옷가지를 등 뒤로 숨긴 채, 화장실에 가는 척을 하며 세면장으로 향했다. 그리고 옷 바구니에 갈아입을 옷을 둔 후, 만약에 대비해 문을 잠그려고 돌아서 보니 당연한 듯이 아야노가 서 있었다.

"우왓?!"

"등, 씻겨드리겠습니다."

"그럴 줄 알았다고!"

예상이 완벽하게 적중하자, 마사치카는 몸을 뒤편으로 젖히면서 태클을 날렸다.

"아니, 안 되잖아! 아무리 생각해봐도 그건 안 돼!"

"문제없습니다. 준비에도 만전을 기했으니까요."

마사치카가 단호히 거부하는데도 눈썹 하나 까딱하지 않은 아야노가 그 자리에서 메이드복을 벗기 시작했다.

"아니, 잠깐, 뭐 하는—."

말을 하는 사이에 메이드복이 스르륵 흘러내리더니— 바다에서 봤던 예의 수영복이 모습을 드러냈다. 아, 그리고 무기를 장비하고 있었다. 니삭스와 수영복, 헤드드레스와 무기가 눈에 들어왔다.

(으~음, 특이하네~.)

그런 바보 같은 감상을 품고 있는 사이, 아야노는 무기를 풀고 니삭스도 벗더니, 먼저 욕실에 들어갔다.

"어, 잠깐—."

말릴 사이도 없이 욕실 문이 닫히자, 마사치카는 그 자리에서 굳어버렸다.

"어, 개의치 말고 들어오라는 건가……?"

이제까지의 태도로 볼 때, 아야노는 절대 물러서지 않을 것이다. 마사치카가 들어가지 않으면, 욕실에서 한도 끝도 없이 기다릴 게 뻔하다.

(으, 으~음, 아니, 으음…… 수영복을 입고 있으니, 뭐, 괜찮으려나? 아니, 그것보다, 왜 저 수영복이 이 집에 있는 거지? 유키의 방에 뒀던 걸까?)

그 점은 수수께끼지만, 수영복을 입고 있는 것을 보면

아야노에게도 분별력이 있는 것 같기는 했다. 어쩌면 이제까지도 마사치카가 멋대로 경계했을 뿐, 엉큼한 일은 전혀 벌어지지 않았다. 여름 방학에 마사치카에게 알몸을 보여준 적이 있기는 하지만, 아무래도 그 일의 반성점을 활용하고 있는 것 같았다. 그렇다면…… 아야노를 믿으며 그녀가 만족할 때까지 어울려주는 것도 한 방법 아닐까…….

(아니, 뭐, 그래. 솔직히 마사지나 귀 청소가 너무 기분 좋아서, 등 씻겨주는 데도 흥미가 생기긴 해.)

다른 사람이 등을 씻겨준 적은 철이 든 이후로 단 한 번도 없었다. 마사지와 귀 청소에서 엄청난 테크닉을 선보인 아야노가 등을 씻겨줄 때는 또 어떤 느낌일까……. 마사치카는 약간 죄책감을 느끼면서도 호기심을 억누를 수 없었다. 그 결과, 머뭇머뭇 옷을 벗은 마사치카는 허리에 수건을 두르고 욕실 안으로 들어갔다.

그리고, 욕실 의자 뒤편에 앉아서 기다리고 있는 아야노에게, 최대한 무덤덤한 목소리로 말했다.

"등만 씻겨주는 거야. 그게 끝나면 바로 나가."

"네. ……괜찮다면, 머리를 감겨드려도 될까요?"

"뭐? 으음…… 그럼, 부탁할게."

마사치카는 가능한 한 아야노를 쳐다보지 않으려 하면서 의자에 앉았다. 그러자 아야노는 샤워기를 손에 쥐고 물 온도를 체크한 후, 마사치카의 머리를 씻겨주기 시작했다.

그리고 우선 머리를 감겨주기 시작했는데…….

(우와, 맙소사. 이것도 엄청 기분 좋아…….)

미용실에서 머리를 깎고 나면 샴푸질을 해준다. 그것도 기분 좋았지만, 이건 그것을 능가한다. 아야노의 가느다란 손가락이 절묘하게 힘 조절을 하며 머리카락을 주무르며 두피를 자극하자, 어마어마하게 기분 좋았다.

"아프진 않으신가요?"

"응, 딱 좋아."

마사치카는 눈을 감더니, 머리에서 느껴지는 감촉에 의식을 집중했다.

(혹시 유키는 매일 이런 걸 받는 거야……? 그렇다면 정말 부럽구나, 동생아. 하지만 걔는 머리카락이 정말 기니까, 아야노도 고생이 많겠는걸…….)

그런 생각을 하는 사이, 행복한 시간은 순식간에 흘러가고 말았다. 그리고 역시 이번에도 엉큼한 일은 벌어지지 않았다.

아야노는 약속대로, 마사치카의 머리카락을 감겨주고 등을 씻겨준 후에 욕실에서 나갔다. 결코 「그럼 다음은 앞을―」 같은 일은 벌어지지 않았다.

(……응. 내 지나친 생각이었던 것 같아.)

목욕을 마친 마사치카는 자기 방에서 거북함과 부끄러움에 사로잡혔다. 아야노의 「전력을 다해 봉사」라는 발언 및 자신의 오타쿠 지식에 휘둘린 나머지 망측한 망상을 하고 말았다. 왠지 아직도 눈동자가 시꺼먼 점과 『주인님』이란 호칭이 신경 쓰이지만, 아마 아야노는 평소에 유키를 아가씨라 부르는 것처럼 나를 주인님이라고 불렀을 뿐이리라.

게다가 내가 이성이라는 점을 배려해서 수영복도 입었다. 아야노는 메이드로서의 자존심을 걸고 최선을 다해 봉사했을 뿐인데, 자신의 썩어빠진 오타쿠 뇌가 괜히 경계하며 엉큼한 망상만 해대다니…….

"응, 좀 죽고 싶어지는걸☆"

머릿속에서 소악마 유키가「실은 좀 기대했던 거 아냐? 응? 이 변태야~」하면서 사커킥을 날려댔고, 천사 마리야가「남자애잖아! 어쩔 수 없을 거야!」하면서 위로를 빙자한 공격을 날려대는 가운데, 마사치카는 맹렬히 반성했다. 바로 그때…….

『주인님, 잠시 들어가도 되겠습니까?』

"아, 응."

문에서 노크 소리가 들려오자, 마사치카는 축 늘어져 있던 자세를 바르게 고쳤다.

"실례하겠습니다. 핫밀크를 가져왔습니다."

"아, 고마워……. 정말 극진하네."

건네받은 컵에 입을 대고 마셔보니, 벌꿀과 우유의 달콤함이 입안에 퍼져나가면서 무심코 미소를 흘렸다. 왠지 마음마저 따뜻해진 마사치카는 자연스럽게 답례 인사를 입에 담았다.

"고마워, 아야노."

"아뇨, 이 정도는 아무것도 아닙니다."

"아니, 그것만이 아니라…… 평소에 유키를 돌봐주는 것도 포함해서 말이야."

"네?"

아야노가 고개를 갸웃거리는 것을 기척을 통해 느낀 마사치카는 우유의 표면을 응시하며 말을 이었다.

"오늘 너한테 전력을 다한 봉사를 받으면서…… 네가 평소부터 유키를 얼마나 생각해주고 있는지를 깨달았어. 네가 항상 최선을 다해 유키를 보살펴준다고 생각하니…… 답례가 하고 싶더라고."

거기까지 말한 마사치카는 약간 쓴 기운이 감도는 미소를 머금었다.

"원래라면, 유키를 배려하며 돌봐주는 건 내 역할일 텐데…… 정말 나는 오빠로서 실격이야."

"그렇지는—."

"사실이잖아. 이유야 어쨌든 내가 유키에게 전부 떠넘기고 스오우가를 떠났다는 사실에는 변함없어. 그리고 지금도, 나 자신도 잘 모르는 감정에 따라서 유키가 아니라 아랴를 학생회장으로 만들려고 해……. 그러니, 나에게는 고맙다는 말을 할 자격도 없을 거야."

그렇게 말한 마사치카는 약간 쓴 기운이 감도는 상냥한 미소를 머금으며 아야노를 올려다봤다. 그녀의 눈동자를 지그시 응시하며, 마사치카는 진심을 담아 말했다.

"그래도, 고마워. 너는 그 애의 곁에서, 그 애를 누구보다 생각해주고 있어. 나는, 그게 정말 기뻐. 앞으로도…… 그 누구보다도 그 애의 편에 서줬으면 해."

마사치카가 그렇게 말하자, 아야노는 눈을 치켜떴다. 그리고 눈동자에 빛이 돌아오더니…… 아야노는 희미하게 **미소 지었다**.

"과분한, 말씀입니다. 마사치카 님."

만감이 담긴 그 대답을 들은 마사치카 또한, 미소로 답했다. 두 사람 사이에서 온화한 분위기가 감돌더니, 마사치카는 우유를 한 모금 더 마셨다.

"이거, 맛있네. 유키도 좋아해?"

"네. 매우 마음에 들어 하십니다."

"그래……. 생각해보니, 너한테 유키 이야기를 들은 적은 거의 없는걸."

"원하신다면, 얼마든지 이야기해드리겠습니다."

"그렇구나. 그것도 괜찮겠어."

주인과 메이드는 서로를 향해 미소 지으며, 한동안 유키에 관한 이야기를 나눴다. 그리고 마사치카가 핫밀크를 거의 다 마셨을 때, 아야노는 시계를 쳐다본 후에 침대에서 몸을 일으켰다.

"잠자리에 드실 시간이 된 것 같습니다."

"아, 그래……. 내일도 바쁠 거잖아. 핫밀크 덕분에 몸이 적당히 훈훈해졌으니, 오늘은 일찌감치 쉬어야겠어."

"그러십니까……. 그럼 핫밀크는 더 준비할 필요는 없겠군요."

"응. 잘 마셨어."

마사치카에게서 빈 컵을 넘겨받은 아야노는 문뜩 뭔가가 생각난 것처럼 눈을 깜빡였다.

"저기, 마사치카 님."

"응?"

"찌찌 베개는 어떠십니까?"

"그 한마디로 다 망쳐버렸다고, 이 바보야!"

"유키 님께서는 매우 마음에 들어 하셨습니다."

"그 바보 동생이……!!"

훈훈한 분위기를 찢어발기듯, 마사치카의 포효가 울려 퍼졌다. 그 타이밍에 마사치카의 스마트폰이 진동하더니, 화면에『왠지 미안해』라는 유키의 메시지가 표시됐다.

……참고로, 찌찌 베개는 사양했다. 흥미라면 무지막지하게 있었지만, 강철 같은 의지로 사양했다.

제 5 화 어찌 보면, 기운이 나긴 했어

"실행위원회 일은 괜찮은 거야?"

"그래. 한동안은 괜찮아. 선배 여러분이 워낙 뛰어나잖아."

"하하. 하긴, 현 학생회장과 전임 학생회장이 손을 잡고 일하니까 말이야."

추령제 2일째. 마사치카는 실행위원회 업무 사이에 타케시와 히카루를 불러서 교정을 둘러봤다.

"게다가 현 학생회장과 부회장의 주된 임무는 내광회의 응대거든. 그 두 사람이 없어도 충분히 돌아가게 되어 있으니, 나 하나 없어도 별 지장은 없어."

"아~ 내광회……. 오늘 오는 거지?"

"구체적으로 누가 오는지는 알아?"

"아니, 그건 학생회장과 부회장의 일이라서…… 나도 자세히는 몰라. 솔직히 그다지 흥미도 없어."

"그래? 이 기회에 친분을 쌓아두고 싶단 생각을 하는 애들도 많은 것 같은데 말이야."

주위에 있는 가게를 둘러보면서 「장식을 여러모로 신경을 써서, 그 사람들의 관심을 끌려고 한다거나」 하고 타케시가 이어서 말하자, 마사치카는 어깨를 으쓱했다.

“나는 부모가 외교관일 뿐인 일반시민이거든.”

“아니, 부모가 외교관이면 대단한 거라고 생각하는데…… 게다가 무지 잘나가시지 않아?”

“이 학교에선 그렇게 특별하지도 않잖아. 솔직히 그 정도도 안 되면 입시 면접을 통과 못 한다는 소리도 있다고.”

“으음, 뭐…… 집안과 부모 직업으로 꽤 걸러진단 소문이 있긴 해.”

“그리고 **이것**도 따진다잖아.”

타케시가 그렇게 말하며 엄지와 검지로 동그라미를 만들자, 마사치카와 히카루는 쓴웃음을 머금었다.

“아무튼, 그런 거야. 뭐, 그런 이야기는 우리와 딱히 상관없잖아? 어쨌든 간에 나는 한동안 여유롭다고.”

“그렇구나. 아, 타코야키 센베이가 있네. 사 먹을까……. 너희는 어쩔래?”

“나는 됐어.”

“나도 그다지…… 우리는 신경 쓰지 말고 사와.”

“알았어. 그럼 잠시만 기다려줘.”

그렇게 말한 히카루는 타코야키 센베이를 파는 노점으로 향했다. 그 뒷모습을 별생각 없이 쳐다보고 있을 때, 갑자기 타케시가 히죽거리며 말을 걸어왔다.

“그러고 보니, 어제는 어떻게 됐어?”

"어제? ……퀴즈 대결 말이야?"

"아냐! 그 후에…… 아랴 양과 데이트했지?"

"아. 뭐, 데이트랄까…… 우리를 본 거야? 그럼 말을 걸지 그랬어."

"아니, 그게……."

마사치카가 그렇게 말하자, 타케시는 애매한 웃음을 흘리며 히카루 쪽을 힐끔 쳐다봤다.

(아하. 너는 말을 걸려고 했는데, 히카루가 말린 거구나.)

그 의미를 정확하게 파악한 마사치카는 쓴웃음을 머금었다.

"그렇게 신경 써주지 않아도 됐는데 말이야."

"그래도 분위기가 좋아 보이기도 했고…… 실은 어때? 두 사람은 선거전 파트너이기도 하니까, 역시 그렇고 그런 분위기가 될 때도 있지 않아?"

참 대답하기 곤란한 질문이었다.

아리사로부터의 호의는 느끼고 있지만, 마사치카에게는 아리사와의 관계를 진전시킬 의지가 그다지 없다. 선거전에 연애가 얽히는 건 리스크가 크다는 합리적 판단에 따른 것이기도 했다. 게다가 아리사 본인이 자신의 호의가 연애적인 감정에서 비롯된다는 것을 눈치채지 못한 것 같았다. 그 결과, 거리는 가까워졌지만 딱히 진전은 없는 느낌이었다.

"……뭐, 친해지기는 했지만 그게 다야. 딱히 사귀진 않아."

"그렇구나……."

"뭐야? 추월당할까 봐 조바심이 난 거야?"

"아, 아냐~! 나는, 그저—."

"저기~, 실례할게요~."

옆에서 목소리가 들려오자, 타케시는 「어? 나?」 하는 표정으로 돌아봤다. 마사치카도 그쪽을 돌아보니, 외부 손님으로 보이는 같은 또래의 소녀가 눈에 들어왔다. 단발머리를 밝은색으로 염색한, 꽤 귀여운 소녀였다. 그 소녀는 타케시의 얼굴을 올려다보며 조심스레 물어봤다.

"저희는 도여고에 다니는 학생인데, 안내를 해줄 사람을 찾고 있거든요……. 혹시, 괜찮다면 같이 돌아보지 않겠어요?"

"어, 우, 우리 말이야?"

"네."

그 소녀는 방긋하고 매력적으로 웃었다. 소녀가 말한 학교명은 이 근처에서 꽤 유명한 여자 고등학교의 이름이다. 보아하니 조금 떨어진 곳에는 그녀의 일행으로 보이는 귀여운 여자애 두 명이 서 있었다. 하지만…….

(아하, 그런 거구나.)

그 두 명 중 한 명이 히카루를 향해 시선을 보내는 모습을 본 마사치카는 눈치챘다. 아마 그녀들이 노리는 이는 히카루일 것이다. 노골적으로 미남에게 말을 걸면 다른 남자(마사치카와 타케시)의 반감을 살 것이기에, 일부러 타깃이 자리를 비운 타이밍을 노렸다…… 같은 걸까.

"어, 으음~ 정말? 이야, 어쩐다~."

그런 그녀들의 의도를 눈치 못 챈 듯한 타케시는 히죽거리며 머리를 긁적였다. 티 나게 좋아하며 세 소녀를 차례차례 돌아보더니, 「이야, 어쩌면 좋지~」 하고 말하며 마사치카 쪽을 돌아봤다. 그리고 타케시는 소녀들을 향해 돌아서더니, 맞댄 두 손을 얼굴 앞으로 들어 보이며 말했다.

"미안해! 너희 제안은 정말 기쁘고 영광이지만, 우리는 여친이 있거든! 질투하는 여친 손에 죽고 싶지 않으니까, 같이 돌아볼 수는 없을 것 같아. 정말 미안해!"

"어? 아, 그래요……. 뭐, 그럼 어쩔 수 없죠……."

아마, 완전히 허를 찔렸을 것이다. 소녀는 한동안 눈을 껌뻑이더니, 고개를 갸웃거리면서 일행에게 돌아갔다. 세 사람이 무언가 이야기를 나누며 다른 곳으로 향하는 모습을 쳐다본 후, 마사치카는 아직도 손을 모으고 있는 타케시에게 말을 건넸다.

"너, 어느새 여친이 생긴 거야?"

"어쩔 수 없잖아~. 그것 말고는 저 애들에게 상처를 주지 않으며 거절할 방법이 떠오르지 않았다고."

"뭐, 그건 나이스 판단이라고 생각하지만…… 거절해도 괜찮은 거야?"

마사치카가 그렇게 묻자, 타케시는 그를 돌아보며 이를

깨물었다.

"괜. 찮. 을. 리. 가. 없잖아~? 으으~ 아깝다! 처음이자 마지막으로 내 인생에 봄이 찾아온 걸지도 모르는데~!"

"아니, 그건……."

그것은 엄연한 착각이다. 하지만 마사치카는 대놓고 말하지 못하며 우물거렸다. 그런 마사치카의 앞에서 몸을 배배 꼬고 있던 타케시는 이윽고「하아」하고 한숨을 내쉬었다.

"하지만 히카루는 모르는 여자애와 같이 돌아다니는 걸 질색할 게 뻔하고…… 너도 그다지 내키진 않잖아?"

"그야, 뭐……."

"그렇지? 그러니 이러는 게 옳아. 설령 같이 돌아다니게 되더라도, 내가 에스코트를 잘할 것 같지도 않거든."

타케시가 미련 섞인 목소리로 그렇게 말하자, 마사치카는 진심으로「정말 괜찮은 녀석이야……」하고 생각했다.

(뭐, 알고는 있었지만…… 언젠가 보답받았으면 좋겠네.)

이렇게 친구를 생각하는 좋은 녀석인데, 왜 여친은 생기지 않는 것일까. 세상의 부조리를 절실히 느끼고 있을 때, 히카루가 타코야키 센베이를 손에 들고 돌아왔다.

"기다리게 해서 미안…… 어라. 타케시가 왜 저래?"

"……불운한 운명을 한탄하고 있어."

"응? 무슨 소리야?"

히카루가 고개를 갸웃거리고 있을 때, 근처에서 덜커덩

하는 소리가 들리더니 이어서 「앗」 하는 초조한 목소리가 들려왔다.

소리가 들린 방향을 쳐다보니, 플라스틱 바구니를 안아 든 여학생이 바구니에서 흘러나온 고무공을 당황한 표정으로 쳐다보고 있었다. 아무래도 뭔가와 부딪쳐서 고무공을 몇 개 흘린 것 같았다. 떨어진 고무공은 지면과 지나가는 사람의 발에 부딪히며 사방으로 흩어졌다.

"어라라."

그 광경을 본 마사치카는 도우러 갈지 말지 잠시 망설였다.

(좀 멀기도 하고, 이제 와서 도와주러 가봤자…… 애초에 몇 개 떨어뜨린 정도는 저 애도 그냥 넘어갈지도 모르잖아. 괜한 참견일 가능성도 있고, 저 공은—.)

그 잠깐 사이에…….

"이것 좀 들고 있어."

"어."

히카루가 나섰다.

마사치카에게 타코야키 센베이를 맡긴 히카루는 망설임 없이 여학생을 향해 걸어갔다. 그리고 눈에 들어오는 고무공을 재빨리 줍더니, 근처의 가판대 아래로 굴러간 공도 주저 없이 지면에 엎드리며 회수했다. 손과 무릎이 흙먼지로 더러워지는 것을 개의치 않으면서 말이다.

그리고 마사치카와 타케시가 다가왔을 때에는 떨어진 공

을 대부분 회수했다.

"저, 정말 감사해요."

"괜찮아. 앞으로는 조심해."

여학생이 황송하다는 듯이 연거푸 고개를 숙이자, 히카루는 오히려 난처한 표정을 지으며 손을 흔들어 보였다. 그 광경을 본 마사치카는 뭘 좀 아는 듯한 표정을 지으며 타케시에게 말했다.

"타케시, 알겠냐? 저게 바로 인기남이란 거야."

"큭, 못 이기겠어……."

"아니, 딱히 인기 얻으려고 그런 건……."

"알아. 아까 같은 상황에서 망설임 없이 나선 게 대단하다는 이야기야."

히카루가 또 난처한 표정을 짓자, 마사치카는 그를 진심으로 칭찬했다.

히카루는 항상 이랬다. 많은 이들이 「오지랖이 아닐까」, 「오히려 창피만 당할지도」 하고 생각하며 머뭇거릴 때, 히카루는 누구보다 먼저 나선다. 설령 그 상대가 자기가 거북하게 여기는 여자나 싫어하는 상대일지라도 말이다. 상대를 가리지 않고 「곤란할 때는 서로 도와야 하는 법」이란 말을 실천할 만큼 좋은 사람이 바로 히카루라는 애다.

(정말, 좋은 녀석들이라니깐…… 두 사람 다 말이야.)

자랑스러운 친구이자, 최고의 절친이다. 진심으로 그렇

게 생각한다. 그렇기에…… 용서할 수 없는 일이 있다. 절대로, 없었던 것으로 치부할 수 없는 일이 있다.

"……아, 나는 이만 가봐야겠어."

"아, 그래? 그럼 리허설 때 봐."

"실행위원 일, 열심히 해."

"응."

셋이서 40분 정도 돌아본 후, 두 사람과 헤어진 마사치카는 부실동으로 향했다. 하지만 부실동 안에는 들어가지 않고 뒤편으로 향했다. 그곳에는 전시물이나 노점이 없기에 길을 잃은 사람만 들어간다. 그런 건물 뒤편에 있는 커다란 나무 아래. 부실동의 창문으로부터 사각지대인 장소에 만나기로 한 사람이 기다리고 있었다.

모자를 깊이 눌러쓴 소녀가 고개를 살짝 숙인 채 기다리고 있었다. 그녀에게 다가간 마사치카는 무덤덤한 목소리로 말을 걸었다.

"왔구나, 시라토리."

퉁명한 인사였다. 「기다리게 했네」나 「불러내서 미안해」가 아닌, 도저히 우호적이라고 할 수 없는 인사였다. 그러자 소녀 또한 우호적이지 않은 시선으로 답했다.

"……무슨 일이야?"

퉁명한 어조로 그렇게 물은 소녀의 이름은 시라토리 나오. 2학기 직전에 전학을 간 세이레이 학원 학생이자 약한 달 전까지만 해도 타케시와 히카루가 원래 속해 있던 밴드『루미너즈』의 보컬이었던 소녀다. 그리고 관두기 직전에 엄청난 폭탄을 투하해서 밴드를 붕괴시킨 장본인이기도 했다.

"이런 것까지 보내서 부르다니…… 무슨 속셈인데?"

나오는 비우호적인 태도를 유지한 채 호주머니에서 봉투 하나를 꺼냈다. 그것은 마사치카가 나오의 예전 담임에게 맡긴 것이다.

실은 밴드 붕괴 건에 관해 의문을 품고 있었던 마사치카는 그 진상을 알기 위해 나오를 계속 찾아다녔다. 하지만 나오는 전학을 하면서 스마트폰을 바꿨고, SNS 계정 또한 삭제하며 완전히 연락을 끊었다. 마사치카의 정보망으로도 완전히 행방불명에 소식불통 상태였다.

그래서 마사치카는 계책을 하나 짰고, 유일하게 나오에게 연락이 가능하리라 여겨지는 그녀의 전 담임과 접촉했다. 그리고, 마사치카는「갑자기 전학을 간 나오에게 꼭 이 편지를 전해줬으면 한다」라는 내용의 열변을 토해 선생님을 설득했고, 그 열변에 마음이 움직인 선생님은 그 봉투를 나오에게 전달해줬다. 하지만 봉투 안에 든 것은 러브레터나 작별을 아쉬워하는 편지가 아니라…… 추령제 초대장과 딱 한 줄의 메시지뿐이었지만 말이다.

"대체 무슨 소리야?『안 오면 네 진실을 루미너즈의 멤버에게 폭로하겠다』니…….”

그 메시지를 소리 내서 읽은 나오가 날카롭게 노려보자, 마사치카는 차가운 표정으로 어깨를 으쓱했다.

“무슨 의미인지는 네가 가장 잘 알잖아? 그러니 내 말에 따라 여기에 왔을 거 아냐.”

“…….”

마사치카가 그렇게 말하자, 나오는 입을 다물었다. 상대방을 탐색하듯, 두 사람이 시선이 한동안 뒤엉켰다.

마사치카가 타케시에게 들은 밴드 붕괴의 계기는, 나오가 당시에 사귀던 베이스 담당인 카스가노 류이치에게「적당히 사귀었을 뿐이다」,「원래 히카루를 좋아했다」하고 폭로해서다. 그 바람에 류이치는 마음에 심한 상처를 입었고 키보드 담당이었던 미나세 리호는 소꿉친구였던 나오의 그런 행동에 크게 충격을 받았으며, 결국 두 사람은 밴드를 관뒀다……는 이야기였다. 물론 타케시에게 전해 들은 이야기이기에 세세한 부분까지는 정확하게 알지 못한다. 하지만 루미너즈의 멤버를 외부에서 지켜봐왔던 마사치카이기에…… 눈치챌 수 있는 거짓말이 존재했다.

“너, 히카루를 좋아한 적 없잖아.”

“……!”

마사치카가 단언하자 나오는 미간을 찌푸리는 반응을 보였다. 그 표정을 본 마사치카는 확신을 품었다.

나오가 히카루를 좋아한다고 폭로한 것은, 리호가 「나오는 루미너즈에 좋아하는 사람이 있다고 말했다」는 것을 밝힌 후다. 이것은 밴드 붕괴 후에 마사치카가 직접 리호에게 물어본 것이며, 루미너즈의 다섯 번째 멤버로서 마지막으로 들어온 나오가 동기라면서 그녀에게 해준 말이었다고 한다.

리호는 눈치채지 못한 것 같지만, 마사치카는 그 말을 듣자마자 눈치챘다. 그것이 리호를 견제하기 위해 한 말이라는 사실을 말이다. 밴드에 들어가고 싶었을 뿐이라면, 「리호와 함께 밴드를 하고 싶어서」라는 식으로 동기를 말했으면 됐을 것이다. 그러지 않고 일부러 좋아하는 사람이 있다고 고백했다는 건, 리호와 누군가가 맺어지는 것을 방해하기 위한 한 수라고 여길 수밖에 없었다. 그리고 그 후의 경위로 볼 때, 그 『누군가』는 류이치일 것이다.

평범하게 생각해보면, 소꿉친구인 소녀 두 사람이 같은 남자를 좋아하게 되고 말았다. 그뿐인 이야기겠지만…….

(카스가노가 한 말로 볼 때…… 반대, 인 거겠지.)

류이치의 말에 따르면, 나오는 교제를 시작한 후로 그에게 애정을 드러내지 않은 것 같았다. 단순히 부끄러워서 그런 것일까? 아니다. 리호를 견제까지 했으면서 소극적인 태도를 보이는 것에서 위화감이 느껴졌다. 그렇다면…… 나오가 빼앗기고 싶지 않았던 사람은, 류이치가 아니라…….

"네가, 좋아한 건—."

"그만해."

나오는 굳은 목소리로 마사치카의 말을 끊었다. 하지만, 마사치카는 멈추지 않았다.

"아니, 그만할 수 없어."

나오의 명확한 거절을, 마사치카는 단호하게 거부했다. 그리고 나오에게 한 걸음 다가서더니, 결정적인 말을 입에 담았다.

"네가 좋아한 건…… 사랑한 건 히카루도 카스가노도 아니라, 미나세야."

"……!!"

마사치카가 단정짓자, 나오는 눈을 부릅뜨며 분노를 드러냈다. 하지만 마사치카는 전혀 움츠러들지 않으며, 자기 추리를 이어갔다.

"네가 카스가노와 사귄 건, 미나세가 카스가노에게 호의를 품어서야. 미나세의 마음을 안 너는, 미나세를 빼앗기기 싫은 마음에 루미너즈에 들어갔고, 카스가노와 사귀었어. 안 그래?"

마사치카가 확신을 담아서 묻자, 나오는 입을 열었고—하지만 무슨 말을 하면 좋을지 모르겠다는 듯이 몇 번 입을 뻐끔거린 후에 고개를 숙였다. 그리고 잠시 후, 뭔가를 참듯 어깨를 부들부들 떨던 나오는 이윽고 이를 악문 후에 대답했다.

"……맞아."

그리고 그 말을 계기 삼듯, 나오는 둑이 무너진 것처럼 자기 본심을 털어놨다.

"그래, 맞아! 나는 쭉, 리호를 좋아했어! 어릴 적부터 쭉 함께 지내면서, 쭉 지켜왔어! 나에게 리호는 가장 소중한 존재였고, 리호에게도 나는 가장 소중한 존재였어! 그런데, 그런데—!!"

떨리는 목소리로 그렇게 말한 나오는 이를 악물며 무시무시한 눈길로 지면을 노려봤다. 신발 끝으로 지면을 걷어찬 그녀는 온몸을 떨며 외쳤다.

"그런데, 리호는 류이치를 좋아하게 됐어! 남자가 무섭다고 했으면서! 그런, 그런—."

"그래서, 딱히 좋아하지도 않는 카스가노와 사귄 거야……?"

"그래! 리호를 빼앗길 바에야, 리호가 남자에게 더럽혀질 바에야, 차라리 그러는 편이 나았어!"

그것은 동성인 소꿉친구를 향한 일그러진…… 그러면서도 순수한 연모다. 울부짖는 듯한 목소리로 그렇게 외친 나오는 갑자기 표정을 일그러뜨렸다. 그런 그녀의 얼굴에 어린 것은 슬픔일까, 후회일까.

"하지만…… 사귀어 보니, 류이치는 참 좋은 애였어……. 이런 나 같은 애한테도 참 상냥했고, 이런 나를 좋아해줬어……. 리호가 좋아할 만하다는 생각이 들더라……."

고백하는 나오의 오른쪽 눈에서, 한 방울의 눈물이 흘러내렸다. 나오는 그 눈물을 손으로 닦더니, 오열 섞인 목소리로 말을 이었다.

"리호도 여전히 상냥해서……『두 사람을 응원할게』하고 웃으면서 말해주잖아. 자기가 먼저 좋아했으면서…… 류이치도, 리호도, 참 상냥한 사람이야. 하지만 나는 거짓말만 늘어놓으며, 두 사람을 상처입혔어……!! 전부 내 잘못인데, 이제 와서 어떻게 하면 좋을지 모르겠단 말이야……!"

나오가 두 손으로 눈가를 감싸며 피를 토하는 어조로 그렇게 말하자, 마사치카는 눈을 감았다.

상냥한 사람들에게 둘러싸여서 자기 혼자만 거짓말을 늘어놓는 고뇌가 얼마나 괴로운 것인지 마사치카는 상상조차 할 수 없었다. 처음에는 그저 좋아하는 이를 빼앗기고 싶지 않다는 마음으로 토한 거짓말이었다. 하지만 그 거짓말을 지키기 위해 거짓말을 하다 보니, 어느새 상냥한 네 명의 동료 사이에서 자기만 거짓말에 물들어 있었다. 동료를 향해 미소 지으면서도 마음속으로는 얼마나 고뇌하고 후회했을까. 얼마나 자신에게 실망하고 자신을 싫어했을까.

그리고 모든 것이 밝혀지려는 순간, 나오는 자기에게 있어 가장 중요한 비밀…… 리호를 향한 연심을 숨기기 위해, 마지막 거짓말을 하고 말았다. 히카루를 좋아한다는, 거짓말을 말이다.

(이래서야, 비난도 못 하겠네…….)

나오에게 있어 리호를 향한 연심은 그 무엇을 희생해서라도 지키고 싶은, 꼭 숨겨야만 하는 것이었으리라. 좋아하지도 않는 남자에게 자기 자신을 바쳐서라도 말이다. 그렇다면…… 마사치카는 나오를 비난할 마음이 들지 않았다.

궁지에 몰렸을 때야말로 사람의 본성이 드러난다고 사람들은 흔히 말하지만, 마사치카는 그 말이 틀렸다고 생각한다. 인간이 진정으로 궁지에 몰렸을 때 가장 먼저 드러나는 건 본성이 아니라 본능이다. 자기 몸을 지키기 위한 생물의 근원적인 방어 본능. 그것을 이성으로 억누르며 타인을 우선할 수 있는 인간은 흔하지 않다. 그러니 궁지에 몰린 끝에 거짓말을 토하고 만 나오를 마사치카는 비난할 수 없었다. 하지만…….

"남겨진 네 사람은 어떻게 되는데?"

"……."

그럴지라도, 그 점에서 눈을 돌려선 안 되었다.

"도망친 너는 그걸로 됐을지도 몰라. 하지만, 남은 네 사람은 지금도 그때 일로 괴로워하고 있어."

"……."

이 정보는, 나오로서는 가장 듣고 싶지 않았던 것이리라.

하지만 그 점을 알면서도, 마사치카는 현실을 알려줬다.

"카스가노와 미나세는 경음악부에 얼굴을 비추지 않게 됐고, 그 일 이후로 히카루와 말도 섞지 않아. 히카루 또한 그 두 사람은 생각하지 않으려고 해. 솔직히 말해, 두고 볼 수가 없어. 그렇게 사이가 좋았던 세 사람이, 지금은 서로를 없는 사람 취급한다고."

"뭐……."

"타케시는 요즘에도 카스가노와 미나세를 찾아가는 것 같아. 하지만 그 두 사람은 타케시도 피해. 그 녀석은 겉보기엔 평소와 다름없어 보이지만, 실은 초췌해졌어. 그 녀석은 남들보다 친구를 아끼거든."

"……."

마사치카가 그렇게 말하자, 나오는 고개를 깊이 숙였다. 그리고 한동안 침묵을 이은 후, 불쑥 입을 열었다.

"리호, 는……?"

그 짤막한 질문을 듣고, 마사치카는 「역시 미나세가 최우선인가」 하고 생각하며 솔직하게 사실을 말해주었다.

"너도 알다시피, 미나세는 원래 교우관계가 넓은 편이 아니었잖아. 경음악부에 참가하지 않게 된 지금은 완전히 고립됐어. 매일 어두운 표정으로 수업을 들은 후, 누구와도 대화를 나누지 않고 그냥 귀가해."

"……."

고개를 숙인 채 입술을 깨문 나오에게, 마사치카는 조용한 목소리로 물었다.

"너, 설마 자기가 사라지면 미나세와 카스가노가 사귀게 될 거라고 생각했어?"

"큭!"

"그렇지는 않지? 카스가노는 그렇게 쉽게 여자를 갈아타는 타입이 아니고, 미나세는―."

"네가 말 안 해도 알아!"

그 순간, 나오는 고개를 치켜들며 마사치카를 노려봤다.

"뭐야! 아까부터 뭐든 다 아는 듯이 떠들어대기는! 너는 이 일과 상관없잖아?! 뭐가 그렇게 잘났는데?!"

그 말을 들은 순간, 마사치카는 찬물이라도 뒤집어쓴 듯한 기분이 들었다. 그리고 자기의 언동을 돌이켜본 후 화들짝 놀랐다.

(어라, 내가 왜 이렇게 밉살스러운 말을 늘어놓은 거지?)

머릿속으로는 비난할 생각이 없었지만, 정신을 차리고 보니 나오의 속을 긁어놓는 소리만 늘어놓고 있었다. 사실만을 전할 생각이었는데, 이래서는 비난하는 것이나 다름없다. 그 사실을 이제야 눈치챈 마사치카는 아연실색했다.

(아니, 이게 아니잖아. 이런 말을 하고 싶었던 게 아닌데…….)

시선을 숙인 마사치카는 다시 머릿속을 리셋시킨 후, 진정으로 건네야만 할 말을 찾아봤다.

"……확실히, 나는 이 일과 상관없어. 루미너즈와는 아무런 관련도 없으니 참견할 권리도 없겠지."

"……."

"하지만…… 너희 다섯 명이 지금 이대로도 괜찮다고는 절대 생각 안 해."

"크으……."

나오가 이를 악물며 고개를 돌리자, 마사치카는 신중한 어조로 말을 이었다.

"서로를 오해한 채 이대로 헤어져도 정말 괜찮겠어?"

"……."

"이건 경험자로서 말해주는 건데…… 최악의 형태로 이별하면, 그 전까지의 즐거운 추억과 행복했던 기억도 전부 떠올리지 못하게 돼."

얼마 전까지의 마사치카가 마아와의 추억을 나쁜 기억으로 마음속 깊은 곳에 봉인해뒀던 것처럼 말이다. 오해가 풀린 지금에 와서는, 그 점에 관해서 후회만을 느끼고 있었다.

(뭐, 이것도…… 내가 할 말은 아니려나.)

머릿속이 식으면서 마음도 식은 마사치카는 뒤돌아섰다. 그리고 괜한 참견이라고 생각하면서도, 등 너머로 마지막 충고를 건넸다.

"아까도 말했다시피, 나는 이 일과 상관없는 사람이야. 너희의 사람 됨됨이도, 관계도, 자세한 건 알지 못해. 그러니, 너한테 어떻게 하라고 말할 생각은 없어……. 하지만 이대로 가다간, 루미너즈는 너희 다섯 명에게 있어서 최악의 추억으로 남을걸? 카스가노에게 있어서도, 미나세에게 있어서도 말이지."

그 말만 한 마사치카는 뒤돌아보지 않고 그 자리를 벗어났다. 그대로 부실동에 들어가서, 남들의 눈길을 피하듯 건물을 계속 올라갔다. 그리고 계단 앞에 설치된 쇠사슬을 넘어서 옥상으로 이어지는 계단을 올라간 후…… 그 최상단의 층계참에서 벌러덩 드러누웠다.

"하아……."

식디 식은 가슴 속에서 무겁고 깊은 한숨이 새어 나왔다.

"……나는 왜 그렇게 비난조로 말한 걸까."

의문형으로 말했지만, 그 답은 자신의 마음속에 존재했다. 그것은 타케시와 히카루가 상처 입었다는 사실에, 마사치카가 쭉 분노를 품고 있어서다.

루미너즈의 다섯 명이 이대로 뿔뿔이 흩어져선 안 된다고 생각한 것은 진심이다. 그러니, 나오를 설득해서 다섯 명이 다시 이야기를 나눠보게 해야 한다고 생각했다. 그런 생각을 한 것 자체는 후회하지 않는다.

후회가 남는 건…… 필요 이상으로 나오를 궁지에 몰아서,

상처 입힌 점이다. 상처 입은 당사자(타케시와 히카루)가 아니라, 외부인인 마사치카가 나오에게 분노를 쏟아낸 것이다.

"……차분하게, 말할 생각이었는데 말이야."

하지만, 실제로는 차분하지 않았다. 소중한 두 절친이 상처 입었다는 사실에 마사치카의 마음속에서는 분노가 스멀스멀 피어오르고 있었으며, 그것이 나오를 향한 비난이란 형태로 언동에서 드러났다.

(그런 협박이나 다름없는 메시지를 보내고, 본인 앞에서 감춰온 비밀을 폭로하다니…… 진짜로 그럴 필요가 있었을까? 타케시와 히카루가 받은 고통을, 조금이라도 맛보게 해주려고 생각했던 건 아닐까?)

나오의 시선과 말이 머릿속에 떠오르자, 마사치카는 어금니를 깨물었다. 강렬한 후회와, 자기혐오. 지금의 마사치카가 느끼는 건 그게 전부였다.

"뭐가 그렇게 잘났는데, 라……. 그 말이 맞아. 아무런 상관도 없는 외부인 주제에, 오지랖을 떨면 어쩌냐고."

누군가가 해야만 하는 일이었다. 그런 자기희생을 한 영웅 같은 소리를 할 생각은 없다. 마사치카가 나서지 않았다면 이 일은 언젠가 풍화되어서 시간의 흐름 속에 묻혔을 것이다. 그것을 일부러 파내서 숨겨져 있던 내용물까지 폭로한 것은 마사치카의 아집이다. 마사치카는 그러는 편이 옳다고 여기며, 누가 부탁하지도 않았는데 그렇게 했다.

그뿐이다. 하지만…… 이제 와서 생각해보면, 그것도 괜한 참견에 지나지 않았다는 생각이 들었다.

마사치카가 아무것도 하지 않았더라도 그 다섯 명은 언젠가 어떤 식으로 화해했을지도 모른다. 마사치카와 마리야가 운명처럼 재회해서 과거의 오해를 풀었듯이 말이다. 그 다섯 명에게도 끗끗한 유대가 존재한다면, 분명—.

(생각해보니 그러네! 나한테 있어서는 그냥 아는 사이에 지나지 않더라도 타케시와 히카루한테는 시라토리도 친구잖아!)

그제야 자신이『친구의 친구』를 상처입혔다는 사실에 생각이 미친 마사치카는 한층 더 침울해졌다.

(아아…… 틀렸어. 자기혐오로 죽고 싶어지네……. 나중에 시라토리에게 사과해야겠는걸.)

완전히 머릿속이 부정의 악순환에 빠지자, 마사치카는 머리를 감싸 쥐며 옆으로 몸을 굴렸다. 그대로, 끝없이 기분이 가라앉으려고—.

"쿠제?"

……한 바로 그때였다. 들려올 리 없는 목소리가 들려오자, 마사치카는 상체를 벌떡 일으켰다. 그리고 아래편 층계참에서 이쪽을 쳐다보고 있는 마리야와 눈이 마주치자, 심장이 크게 뛰었다.

"어, 쨰서? 마샤 씨가 왜 여기 있는 거예요?"

"우연히, 무서운 표정을 짓고 있는 쿠제를 봐서…… 신경 쓰인 나머지, 쫓아온 거야."

걱정스러운 표정으로 그렇게 말한 마리야는 계단을 올라와서 마사치카의 옆에 앉았다. 그리고 배려하는 듯한 눈길로 마사치카를 응시했다.

"왜 그래? 무슨 일 있었어?"

순수한 배려만이 담긴 그 질문에 마사치카는 침묵으로 답했다. 하지만 마리야는 재촉하지 않으며, 마사치카의 무릎 위에 놓인 주먹을 자신의 손으로 감쌌다.

그 따뜻하고 부드러운 감촉에 마음이 움직인 마사치카는 표정을 굳힌 채, 툭 털어놨다.

"다른 사람을, 상처 입혔어요."

"그랬구나. 왜?"

"친구가, 상처 입어서…… 아뇨."

마사치카는 고개를 좌우로 저은 후, 다시 말했다.

"친구가 상처 입은 게 화나서, 친구가 가만히 있는데 제가 그 가해자에게 화를 냈어요. 그 애한테도 사정이 있었는데…… 그 사정을 알면서도, 분노에 사로잡혀 상처를 후벼팠어요."

마사치카는 거기까지 한꺼번에 말한 후, 자조하듯 웃었다.

"그렇게 실패해서…… 지금 반성 중이에요. 마음이 좀 풀리면 알아서 부활할 거니까, 신경 쓰지 마세요."

가벼운 어조로 그렇게 말하는 마사치카의 얼굴을 마리야는 진지한 표정으로 지그시 응시했다. 그리고…… 천천히 무릎을 바닥에 대며 몸을 일으키더니, 마사치카의 얼굴을 옆에서 꼭 끌어안았다.

"그래그래~."

그뿐만 아니라 마리야가 머리를 상냥히 쓰다듬어주자, 마사치카는 혼란에 빠졌다.

"……어? 잠깐만요. 왜 제가 마샤 씨 품에 안겨 있는 거예요?"

"쿠제가 상처 입은 것 같아서, 위로해주는 거야."

"저기, 제 말 안 들은 거예요? 이번에는 완전히 자업자득이랄까, 감정에 휩쓸려서 남을 상처 입힌 걸 반성하고 있는 건데……."

"그러니, 위로받을 권리가 없다는 거야?"

"……!"

마리야가 상냥한 목소리로 한 말에 정곡이 찔린 마사치카는 말문이 막혔다. 그 반응을 눈치챈 마리야는 웃음기가 희미하게 어린 목소리로 「그렇구나~」 하고 말했다.

"쿠제는 그렇게 생각하나 보네~. 하지만 말이지? 나는 그런 권리 따위 신경 안 써!"

"……오오."

나는 나의 길을 가겠다 식의 선언을 한 마리야에게 마사치카는 압도당했다.

"쿠제가 어떻게 생각하든 상관없어! 나는 내가 하고 싶으니까 쿠제를 위로해주는 것뿐이거든!"

"그런, 가요."

상대방이 이렇게 딱 잘라서 말하니 더는 아무 말도 할 수가 없었다.

(마샤 씨가 하고 싶다면, 어쩔 수 없겠네~.)

그런 체념이 가슴속에서 솟구친 마사치카는 공허한 눈길을 머금었다. 마리야는 그런 마사치카의 머리를 상냥히 쓰다듬어주며 말했다.

"쿠제는 옛날부터 남한테 어리광을 부리지 않았잖아? 마치 자기는 어리광을 부릴 권리가 없다는 것처럼 말이야."

"……."

마리야의 날카로운 지적을 들은 순간, 마사치카는 할 말을 잃었다. 그 말이 옳았다. 동생에게 짐을 떠넘기고, 나태하고 유유자적한 생활을 해온 자신에게는 남에게 어리광을 부릴 자격이 없다. 쭉, 그렇게 생각해왔다.

"그런 쿠제를 보고 있으면 말이지? 나는 가슴이 꼬옥~옥죄어들어. 가슴이 아프고 안타까워서, 쿠제의 어리광을 왕창~ 받아주고 싶어진다니깐."

"……하아. 그런, 가요."

듣고 있으니 참 멋쩍은 말이었기에, 마사치카는 헛웃음

을 흘리며 퉁명하게 대답했다. 하지만 마사치카의 그런 마음까지도 꿰뚫어본 것처럼, 마리야는 작게 미소 지었다.

"네가 자기 자신을 용서할 수 없다면, 내가 너를 용서해 주고 싶어. 네가 자기 자신을 상처 입힌다면, 내가 그 상처를 감싸주고 싶어."

그 말을 증명하듯, 마리야는 마사치카의 머리를 쓰다듬어주며 상냥한 어조로 말을 이었다.

"왜냐고 묻지는 말아줘. 옛날부터…… 그 공원에서 처음 만난 날부터 나한테 쿠제는 소중한 사람이야. 그러니…… 무리해가며 센 척하지 마. 혼자서 견디려고 하지 마. 나는, 다 안단 말이야."

그 마지막 말이, 마사치카의 마음속에 크게 울려 퍼졌다.

(아아, 이 사람은…….)

진짜로, 알고 있는 건지도 모른다. 마사치카의 약함도, 실수도, 전부 알면서 상냥히 감싸주려 하는 걸지도 모른다.

"……그렇구나."

"응."

"그렇구나……."

"……응."

대화라고 할 수 없는 대화. 하지만 마리야에게는 전해지고 있을 것이다. 그런 이유 모를 확신을 느낀 마사치카는 눈을 감더니, 마리야의 팔에 몸을 맡겼다. 마사치카가 최선을 다해 어리광을 부리자, 마리야는 미소를 머금으며 받아줬다.

그대로 얼마나 시간이 흘렀을까. 마음이 조금 진정된 마사치카는 눈을 뜨며 불쑥 말했다.

"왠지, 옛날부터 마샤 씨에게 어리광만 부린 것 같네요."

"응? 그래~?"

"네……. 죽, 마샤 씨의 상냥함에 어리광을 부렸다고 생각해요."

그 공원에서 마리야와 재회한 날부터, 마사치카는 기회가 있을 때마다 마아와의 기억을 떠올리게 됐다.

기억 속의 마아는 항상 밝고 상냥하며 따뜻해서……, 사아는 그런 마아에게 구원받았다. 지금은 진심으로 그렇게 생각한다.

"그렇구나……. 하지만, 그건 나도 마찬가지거든? 나도, 사아에게 상냥함을 잔뜩 받았는걸."

"하하, 그런가요?"

"그래~. 셀 수도 없을 만큼 잔뜩, 받았어."

마리야는 그렇게 말했지만, 아마도 그녀에게 받은 상냥함의 절반도 갚지 못했으리라.

(그 약속도, 결국 지키지 못했잖아…….)

한 달 정도 전에 떠올린, 과거에 마아와 나눈 약속이 생각난 마사치카는 약간 안타까운 마음에 사로잡혔다.

(아직 늦지 않았……으려나. 아니, 너무 늦긴 했어…….
당시에 비하면 실력도 꽤나 줄었을 거잖아.)

자신의 기분이 또 가라앉자, 그것을 눈치챈 것처럼 그를 안고 있는 마리야의 팔에는 더욱 힘이 들어갔고…… 마사치카는 슬슬 부끄럽기 시작했다.

“저기, 그것보다 말이죠. 이제 그만…….”

“응~? 왜~? 더 어리광 부려도 돼~.”

“아니, 이 자세는 좀…….”

어깨에 놓여 있는 묵직한 물체가 매우 신경 쓰인다고나 할까, 마리야의 심장 고동이 느껴지는 오른쪽 귀가 너무 행복하다고나 할까…….

“아…….”

마사치카가 직접적인 언급을 피하며 말끝을 흐리자, 마리야는 난처함과 부끄러움이 반씩 섞인 미소를 머금으며 몸을 뗐다.

“하아, 쿠제는 정말…….”

“죄송해요.”

“아냐~, 남자애잖아. 어쩔 수 없을 거야~.”

그렇게 말하며 고개를 끄덕인 마리야는 성모처럼 자애에 찬 미소를 머금으며 두 손을 펼쳤다.

“그래도 쿠제라면 좋아. 이리 와~.”

“아, 아니, 그건—.”

"아, 맞다. 자기가 먼저 어리광을 부리진 못했지? 그럼 내가 부리게 해줄게~."

"아니, 잠깐만—!"

마사치카는 흠칫하며 몸을 뒤로 뺐지만, 마리야는 몸을 쑥 내밀면서 그런 그의 머리를 움켜잡았다. 그리고— 마사치카는, 모성이 지닌 폭력성을 알게 됐다.

◇

"……뭐랄까, 엄청났어."

마리야에 의해 강제적으로 모성에 빠져들었던 마사치카는, 후들거리는 발걸음으로 음악실을 향해 걸어갔다. 이제부터 라이브에 대비해 밴드의 최종 리허설을 하기로 되어 있는데…… 머릿속은 그럴 상황이 아니었다.

뭐랄까, 후회나 자기혐오 같은 게 싹 날아가버릴 정도로 엄청났다. 너무 엄청나서 온몸에서 힘이 쫙 빠질 지경이었다.

(오히려, 마샤 씨가 그렇게 기운 넘치는 게 의문이야…….)

마사치카가 기력을 잃은 것과 달리, 계단 앞에서 헤어진 마리야는 어째선지 기력이 넘치는 것 같았다. 설마 어리광을 받아주고 싶다는 욕구가 충족되면서 스트레스가 해소된 것일까.

(큰일 났네……. 설마 마샤 씨 앞에서 침울해질 때마다

이런 일을 겪는 거야? 그렇다면, 진짜로…… 언젠가, 진짜로 큰일 날 것 같은 느낌이 들어.)

정체불명의 위기감에 사로잡힌 마사치카는 등골이 오싹해졌다. 바로 그 타이밍에, 복도 너머에서 다가온 유키와 눈이 마주쳤다.

"유키……."

"마사치카 씨……."

허둥지둥 등을 꼿꼿이 편 마사치카는 아무렇지 않은 척했다. 하지만 유키는 그런 마사치카를 보고 미심쩍은 듯이 미간을 찌푸리더니, 성큼성큼 그에게 다가가서 고풍스러운 미소를 머금으며 말했다.

"마사치카 씨, 여기 계셨군요."

"어?"

"비품의 추가 대여 요청이 들어왔는데, 좀 도와주시지 않겠어요?"

"뭐? 응."

그 철벽같은 미소에 압도당한 마사치카는 유키의 뒤를 따르며 창고로 향했다. 딱히 대화를 나누지 않으며 창고 앞에 도착한 후, 문을 열고 안에 들어간 유키는 다른 사람이 없는지 확인했다. 그리고 확인을 마치자마자 마사치카에게 후다닥 다가가더니, 정면에서 그의 두 팔을 움켜잡았다. 그리고 코앞에서 오빠의 얼굴을 올려다보며, 유키는 과도할 정도로 위기감에 사로잡힌 표정을 지으며 물었다.

“오빠, 괜찮아?! 기운 나는 빔(오빠 알라뷰) 쏴줄까?!”

“됐어.”

“알라뷰 비이이이~임!!”

“됐다고 했잖아!!”

그렇게, 상냥한 누나에게 어리광을 부리고, 상냥한 동생의 어리광을 받아준 마사치카는……, 두 사람의 배려 덕분에 조금은 기분이 풀렸다.

제 6 화 전투력은 중요하다니깐

"이 정도면 완벽하지 않아?"

"응. 정말 괜찮았어."

라이브 전의 마지막 리허설을 마친 후, 타케시와 히카루는 만족감으로 가득찬 목소리로 그렇게 말했다. 이번만큼은 사야카도 지적을 하지 않았고, 아리사와…… 어째선지 노노아한테서도 만족한 듯한 분위기가 감돌고 있었다.

그것은 마사치카도 마찬가지였으며, 노노아가 프로듀스한 무대용 의상을 입고 기합이 들어간 상태에서 행한 다섯 명의 리허설은 이제까지의 연주 중에서 가장 좋았다고 생각한다.

"진짜로…… 정말 좋았어."

마사치카가 감격한 듯한 목소리로 그렇게 말하며 손뼉을 치자, 타케시는 멋쩍은 투로 말했다.

"뭐야~ 벌써 공연을 마친 듯한 반응이잖아. 아직 리허설 중이거든?"

"하하. 그건 그렇지만…… 용케 이 멤버가 하나로 뭉쳤다고 생각하니 그런 느낌이 드네."

"아니, 이 멤버를 모은 건 쿠젯찌잖아~."

"그래."

"……아, 그랬지."

"까먹은 거냐!"

타케시가 태클을 날리자, 아리사와 사야카도 미소를 머금었다. 참고로 노노아가 마사치카를 부르는 호칭은 며칠 만에 다시 『쿠젯찌』로 바뀌었다. 본인의 말에 따르면 『마삿찌』가 영 마음에 들지 않았다고 한다.

"좋아~! 그럼 매니저에게도 인정을 받았으니까, 좀 이르지만 무대 쪽으로 이동하도록 할까!"

"기다려, 타케시. 아직 중요한 볼일이 남았다고."

"뭐?"

"아니, 『뭐?』는 무슨……. 리더를 아직 안 정했잖아?"

타케시가 진짜로 어리둥절한 표정을 짓자, 마사치카는 발을 헛디딜 뻔하며 그렇게 말했다. 그러자, 아리사의 표정이 굳어지는 모습이 언뜻 보였다. 하지만 타케시의 반응은 미적지근했다.

"아, 아하…… 그런 이야기도 했었지."

"아니, 중요한 거니까 까먹지 말라고."

"그게, 까먹었다기보다……."

타케시는 약간 난처한 듯이 머리를 긁적인 후, 아리사를 쳐다봤다.

"나, 아랴 양이 리더라고 전부터 생각하고 있었거든……."

"뭐……?"

타케시가 그렇게 말하자, 아리사는 눈을 치켜떴다. 하지만 이어서 히카루도 타케시의 말에 동의한다는 듯이 고개를 끄덕였다.

"맞아. 나도 아랴 양이 리더에 걸맞다고 생각해."

"어, 히카루……?"

아리사가 놀라며 돌아보자, 히카루는 상냥히 웃으며 말했다.

"아까, 마사치카는『용케 이 멤버가 하나로 뭉쳤다』고 말했지만…… 실제로 우리 다섯 명이 뭉칠 수 있었던 것은 아랴 양 덕분이라고 생각해. 멤버 전원에게 먼저 다가와줘서, 기뻤어. 게다가…… 밴드명을 정할 때도 말이야."

히카루는 약간 멋쩍은 듯이 볼을 긁적였다.

"다들 자기 취향을 우선하며 이름을 내놓을 때, 아랴 양만은 우리에게 메시지가 담긴 이름을 제안해줬지? 그걸 통해 밴드의 방향성이 정해졌다고 생각해. 그러니까…… 그때부터, 이 밴드의 리더는 아랴 양뿐이라고 나는 생각했어."

히카루가 그렇게 말하자, 뭔가를 참듯이 입술을 꾹 다문 아리사의 속눈썹이 파르르 떨렸다. 그러자…….

"히카루! 너무 멋진 말을 늘어놓는 거 아냐?! 그러니 내가 바보 같잖아~!"

"분위기 파악 좀 해, 바보야."

"이러니 바보 소리를 듣는 거야."

"너무해!"

타케시가 허둥지둥 그렇게 외치자, 마사치카와 히카루는 즉시 카운터를 날렸다. 방금까지의 좋은 분위기가 완전히 망가졌다. 아리사도 맥이 풀린 것처럼 쓴웃음을 머금고 있었다.

"자…… 아랴가 두 표를 받았는데, 사야카와 노노아는 어때?"

마사치카가 다시 이야기를 이어가기 위해 그렇게 묻자, 사야카는 표정을 바꾸지 않은 채 어깨를 으쓱했다.

"이 분위기에서 반대할 정도로, 저는 눈치가 없진 않아요."

"사얏찌는 솔직하지 못하다니깐~."

"노노아, 방금 무슨 말 했나요?"

"사얏찌는 솔직하지 못하다니깐~."

"되풀이해서 말할 필요 없어요!"

두 사람이 그런 맥빠지는 이야기를 나누자, 다른 사람들은 웃음을 터뜨렸다.

"그럼 노노아는 어때?"

"아릿사로 괜찮지 않겠어? 잘 부탁해, 리더."

노노아는 태연한 어조로 그렇게 말하더니, 아리사를 향해 손을 흔들었다. 다섯 사람에게 주목을 받게 되자, 아리사의 눈동자가 흔들렸다. 하지만 곧 눈을 감으며 표정을 고치더니, 힘찬 미소를 지으며 주먹을 말아쥐었다.

"그럼…… 『Fortitude』의 첫 라이브, 힘내자! 자, 파이팅~!"

아리사가 힘차게 그렇게 외치자, 다른 이들도—.

"파이팅~!"

"파, 파이팅~!"

"파이팅?"

"파이팅……."

"파이팅~."

"아니, 좀 맞춰달라고. 완전 제각각이잖아."

마사치카가 태클을 날린 직후, 아리사는 주먹을 내리면서 몸을 웅크렸다.

"으~~."

"보라고! 아랴가 부끄러워하잖아! 그래그래, 힘냈지? 해본 적도 없으면서 리더답게 구령을 외치려고 한 거잖아? 이 자식들아! 리더님을 괴롭히지 말라고!"

"마사치카."

"응?"

"부탁이니까 입 좀 다물어."

"넵."

◇

“오오~, 사람들이 꽤나 모였는걸……. 큰일 났다. 무지 긴장돼.”

“하하하, 맞아……. 하지만 앞으로 사람들이 더 늘어날걸? 내 입으로 이런 소리를 하는 것도 좀 그렇지만, 우리는 꽤 주목받고 있는 것 같거든.”

“그래……. 어제도 여기저기서 말을 걸어오더라고.”

무대에 서기 20분 전, 악기를 들고 무대 뒤편으로 이동했다. 그리고 가장자리에서 무대를 쳐다본 타케시는 긴장한 것처럼 몸을 떤 후에 불쑥 마사치카를 쳐다봤다.

“그러고 보니 우리는 어제 키류인과도 만났는데…… 마사치카는 그 녀석과 무슨 일 있어?”

“그 키류인은 남자 쪽을 말하는 거지? 무슨 일이라니? 추상적이라서 모르겠네.”

“맞아, 남자 쪽이야. 그게, 실은…… 네가 무대에 서는지 캐묻더라고…….”

“응? 그건 또 무슨 소리야? 그 녀석이 나에 대해 캐물었다는 거지?”

“응.”

타케시가 그런 정보를 알려주자 마사치카는 고개를 갸웃거렸다. 그러고 보니 전에도 유쇼가 자기한테 비슷한 걸

물었던 것 같은 느낌이 드는데…… 그 의도는 짐작조차 되지 않았다.

"네가 매니저라서 무대에 안 선다고 했더니, 미묘~한 표정을 짓던데…… 혹시 짚이는 거 없어?"

"……글쎄, 딱히 없네."

"우와~."

바로 그 순간이었다. 갑자기 연기 톤의 목소리가 들려오자, 마사치카와 타케시는 목소리가 들려온 곳을 향해 고개를 돌렸다. 그러자 방금 이야기를 들은 듯한 노노아가 질린 듯한 표정을 지으며 입을 살짝 벌리고 있었다.

"어? 왜 그래?"

"아니…… 준우승 씨~, 불쌍해라~."

노노아가 혼잣말을 하는 투로 그렇게 말하자, 마사치카는 미간을 살짝 모았다.

(준우승 씨…… 준우승 씨? 어라? 왠지 귀에 익는데…….)

뇌의 한쪽 귀퉁이가 자극을 받은 듯한 느낌이 들자, 마사치카는 눈을 살짝 내리깔며 기억을 뒤졌다. 바로 그때 타케시가 입을 연 바람에 생각을 중단했다.

"아…… 그럼 나는 카나우를 마중하러 가볼게."

"아, 응. 다녀와~."

"공연 시간까지 돌아오라고~."

"그래. 후딱 다녀올게."

그렇게 말하며 자리를 벗어나는 타케시를 보더니, 노노아가 이어서 입을 열었다.

"아~ 그럼 나도 레오와 레아를 부르러 가볼까~."

"어? 그게 누구인데?"

"내 남동생과 여동생~. 그럼 다녀올게~."

"아, 미안한데 나도 화장실에 좀……."

"……."

차례차례 자리를 벗어나는 멤버를 보며 약간 눈썹을 찌푸린 마사치카는 곧 어깨를 으쓱했다.

"……하긴, 무대 뒤편에서 기다리기만 해선 괜히 긴장만 될 뿐이겠지."

그렇게 말하며 별생각 없이 뒤를 돌아본 마사치카는 사야카와 우연히 눈이 마주쳤다. 마사치카와 시선이 마주친 사야카는 곧 아리사에게 시선을 보내더니, 잠시 시선을 하늘 쪽으로 돌린 후에 갑자기 뒤돌아섰다.

"저도 레오와 레아가 보고 싶으니까, 노노아를 쫓아가겠어요."

"왜 갑자기 신경을 써주는 거야?"

"무슨 소리죠? 아무튼, 10분 전까지 돌아오겠어요."

"어~?"

그리고, 이러쿵저러쿵하다 보니 이 자리에는 마사치카와 아리사만이 남겨졌다. 어제 이 자리에서 프러포즈로 착각

될 수 있는 부끄러운 짓을 저질렀던 사람으로서는, 단둘만이 남겨진 이 상황이 미묘하게 거북했다.

"아니, 뭐랄까…… 잘 뭉쳐졌다고 생각했는데, 그렇지도 않은 것 같네. 그 점에 대해 리더께서는 어떻게 생각하시지요?"

농담 투로 그렇게 물었지만, 아리사는 대답하지 않았다. 의아하게 생각한 마사치카는 아리사의 얼굴을 쳐다봤고, 그녀의 표정을 보자마자 눈을 치켜떴다.

"아, 아랴?"

아리사는 팔자 눈썹을 뜨며 눈시울에 힘을 준, 금방이라도 울음을 터뜨릴 듯한 표정을 짓고 있었다. 당황한 마사치카가 말을 건네자, 아리사는 고개를 휙 숙이면서 표정을 숨겼다. 희미하게 떨리고 있는 그녀의 어깨를 보자, 마사치카의 당혹감은 정점에 도달했다.

(어, 우, 우는 거야? 어, 어쩌면 좋지? 상냥히 안아줄까? 아니, 그런 짓이 허락되는 건 미남뿐이잖아. 왜 우는 건지는 모르겠지만, 얼굴을 가려주는 편이 나을지도—.)

1초 동안 맹렬한 갈등을 거친 마사치카는 타협안 삼아서 어깨를 빌려주기로 했다. 아리사를 끌어안는 것 대신, 그녀에게 다가가서 얼굴을 자신의 어깨에 묻게 했다. 그리고, 마리야가 했던 것처럼 가능한 한 상냥히 그녀의 머리를 쓰다듬어줬다.

"왜 그래? 리더로 뽑힌 게 그렇게 기뻤어?"

고민 끝에 도출한 추론을 입에 담자, 어깻죽지를 통해 아리사가 고개를 끄덕이는 게 느껴졌다. 그리고, 떨리는 목소리로 토한 조그마한 의문이 마사치카의 귀에 스며들었다.

"나, 네 기대에 부응했어……?"

그 말을 들은 순간, 마사치카는 충격을 받았다. 그리고 그 직후, 마사치카는 자신의 어리석음을 격렬하게 후회했다.

아리사에게 『사야카를 넘어서서 밴드 리더가 돼라』는 과제를 준 사람은 바로 마사치카 본인이다. 그 기대에 부응하기 위해 아리사는 전력을 다했다. 하지만…… 마사치카는 그런 아리사를 보며 섭섭함을 느꼈고, 그녀의 멘탈을 챙겨주지 못했다.

(이, 멍청아……! 아무리 잘하는 것처럼 보여도, 마음속은 불안으로 가득했을 거잖아! 이제까지 학생회에서도 자기주장 같은 건 안 했던 아랴가, 그다지 친하지도 않은 네 사람을 상대로 필사적으로 커뮤니케이션을 취했다고. 왜 더 신경을 써주지 않은 거야!)

이제까지 직접 친구를 만든 적도 없는 인간이 네 사람과 한꺼번에 친해지라는 말을 듣는다면, 그 심리적 부담은 얼마나 클까. 마사치카는 그 점을 전혀 고려하지 않았다. 게다가 「평소처럼 서포트해주겠다」고 떠들어놓고, 서포트를 해주지 않아도 잘하는 것 같다는 착각에 빠져 질투하기까지…….

"너는 내 기대 이상으로 대단한 파트너야……. 정말 대단해. 더 신경 써주지 못해서 미안해. 정말 미안해……."

마사치카가 회한이 묻어나는 목소리로 사과하자, 아리사는 아무 말 없이 고개를 저었다. 그 모습에 또 죄책감이 자극을 받은 가운데, 마사치카는 상냥한 목소리로 말을 이었다.

"너는 정말 대단해……. 그룹 활동을 하면서 그 안에서 리더십을 발휘하는 것에는 익숙하지 않을 텐데…… 정말 잘했어."

마사치카가 가볍게 등을 두드려주며 그렇게 말하자, 아리사는 천천히 입을 열었다.

"나는 쭉 자기가 가장 노력하고 있다고, 가장 대단하다는 착각에 빠져 있었어."

아리사가 갑자기 고백을 시작했지만, 마사치카는 조용히 그 말에 귀를 기울였다.

"하지만, 그것은 환상이었어. 1학기 방학식에서 인사를 할 때, 그제야 그걸 눈치챘어."

그 자조 섞인 독백을 들으면서, 마사치카는 자신의 미숙함을 솔직하게 인정하던 아리사의 연설을 머릿속에서 떠올렸다.

"내가 노력하고 있을 때, 다른 사람은 다른 방면으로 노력하고 있었어……. 모든 면에서 나보다 못난 상대는, 이 세상에 존재하지 않아. 밴드에서도 나는 노래를 잘하지만, 악기는 전혀 못 다루는걸. 게다가……."

아리사는 약간 차분한 어조로, 조용히 말했다.

"나는, 사야카 양처럼 전체를 살피며 적절한 지시를 내리지 못하고, 노노아 양처럼 유연하게 주위 사람에게 맞춰주지도 못해. 타케시처럼 분위기를 밝게 만들지도 못하고, 히카루처럼 주위 사람을 잘 배려하지도 못하는걸. 당연해. 나는 대인 관계 쪽으로는 전혀 노력하지 않았으니까 말이야."

타인과의 알력을 피하고자 홀로 노력해온 자신을 인간관계 쪽으로 태만했다고 단정 짓는다. 그 우직할 정도로 자기 자신에게 혹독한 아리사를 보며, 마사치카는 감동과 동경을 느꼈다.

"그런 내가 그 네 사람에게 리더로 인정받기 위해서는…… 정면에서 다가가는 수밖에 없다고 생각했어. 괜한 머리싸움 같은 건 벌이지 않고…… 하지만 그 안에서 누구보다도 노력하면서 모두를 이끌어나갈 수 있다면……."

"응…… 그래. 정말 노력했잖아."

또 아리사의 머리를 어색하게 쓰다듬어준 마사치카는 마음속으로 후회에 빠졌다. 더 빨리, 이랬어야만 했다. 제대로 이야기를 들어주며, 그녀의 마음에 다가갔어야만 했다.

(뭐~가『나, 필요 없는 거 아냐?』냐고. 너는 밴드 매니저이기 이전에 아랴의 파트너잖아. 밴드에 문제가 없는 것

같다면, 아랴를 최우선으로 생각했어야만 했는데…….)

후회와 반성을 하면서, 마사치카는 아리사에게 상냥히 말했다.

"그 노력이 열매를 맺어서 다행이야."

"……응."

아리사는 작게 고개를 끄덕이더니, 마사치카의 어깨에 얼굴을 묻으며 중얼거렸다.

【인정받아서, 다행이야…….】

그 말의 진의를, 마사치카는 완전히 이해하지는 못했다. 리더로 인정받은 것에 안심하는 것 같으면서, 그것만은 아닌 듯한…… 하지만 그 의문이 해소되기 전에 무대 뒤편에 한 명의 침입자가 나타났다.

"어, 엇?!"

깜짝 놀라며 멈춰선 이는, 아이러니하게도 어제 두 사람이 함께 있는 모습을 목격했던 동급생 남학생이었다. 그의 시선은 눈물을 참듯이 마사치카의 어깨에 얼굴을 묻은 아리사와, 그런 아리사의 머리를 상냥히 쓰다듬어주고 있는 마사치카의 모습이었다.

오해 사기 딱 좋은 그 광경을 본 남학생은 헛웃음을 흘리며 물었다.

"으, 음…… 약혼반지라도, 건네줬나요?"

"……그렇게 생각해도 되니까, 자리 좀 비켜주지 않겠어?"

"아, 네~. 좋은 시간 보내시길……."

슬며시 무대 옆쪽으로 돌아가는 남학생을 쳐다본 아리사는 멋쩍은 표정을 지으며 마사치카한테서 떨어졌다.

"……진정했어?"

"응, 이제 괜찮아……."

아리사는 그렇게 말한 후, 눈가에 손을 댔다.

"눈이 좀 빨개지지 않았어?"

"……좀 그렇긴 해. 그래도 괜찮아. 관객은 못 알아볼 테고, 밴드 애들이라면 아무 말도 안 할 거야."

"그래."

아리사가 작게 웃으며 고개를 끄덕이자, 마사치카도 마음을 다잡으며 활기찬 목소리로 말했다.

"좋아. 목표를 달성한 것 같은 느낌이 들긴 하지만, 이제부터 무대에 설 준비를—."

그 순간, 무대 쪽에서 뭔가가 터지는 소리가 들려왔다.

◇

시간을 조금 거슬러 올라가서, 마사치카 일행이 최종 리허설을 하고 있을 때였다. 실행위원으로서의 일을 다른 위원에게 맡긴 토우야와 치사키는 추령제의 최상위 VIP인 내광회 멤버들에게 인사를 하고 있었다.

"와주셔서 감사합니다. 올해 학생회장을 맡은 켄자키 토우야라고 합니다."

"부회장인 사라시나 치사키입니다."

손님을 맞이하기 위해 꾸며진 학생회실에 모여 있는 이들은 역대 학생회장과 부회장, 그리고 그중에서도 특히 거물로 여겨지는 인물들이다. 그중에는 타니야마 중공의 사장인 사야카의 아버지도 있었다. 그리고…….

"스오우 겐세이 님이시죠? 유키 양에게는 학생회에서 많은 도움을 받고 있습니다."

"그런가."

이 자리에는 마사치카와 유키의 조부인 겐세이도 있었다.

"그럼 이제부터 교내를 안내해드리겠습니다. 이쪽으로 오시죠."

위와 심장에 심각한 대미지를 입으며 초거물 졸업생 앞에서의 자기소개를 마친 토우야는 문화제를 안내하기 시작했다. 복도로 나가자 내광회 멤버들을 알아본 학생들이 놀란 표정을 지으며 길을 비켰다.

그들도 평소 텔레비전과 잡지로만 본 정재계의 거물들에게 인사를 하고 싶은 마음이 있을 것이다. 하지만, 그것은 허락되지 않는다.

왜냐하면, 문화제에서는 학교를 방문한 내광회 멤버에게 학생 측에서 말을 걸면 안 된다는 불문율이 있는 것이다.

그들을 상대해도 되는 것은 학생회장과 부회장뿐이며, 그 이외의 학생은 질문을 받고 대답할 때를 제외하면 그들과 이야기를 나눠선 안 된다. 당연히 그들을 둘러싸거나 사진을 찍는 것 또한 금지되어 있다. 초대객으로서 온 외부 손님도 이 학교의 졸업생이거나 초대자로부터 미리 설명을 들어두기에, 그 규율을 지킨다.

그렇기에 인원 정리 담당이나 경호원이 없는데도 불구하고, 안내는 순조롭게 진행됐다.

"어머…… 제가 이 학교에 다닐 때는 저런 온실이 없었던 것 같은데 말이죠."

"네. 저 온실은 8년 전에 졸업생께서 원예부와 꽃꽂이부에게 기증한 것입니다."

"그런가요. 원예와 꽃꽂이에 쓰이는 재료를 저기서 직접 기르는 거군요."

"그렇습니다."

"호오, 온실 기증인가……. 그러고 보니 복싱부를 위해 링을 기증한 사람도 있지 않았나?"

"포레스틴의 타무라 사장님 말씀이시군요. 본인께서 대단한 복싱 팬이신 것으로 알고 있습니다."

"음. 포레스틴의…… 그랬군."

창문을 통해 온실 쪽을 쳐다보면서, 토우야는 내광회 멤버의 질문에 거침없이 답했다. 물론 당당한 것은 겉모습만이며, 마음속으로는 다음에 어떤 질문이 올지 몰라 벌벌 떨고 있었다. 솔직히 말하면 너무 긴장한 탓에 토할 것만 같았다.

토우야는 원래 신경이 굵은 편이 아니다. 아니, 1년 6개월 전까지는 심약하다고 해도 과언이 아닐 정도로 멘탈이 약했다.

자신감이 없었던 그는, 항상 주위 사람이 자신을 깔보며 비웃는다고 생각했다. 주위 사람에 대한 공포가 마음속을 가득 채운 탓에, 자기가 만든 껍질 안에 틀어박히게 됐다. 그런 토우야의 껍질을 호쾌한 삶의 방식으로 깨준 사람이 다름 아닌 치사키다. 누구에게도 굽히지 않으며 당당히 자신의 길을 나아가는 모습을 동경해서, 토우야는 자기 자신을 바꿨다. 그리고 지금은…… 그녀가, 옆에서 자신의 버팀목이 되어주고 있었다.

"……응?"

토우야의 시선을 느낀 치사키는 영문을 모르겠다는 듯이 눈을 깜빡였다.

긴장과는 인연이 없는 듯한 그 모습을 보고 용기를 얻은 토우야가 등을 꼿꼿이 폈다.

"괜찮으시면, 가까이 가서 살펴보시겠습니까?"

"그럴까요. 시간이 있다면 말이죠."

"알겠습니다. 다른 분들께서도 괜찮으신지요?"

다른 이들에게 동의를 얻은 후, 토우야는 배와 다리에

힘을 주면서 당당히 걸음을 옮겼다. 이 학교의 학생 대표에 걸맞도록, 그리고 사라시나 치사키의 연인으로서 부끄럽지 않도록…….

덕분에 조금 여유가 생기자, 자연스럽게 시야가 넓어지면서 이쪽을 쳐다보는 학생들의 얼굴이 똑똑히 보였다. 이쪽을 향한 경외심 어린 시선을 느끼며, 토우야는 약간 감회에 젖었다.

대체 누가 상상했을까. 항상 모멸과 조롱 섞인 시선을 받던 자신이, 지금은 전방위에서 존경의 시선을 받고 있다. 한때 남자들에게 두려움의 대상이었던 치사키도, 지금은 신뢰에 찬 시선을 받고 있다. 이것이 자신의 노력으로 얻어낸 결과라고 생각하니, 토우야의 가슴에서는 뜨거운 감정이 치밀어 올랐다.

"토우야? 왜 그래?"

"아무것도 아냐……."

토우야의 표정을 보고 뭔가를 눈치챈 건지, 치사키가 작은 목소리로 말을 건넸다. 그런 치사키를 안심시키려는 듯이 미소로 답한 후, 토우야는 주위를 둘러보며 말했다.

"이 시선이 느껴져?"

작년과는 딴판이라고 해도 과언이 아닐 만큼, 자신들을 향한 시선이 달라졌다.

토우야의 그 질문에는 충분한 설명이 담기지 않았다. 하지만 역시 연인 사이라서 그럴까. 치사키는 주위를 힐끔 쳐다본 후, 토우야를 쳐다보며 조용히 고개를 끄덕였다. 그리고 표정에 애정이 가득 담긴 토우야를 향해, 치사키는 앞을 바라보며 담담히 말했다.

"살기가 두 개야."

"저기, 미안한데 그건 못 느꼈거든?"

"20미터 앞의 계단 앞, 파란색 셔츠를 걸친 남자와 검은색 모자를 쓴 남자야."

"잠깐만, 뭐?"

사고회로가 상황을 전혀 받아들이지 못했지만, 토우야는 치사키가 말한 방향을 일단 쳐다봤다. 그러자 그곳에는 치사키가 방금 말한 옷차림의 2인조가 있었다. 이러는 사이에도, 그들과의 거리는 서서히 좁혀지고 있었다.

"어, 쩌면 좋을까?"

이런 사태에 직면했을 때는 자신보다 치사키의 판단을 더 믿을 수 있다. 그 점을 알기에, 토우야는 즉시 치사키에게 판단을 구했다.

"토우야는 여기서 기다려. 내가 일단—."

치사키가 말을 하는 시간도 아깝다는 듯이 나서려 했다. 하지만 그보다 빨리, 2인조가 먼저 움직였다.

"……!"

지금 경계하고 있던 상대가 일직선으로 이쪽을 향해 뛰

어오자, 토우야는 긴장했다.

"거기 두 사람! 멈춰—."

그리고 2인조에게 경고를 하려던 순간, 앞서서 달리던 파란색 셔츠 차림의 남성이 들고 있던 핸드백에 손을 집어넣었다. 그 안에서 꺼내든 검은색 광택을 띤 물체를 본 순간, 토우야는 흠칫했다.

(어……? 권, 총? 말도 안 돼?!)

예상을 완전히 벗어난 사태가 벌어지자, 토우야는 그대로 얼어붙었다. 눈앞의 현실을 이해하는 것을 뇌가 거부하면서, 몸에 그 어떤 지령도 내릴 수 없게 됐다. 하지만, 토우야가 굳어버린 사이에도 그 남성은 손에 든 권총을 들어올리더니, 토우야의 등 뒤를 조준하는 것보다 먼저, 치사키가 권총을 걷어차는 게 빨랐다.

질풍처럼 하늘을 가르며 왼발로 정확히 총을 걷어차서 남자가 놓치게 했다. 그리고, 이어져서 날린 오른발이— 남자의 사타구니에 인정사정없이 꽂혔다.

"커억?!"

대체 어느 정도의 위력으로 걷어찬 것일까. 남자는 몸을 기역자로 굽힌 채, 지면에서 튕겨 올랐다. 그리고 다음 순간, 토우야는 태어나서 처음으로 공중 콤보라는 것을 실제로 봤다.

앞으로 몸을 숙이며 무방비하게 내민 남자의 턱에, 엄청난 어퍼컷이 꽂혔다. 그 충격으로 남자의 몸이 더욱 공중으로 떠올랐고, 기역자로 굽혀진 몸이 일직선으로 펼쳐지면서 이상적인 샌드백 상태가 됐다. 중력에 버림받은 듯한 그 무방비한 몸통에, 치사키의 5연격이 꽂혔다. 아니, 실제로 5연격인지는 알 수 없다. 적어도 토우야의 눈에는 그렇게 보였다. 그것만 보였다고 말할 수 있을지도 모른다.

"크, 억."

짓이겨진 개구리 같은 소리를 내면서, 남자는 그대로 복도에 쓰러졌다.

그 광경을 아연실색한 표정으로 쳐다보던 또 한 명의 남성이, 치사키의 시선이 자신을 향하는 것을 보자마자 허둥지둥 손에 쥔 스마트폰을 들어 보였다.

"아, 아니, 저기, 이건— 몰카! 몰래카메라라고!"

"아 그래? 그럼 이건 몰카의 몰카야."

무정한 목소리로 그렇게 말한 치사키는 아까와 같은 식으로 공중 콤보를 날렸다. 「빠바밤~♪」 하는 효과음을 교과서 읽는 듯한 목소리로 말하면서 말이다.

겨우 2초 만에 또 한 명의 남성도 뻗어버리자, 주위에 있던 학생들은 이 급작스러운 전개를 이해하지 못한 것처럼 그 자리에서 굳어버렸다. 하지만 갑자기 한 남학생이 권총을 든 남성을 쳐다보며 말했다.

"어라? 이 자식은 구이리시 아냐?"

"뭐? 그 유명한 민폐 동영상 스트리머 말이야?"

"진짜야? 전에 길에서 통행인 상대로 몰래카메라를 찍다가 부상을 입혀서 체포되지 않았어?"

"어, 이 총도 장난감이네."

"설마 유명인 암살 몰카라도 찍으려고 한 거야? 완전 바보잖아."

그 목소리를 들은 다른 학생도 차례차례 움직이기 시작한 가운데 토우야도 정신을 추슬렀다. 우선 뒤로 돌아선 후, 내광회 멤버를 향해 고개를 숙였다.

"죄송합니다. 아무래도 이 학교에 발을 들일 자격이 없는 인간이 들어온 것 같습니다. 꾸중은 나중에 들을 테니, 우선 부회장이 이 자리를 벗어나는 것을 허락해주시지 않겠습니까?"

토우야가 사과하자, 내광회 멤버 중 가장 연장자인 노인이 대표로서 입을 열었다.

"흠, 입장 관리에 문제가 있었나 보군. 하지만 지금은 사태 수습에 힘을 쏟게."

"감사합니다."

큰 목소리로 인사한 토우야는 고개를 들더니, 치사키에게 다가가서 빠른 어조로 말했다.

"치사키, 미안한데, 이 녀석들을 맡겨도 될까? 누구의 초대로 온 건지 알아내야 해……. 내광회의 상대는 한동안

내가 맡겠어."

"오케이. 이 녀석들은 나한테 맡겨. 선도위원회실에서 취조할게."

"……적당히 해."

이미 과잉 방어를 벌인 치사키에게, 토우야는 혹시나 해서 충고했다. 그러자 치사키는 알았다는 듯이 고개를 끄덕였다.

"괜찮아. 쓰레기를 타는 것과 타지 않는 것으로 분류하려는 것뿐이거든."

"정말 괜찮은 거야? 대체 타는 것과 타지 않는 것으로 분류한다는 게 무슨……."

"응? 그야 물론 뼈와 근육을 분리—."

"되게 아프겠네! 잘은 모르겠지만, 그거 되게 아플 거라고!"

토우야는 무심코 소름이 돋았지만, 그래도 이 자리를 치사키에게 맡기려던 바로 그때—.

『————! ——!』

어디선가 거친 고함 소리가 들려오자, 고개를 치켜들었다.

◇

한편 그때, 마사치카 일행과 헤어진 타케시는 스마트폰을 한 손에 들고 동생을 찾기 위해 교정을 돌아다니고 있었다.

"어라~? 이 근처일 텐데…… 사람이 너무 많아서 모르겠네."

아직 아홉 살인 남동생은 몸집이 작다. 하지만 이 자리에 있는 이들은 대부분 고등학생 이상이기에, 인파 사이에서 동생의 모습을 좀처럼 발견할 수가 없었다. 그래도 어떻게든 찾으려고 주위를 둘러보는 타케시의 눈에, 누군가의 모습이 비쳤다. 모자를 깊이 눌러쓴 그 사람의 뒷모습이 왠지 눈에 익었다. 그 모습에 자기도 모르게 시선이 빨려 들어갔고…… 그 인물이 옆을 지나친 순간, 무심코 타케시의 입에서 목소리가 흘러나왔다.

"어…… 나오?"

그 사람은 한 달 전에 갑자기 모습을 감췄던 친구였다. 그 목소리를 듣고 반사적으로 고개를 돌린 그녀와 눈이 마주쳤다.

"타케시……."

"어, 어째서……?"

수많은 인파 속에서 한쪽은 멍하니, 한쪽은 거북한 듯이 시선을 마주했다. 그리고 나오가 무슨 말을 하려던 순간…… 어딘가에서 폭발음이 들려왔다.

◇

(설마, 진짜로 이런 일이 벌어지다니……!)

폭발음의 원흉을 본 사야카는 이를 악물면서 지난주에 있었던 일을 떠올렸다.

"사야카 양, 선도위원에게 있어 가장 중요한 것이 뭐라고 생각하나요?"

문화제를 앞둔 선도위원회에서 사야카는 스미레에게 그런 질문을 받았다. 그러자 사야카는 고속으로 머리를 굴리기 시작했다. 상대가 원하는 대답을, 즉시 찾아내기 위해서 말이다.

원래 사야카가 선도위원이 된 이유는 지극히 이기적이었다. 하나는 단순히 내신에서 유리하기 때문이다. 그리고 다른 하나는 다른 학생의 약점을 잡을 수 있기 때문이다. 양쪽 다 교내에서의 자기 지위를 유지하는 데 필요하다. 그리고 장래에 도움이 될 인맥을 늘린다는 목적에도 부합된다.

사야카는 진지하고 모범적인 학생으로 알려져 있다. 하지만 그것은 그렇게 보이도록 행동하는 것이 그녀로서는 힘들지 않으며, 남의 위에 서기 위해서는 그편이 낫다고 판단해서다. 딱히 규율을 사랑하거나 그것을 어지럽히는 행위를 증오하지 않기에, 타인에게 같은 행동을 강요할 생각은 없다. 아니, 타인의 행동에 일부러 간섭할 만큼, 타인에게 관심이 있지 않다.

하지만 이 자리에서 그런 말을 솔직하게 입에 담을 만큼, 사야카는 어리석지 않다.

"글쎄요……."

그렇게 운을 떼며 시간을 번 사야카는 그 사이에 최적의 답을 도출했다.

"교칙과 학생의 의지, 어느 한쪽으로 쏠리지 않으며 중도에 서려는 의식일까요."

최고의 답변이다. ……하고 생각했다.

회심의 대답을 내놨다고 생각한 사야카는 마음속으로 주먹을 말아쥐었다. 하지만…….

"틀렸어요, 사야카 양."

뜻밖에도 돌아온 것은 부정이었다. 사야카의 눈썹이 희미하게 흔들리자, 스미레는 자신도 도달하지 못한 경지를 우러러보는 듯한 그윽한 눈길을 머금었다.

"선도위원에게, 가장 중요한 것. 그것은 바로……."

그리고, 선망과 확신에 찬 목소리로 답했다.

"전투력, 이랍니다."

이 인간이 무슨 소리를 하는 거야? 하고 사야카는 마음속으로 생각했다. 하지만 이 자리에서 그런 말을 솔직하게 할 만큼, 사야카는 어리석지 이하 생략.

"그런, 가요……. 그렇다면, 저는 요건을 충족시키지 못한 것이 되는군요……."

그래도 약간의 빈정거림이 섞인 목소리로 사야카가 대답하자, 스미레는 우아하게 웃었다.

"딱히 자신의 힘으로 전부 해결할 필요는 없답니다. 전투력이 필요한 비상사태가 벌어졌을 때, 자신에게 힘이 없다면 힘을 지닌 인간을 부르는 것 또한 정답이죠. 그러면서 자신의 손이 닿는 범위 안에 있는 약자를 지킬 수 있다면, 백점 만점일 거랍니다."

스미레가 볼에 손등을 대며 웃자, 사야카는 「애니를 너무 많이 본 거 아냐?」 하고 마음속으로 생각하며 친근감을 느꼈지만…… 설마 그런 비상사태가 눈앞에서 벌어질 거라고는 생각도 못 했다.

노노아를 찾는다는 구실로 무대 뒤편을 벗어난 사야카는 적당히 교정을 돌아다니고 있었다. 그런 사야카의 눈앞에서, 갑자기 한 남자가 폭죽을 터뜨린 것이다.

"꺄앗!"

"우왓?! 뭐야?!"

주위에서 놀란 목소리가 들려오는 가운데, 그 남자는 지면에서 연기를 뿜고 있는 폭죽을 다른 사람들을 향해 걷어찼다. 그러자 사람들은 비명을 지르며 사방으로 도망쳤다.

(저, 저 거동 수상자는 대체 뭐야?!)

그는 주위에 혼란을 일으키고 있지만, 본인은 묘하게 무표정했다. 그 모습에 소매가 다 늘어난 옷과 아무렇게나 기른 수염이 더해지자, 그의 온몸에는 기묘한 분위기가 감돌았다.

『자신에게 힘이 없다면 힘을 지닌 인간을 부르는 것 또한 정답이죠. 그러면서 자신의 손이 닿는 범위 안에 있는 약자를 지킬 수 있다면, 백점 만점일 거랍니다.』

비상사태에 직면하자, 스미레가 한 말이 뇌리에 떠올랐다. 그런 사야카의 곁에서, 초등학생으로 보이는 소년이 도망치는 학생에게 떠밀려서 쓰러졌다.

"앗!"

작게 비명을 지르며 무릎을 감싸 쥐는 소년을 즉시 안아서 일으켜준 후, 사야카는 서둘러 스마트폰을 꺼내 들었다.

"괜찮은가요?"

"아, 으, 응. 고마워, 누나."

소년의 안부를 살핀 사야카는 스미레의 전화번호를 찾은 후, 바로 전화를 걸었다.

"키류인 선배! 타니야마예요! 지금 교정의 B구역에서—."

구원 요청을 하는 사야카의 눈앞에서 그 남자는 천천히 실외 무대 쪽으로 돌아섰다. 그리고 여전히 무표정한 얼굴로 그 방향을 향해 걸음을 옮겼다.

◇

"뭐, 뭐야……?!"

갑자기 들려온 폭발음은 한 번으로 그치지 않았고, 연이어서 들려왔다. 그리고 그 폭발음 사이에, 학생들의 비명이 들려왔다.

"……!"

그 범상치 않은 소리를 들은 마사치카가 무대 옆쪽으로 뛰어갔다. 뒤늦게 아리사도 쫓아오는 것을 곁눈질해서 확인한 후, 무대 쪽을 쳐다봤다. 그러자 격렬한 소리와 연기를 피어올리는 물체, 그리고 그 주위에서 우왕좌왕하고 있는 댄스부 학생들의 모습이 눈에 들어왔다.

"폭죽……?!"

소음의 정체를 간파한 마사치카가 「저런 게 왜 있는 거지?!」 하며 혼란스러워하는 사이, 또 새로운 폭죽이 무대 위로 던져졌다. 게다가 관객석 쪽에서도 같은 폭발음이 연이어 들려오고 있었다.

"빨리 무대에서 내려와!"

무대 위의 댄스부를 향해 그렇게 외쳤지만, 아무래도 댄스 도중에 폭죽이 던져진 탓에 쓰러져서 일어서지 못하는 학생이 두세 명 있는 것 같았다.

(쳇, 폭죽을 막을 만한 건…….)

쓰러진 학생을 안전히 구조하기 위해, 마사치카는 방패로 쓸만한 것이 없나 싶어 주위를 둘러봤다. 그런 그의 옆을 마이크를 쥔 아리사가 가로질렀다.

"잠깐—."

마사치카가 놀라며 그렇게 외치는 사이, 아리사는 무대 위로 뛰어올랐다. 그리고 관객석을 둘러보며, 이 소동의 범인을 찾았다.

패닉 직전인 관객석의 뒤편, 후줄근한 옷차림의 중년 남성이 숄더백에서 폭죽을 꺼내고 있었다. 그리고 그가 폭죽에 불을 붙여서 관객석으로 던지려 하자, 그 모습을 본 아리사가 고함을 질렀다.

"멈춰!!"

마이크로 확대된 힘찬 목소리가 울려 퍼지자, 폭죽을 쥔 남자와 패닉 직전인 관객들이 움찔하며 움직임을 멈췄다. 그들이 반사적으로 무대를 쳐다보자 그곳에는 은발을 휘날리며 당당히 서 있는 어마어마한 미소녀가 있었다.

"우와아……."

"아랴 공주……."

그녀를 아는 자도 모르는 자도 순식간에 의식을 빼앗겼다. 그런 몇 초 동안의 정적을 새로운 폭발음이 부쉈다.

무심코 움직임을 멈췄던 남자의 손에서 불이 붙은 폭죽이 터진 것이다. 남자는 허둥지둥 그것을 지면에 던지더니, 무대 위에 있는 아리사를 자제심 없는 눈길로 노려봤다.

"여러분! 차분하게 저쪽으로 피난을—."

그것을 일단 무시한 아리사는 이어서 관객들을 향해 그렇게 말했다. 그런 아리사를 향해, 새로운 폭죽이 던져졌다.

"앗—!"

누군가가 초조함에 찬 목소리로 그렇게 외치고 관객이 위기감에 사로잡혀 쳐다보고 있을 때, 아리사를 향해 던져진 폭죽을— 무대로 뛰어 올라온 소년이 공중에서 걷어차 날려버렸다. 액션 영화에서나 볼 법한 광경이 펼쳐지자 관객들은 무심코 술렁거렸다. 그런 한편…….

(아프지는 않지만! 큰일 날 뻔했네! 이런 걸 몇 번이나 성공시키는 건 무리라고!)

폭죽을 날아 차기로 격추한 마사치카는 그 매서운 기술과 달리 마음속으로 식은땀을 흘리고 있었다.

스태프에게 지시를 내린 후에 무대로 올라와 보니 갑자기 폭죽이 날아오고 있었다. 손으로 쳐내는 건 위험하다고 생각해서 반사적으로 발을 날렸지만, 성공한 것은 우연에 가까웠다.

"아랴, 무사해?"

"으, 응."

"좋아."

격추한 폭죽이 무대 아래편에 떨어진 것을 확인한 후,

등 뒤에 있는 아리사를 챙겼다.

(아랴의 안전을 우선할 거였으면, 손으로 쳐냈어야 했나…….)

반성한 마사치카는 아리사를 자기 등 뒤에 숨기면서 다음에 어떻게 움직일지 생각했다.

(내가 직접 저 남자를 제압하러 갈까? 하지만 아랴의 곁에서 벗어날 수는…….)

다른 방법이 없을까 싶어, 주위를 둘러보고 있을 때…… 인파를 헤치며 이쪽으로 향하고 있는 화려한 집단이 눈에 들어왔다. 그들의 선두에는 인상적인 벌꿀 빛깔 세로롤 헤어스타일을 한 여학생이 서 있었다.

"아!"

그들을 본 순간, 마사치카는 마이크를 쥔 아리사의 손을 잡아당겨서 자기 입가로 가져가며 외쳤다.

"타코야키 가게 앞의 사람들! 좌우로 흩어져서 길을 비켜주세요! 입구에 있는 사람들도 비켜서요!"

커다란 목소리로 지시를 내리자, 우왕좌왕하던 사람들이 즉시 그 말에 따랐다. 그러면서 생긴 폭 2미터 정도의 길을, 남장을 한 아름다운 이가 벌꿀 색깔의 세로롤을 휘날리며 내달렸다. 마찬가지로 남장을 한 소녀 세 명을 등 뒤에 종자처럼 거느린 채 말이다.

갑자기 나타난 집단이 자신을 향해 뛰어오자, 그 남자는 약간 동요한 기색을 보이면서도 손에 쥔 폭죽 세 개를 던졌다. 그 집단의 선두에서 달리는 여학생— 스미레를 향해서 말이다. 하지만 스미레는 전혀 겁먹지 않고 차분히 망토를 얼굴 앞으로 들어 올리더니, 전혀 속도를 죽이지 않은 채 날아오는 폭죽 사이를 내달렸다.

그리고, 남자의 앞에 도달하자마자, 도망치려는 듯이 몸을 돌리는 그의 등을 향해 모조검을 뽑아 들며 그대로 일격을 가했다. 모조검이라고 해도, 진심으로 휘두른다면 뼈 정도는 부러뜨릴 수 있는 강도를 지녔다. 게다가 그것을 휘두른 이는 10대 여성이라고는 해도 죽도로 성인 남성을 가볍게 압도하는 실력자다. 당연히, 무사할 리가 없었다.

도망치려던 남자가 몸을 젖히며 휘청거렸고, 손에서 떨어진 폭죽이 또 섬광을 뿜으며 터지려 했다. 하지만 스미레의 양옆을 스쳐 지나며 앞으로 나선 두 여학생이 엄청난 실력으로 도화선을 잘라내 그것을 막았다. 마지막으로 돌진한 조그마한 체구의 소녀는 가느다란 검을 칼집째로 휘둘러서 그 남자의 오른쪽 옆구리에 꽂았다.

"커억?!"

리버 블로우라는 표현조차 가볍게 느껴지는 일격이 꽂히자, 남자는 지면에 쓰러졌다. 그리고, 여학생들에 의해 순식간에 구속됐다.

"오오~."

"머, 멋져……."

"스미레 선배……!"

시대극의 칼부림을 실제로 본 것처럼 사람들이 무심코 박수를 치기 시작했다. 그들 사이를 가르며 무대 위로 올라온 스미레에게 마사치카는 살며시 고개를 숙였다.

"도와줘서 고마워요, 스미레 선배."

"아뇨, 도움을 받은 건 저희랍니다. 덕분에 신속히 사태를 처리했으니까요."

스미레가 별일 아니었다는 듯이 세로 롤을 쓸어 넘기자, 마사치카는 마음속으로 「믿음직한걸」 하고 쓴웃음을 흘리면서 말을 이었다.

"저 남자, 선도위원에게 맡겨도 될까요?"

"네, 물론……이라고 말하고 싶지만, 실은 문제가 있답니다."

"네?"

마사치카가 의아한 표정을 짓자, 스미레는 제압된 남자를 쳐다보며 말했다.

"아무래도, 초대받지 않은 손님은 저 남자만이 아닌 것 같군요."

""네……?""

"학생회장과 언니 쪽에도, 이상한 자들이 나타난 것 같아요."

"회장님 쪽에도요……?"

"그럼, 회장님은 무사하신가요?"

아리사가 묻자, 스미레는 의기양양하게 가슴을 폈다.

"물론이죠. 언니와 같이 있는걸요."

"으, 음?"

"아, 사라시나 선배를 말하는 거야."

"뭐? 그, 그렇구나."

아리사는 눈을 깜빡였다. 그녀가 이해하기에는 조금 어려운 세계였다.

"그 외에도 곳곳에서 트러블이……. 아무래도 여러 집단이 들어온 것 같답니다."

"왜, 이런 사태가……."

마사치카는 그렇게 말한 후, 곧 고개를 좌우로 저었다. 원인 규명은 나중에 할 일이다. 우선은 벌어진 사태에 대처해야 한다.

"알겠어요. 저도 볼일을 마친 후 실행위원회로서의 직무를 수행하겠어요."

"아, 그럼 나도—."

"아랴는 여기 남아."

"뭐?"

마사치카는 눈을 동그랗게 뜬 아리사를 돌아보며 주저 없이 말했다.

"아랴는 여기에 남아서 관객을 진정시켜. 그리고 스태프와 상의해서 사태가 진정되는 대로 라이브를 하는 거야."

"하지만……."

이런 사건이 벌어진 후에 라이브를 할 수 있을까. 그 이전에 학생회의 일원인 자신이 사태 수습에 임하지 않아도 될까. 그런 망설임이 묻어나는 아리사의 눈동자를 마사치카는 똑바로 바라봤다. 그리고, 강렬한 각오가 깃든 목소리로 말했다.

"나는『Fortitude』의 매니저로서, 라이브를 성공시킬 책임이 있어. 그리고 말했잖아? 네 발목을 잡는 녀석은 내가 전부 없애버리겠다고 말이야."

그것은 어제 무대 뒤편에서 마사치카가 한 맹세다. 그 말을 들은 순간, 아리사의 눈동자에서 망설임이 사라지면서 강렬한 빛이 깃들었다.

"그러니까…… 나를 믿고, 기다려줘. 반드시, 라이브를 펼치게 해줄게."

그렇게 말한 마사치카가 입을 다물자, 아리사는 양손을 가슴 앞에서 모아 쥐면서 신뢰에 찬 미소를 머금었다.

"응, 믿을게."

"그래."

"……조심해."

"응."

아리사를 향해 힘찬 미소를 지은 후, 마사치카는 스미레를 돌아봤다.

"저기, 죄송한데요. 이곳의 경비 담당으로 선도위원 측의 멤버를 빌릴 수 없을까요?"

"네, 좋답니다. 히이라기 양!"

"네."

스미레가 손가락을 튕기자, 그녀의 등 뒤에 안경을 쓴 여학생이 나타났다. ……닌자인가?

"여기 있는 쿠죠 아리사 양과 함께, 동요한 분들을 진정시키도록 하세요."

"알겠습니다."

남장을 한 그 여학생은 연극을 하듯 과장스럽게 예를 표했지만, 저래 봬도 여자 검도부 부부장이다. 전력으로서는 더할 나위 없다.

"감사해요. 그럼 나중에 봐요."

"네."

스미레에게 고맙다는 말을 한 후, 아리사와 마지막으로 시선을 교환한 마사치카는 사태를 수습하기 위해 무대 아래로 뛰어내렸다.

제 7 화 폭력은 모든 것을 해결한다

"타케시!"

우선 밴드 멤버를 아리사의 곁으로 모으기 위해 마사치카는 무대 위에서 발견한 타케시를 향해 뛰어갔다.

"타케시!"

"으, 응……."

다가가서 말을 걸었는데도 타케시의 반응이 둔했기에 눈썹을 살짝 찌푸린 마사치카는…… 그의 시선이 향하고 있는 곳에 있는 인물을 보고, 그 자리에서 굳어버렸다.

"시라토리……."

"……."

어쩌면 좋을지 모르겠다는 듯이, 나오는 아무 말 없이 시선을 돌렸다. 마사치카는 1초가량 망설인 후, 마찬가지로 어쩌면 좋을지 모르겠다는 듯이 굳어 있는 타케시에게 다시 말을 건넸다.

"타케시. 시라토리와의 일은 일단 미뤄두고, 무대로 돌아가자."

"뭐, 하지만……."

"시라토리는 도망치지 않을 테니까, 나중에 충분히 이야기를 나눌 수 있어! 그러니 지금은 라이브에 집중해! 동생에게 보여줄 거라며!"

마사치카가 그렇게 말하자, 타케시는 한순간 어깨를 부르르 떤 후에 주위를 둘러봤다.

"아, 맞아! 카나우! 이 녀석, 대체 어디에—."

"잠깐, 으~~, 시라토리!"

갑자기 뛰어가는 타케시를 보고 허를 찔린 마사치카는 몇 초 동안 발을 동동 구른 후에 나오를 돌아봤다. 그리고 어깨를 부르르 떨면서 자신을 쳐다보는 나오를 향해 고개를 숙였다.

"미안해! 아까는 말이 너무 심했어!"

"어—."

"자세한 이야기는 나중에 하자!"

서둘러 그렇게 말한 후 마사치카는 타케시를 뒤쫓았다. 다행히 타케시는 주위를 둘러보며 돌아다니고 있었기에 금방 찾을 수 있었다. 그리고 그와 동시에 타케시도 동생을 발견했다.

"카나우!"

"아, 형!"

"괜찮아? 혹시 다친 데는 없어?!"

"으, 응. 이 누나가 지켜줬어……."

그렇게 말하며 카나우가 쳐다본 건 그와 손을 맞잡고 있는 사야카였다. 타케시는 사야카의 다른 한 손을 꼭 움켜쥐더니 깊이 고개를 숙였다.

"사야카 양! 정말 고마워!"

"아, 아뇨. 뭐, 우연히……."

"정말, 고마워……!"

타케시에게 열렬한 감사를 받고 당황한 사야카는 마음을 진정시키기 위해 안경을 고쳐 쓰려고 했지만…… 양손을 쓸 수 없다는 사실을 깨닫고 얼어붙었다. 웬일로 동요한 사야카를 보고 뜻밖이라고 생각하면서, 마사치카는 타케시에게 말을 건넸다.

"감동적인 장면에 끼어들어서 미안한데, 빨리 무대로 돌아가주지 않을래? 동생도 데리고 말이야."

"뭐, 하지만……."

"라이브는 반드시 할 거야. 그러니, 나를 믿고 준비해줘. 히카루와 노노아도 금방 불러갈게."

마사치카가 그렇게 말하자 타케시와 사야카는 서로의 얼굴을 쳐다보며 고개를 끄덕인 후에 셋이 함께 무대 쪽으로 걸어갔다. 그 뒷모습을 본 마사치카는 스마트폰을 꺼내면서 다른 두 사람이 어디 있을지 생각했다.

"히카루……는, 화장실이겠지. 학교 건물 쪽일 거야."

그리고 히카루에게 전화를 걸면서, 마사치카는 건물을

향해 뛰어갔다.

◇

"으으, 아직도 속이 안 좋아……. 긴장하면 항상 이렇다니깐."

화장실에서 나온 히카루는 교정으로 돌아가기 위해 복도를 걸으면서 인상을 썼다. 그리고 건물을 나선 직후, 남녀가 말다툼을 벌이는 소리를 들었다.

고개를 돌려보니, 약간 세련된 옷차림을 한 여자애를 남자들이 둘러싸고 있었다. 단순한 헌팅이라고 하기에는 분위기가 좋지 않았다. 애초에 여자애 한 명을 남자 네 명이 둘러싼 것 자체가 이상했다. 게다가 그 남자들 전원은 머리카락을 노란색이나 초록색 같은 화려한 색깔로 물들였으며, 옷차림도 치렁치렁했다. 딱 봐도 세이레이 학원이나 주변 지역에서는 흔히 볼 수 없는, 불량배로 분류되는 인종이었다.

(어떻게 된 거야……? 왜 저런 사람들이 이 학교에 들어온 거지?)

어느 학생의 좀 건들거리는 친구……로 치부하기에는 무리가 있었다. 애초에 초대권에서는 초대자의 이름이 적혀 있기에, 문제가 있는 인간을 초대했다간 초대한 학생도 책임을 지게 된다. 저런 위험 덩어리 같은 인간을 초대해놓고, 하물며 멋대로 돌아다니게 내버려 두는 학생이 있을리 없다.

(아, 그런 생각을 할 때가 아닌가.)

주위에 있는 학생들도 그들을 힐끔힐끔 쳐다보고 있지만, 누구도 도우려고 나서지 않았다. 히카루 또한 거친 일에 휘말린 적이 없고 불량배와 대화를 나누는 것도 처음이지만, 못 본 척한다는 선택지는 애초부터 없었다.

"어?"

바로 그때, 히카루의 바지 호주머니 안에서 스마트폰이 진동하기 시작했다. 하지만 히카루는 그것을 무시하더니, 남자들에게 다가갔다.

"그러니까, 언니가 불렀단 말이에요! 이제 보내달라고요!"

"그럼 그 언니도 여기로 부르면 되겠네~."

"그래~. 같이 천국으로 보내줄게~."

딱 봐도 짜증이 어린 소녀의 주위에서 천박한 미소를 흘리며, 남자들은 서서히 인적이 없는 장소로 이동했다. 바로 그때, 히카루가 용기를 쥐어짜 내며 말을 건넸다.

"저기, 실례합니다."

하지만 남자들은 히카루를 힐끔 쳐다보더니, 그를 깔끔히 무시했다.

"저기! 잠깐만요!"

"아앙?"

이대로는 안 되겠다고 생각한 히카루는 남자 중 한 명의 어깨를 과감히 움켜쥐었다. 그리고 자신을 향한 흉악한 시선에 마른침을 삼켰지만, 배에 힘을 주며 입을 열었다.

"문화제 실행위원입니다. 교내에서 상대의 의지를 무시한 집요한 헌팅 행위는 자제해주지 않겠습니까?"

거짓말을 섞으며, 냉정한 어조로 그렇게 말했다. 하지만, 상대는 애초에 말이 통하는 인종이 아니었다.

"아~ 그래그래. 그런 건 됐다고."

남자는 히카루의 손을 거칠게 쳐내더니, 더는 체면 차릴 생각이 없다는 듯이 소녀의 팔을 움켜쥐었다.

"아얏, 뭐 하는 거야!"

"당신들도 초대객이지?! 이런 데서 문제를 일으켰다간, 초대한 인간도 처분을 받는다고!!"

히카루의 말을 들은 남자들이 한순간 움직임을 멈추더니, 이어서 일제히 음흉한 웃음을 흘렸다.

"초대한, 인간?"

"미리 말해두겠는데, 그 초대한 자식이 우리보고 이러라고 시켰단 말이다."

"뭐……?"

히카루가 얼이 나간 표정을 지은 순간, 눈앞에서 히죽거리던 남자가 갑자기 정색했고— 그와 동시에 복부에 충격이 가해졌다.

"……?! 커억!"

순식간에 다리에서 힘이 풀린 히카루가 그 자리에서 무너지듯 주저앉았다. 그 직후에 내장이 뒤집히는 듯한 극심한 통증이 복부에서 목까지 치밀어 오르자, 히카루는 의식이 끊어질 뻔했다.

"풉, 하핫, 약해빠진 주제에~ 폼 잡지 말라고 이 조무래기야."

"훗, 단련 좀 하지 그래? 부잣집 도련님아~."

"다, 당신들, 뭐 하는 거야?!"

머리 위에서 남자들의 조롱과 소녀의 비명 섞인 항의가 들려왔지만, 히카루는 그것을 의식할 여유가 없었다. 이제까지의 인생에서 가장 격심하다고 할 수 있는 고통 탓에, 그저 눈물에 젖은 시야로 지면을 쳐다보고 있을 수밖에 없었다. 하지만…….

"앗, 언니! 레오!"

소녀의 목소리를 듣고, 누군가가 도와주러 왔다는 것을 눈치챈 히카루는…….

(아, 다행이, 야.)

머릿속 한편으로 약간 안도했다.

◇

노노아가 명확하게 주위와 자신의 차이를 자각한 건 네 살 때였다.

유치원 점심시간에 있었던 일이었다. 운동장 구석의 조그마한 연못에 커다란 개구리가 있다는 소문이 돌아서, 같은 반 유치원생 십여 명이 모여들었다. 그리고 연못 중앙 부근에 있는 메마른 나무 위에서 이제까지 본 적 없는 커다란 개구리를 발견하자, 남자애들 몇 명이 돌을 던지기 시작했다.

바로 그때, 선생님 중 한 명이 허둥지둥 뛰어왔다. 평소에도 「연못은 위험하니 다가가면 안 된다」라고 말했었으니, 이번에도 주의를 주려는 것이리라. 하지만 수면으로 도망친 개구리를 향해 집요하게 돌을 던지는 남자애들을 보자, 그 선생님은 표정을 바꿨다.

“그만해! 개구리가 불쌍하잖니!”

선생님이 고함을 지르자, 돌을 던지던 남자들이 움직임을 멈췄다. 주위에서 보고 있던 아이들도 거북한 표정을 지으며 고개를 돌렸다. 그 순간 노노아만은…….

너무나도 순수하게 「선생님이 무슨 말을 하는 걸까?」 하고 생각했다.

개구리가 불쌍한지 아닌지를 선생님이 알 리 없다. 그런 누구라도 알 수 있는 거짓말을, 왜 이 선생님은 아무렇지 않은 얼굴로 하는 것일까. 항상 아이들에게 「거짓말을 하면 안 돼요」 하고 말하면서 말이다. 왜…….

"네~."

"알았어~."

왜, 다른 아이들은 납득하는 것일까. 의아한 정도가 아니라, 섬뜩했다. 진지한 얼굴로 거짓말을 하는 선생님도, 그 말에 속는 주위의 아이들도 그랬다. 자신과 다른 생물인 것처럼 느껴졌다.

연못에 다가가면 안 된다는 것은 안다. 빠지면 위험하기 때문이다. 친구를 때려선 안 된다는 것은 안다. 남을 때리면, 남도 자신을 때리기 때문이다. 하지만, 개구리에게 돌을 던져선 안 되는 이유만은 모르겠다. 개구리에게 돌을 던진다고 해서, 개구리가 자신에게 돌을 던지지는 않는다. 아무리 머리를 쓰더라도 개구리가 인간에게 골탕을 먹일 수 있을 리가 없다. 설마 그림책의 개구리처럼 마법으로 인간이 되는 것도 아닐 테고 말이다. 실제로 선생님도 「위험하니까」가 아니라 「불쌍하니까」라고 말했다. 즉…….

(그래, 다들 바보구나.)

분명, 그런 것이리라. 실은 선생님도 어째서 개구리에게 돌을 던지면 안 되는지 모른다. 모르니까, 적당한 거짓말로 속이려고 하는 것이다. 그리고 다른 아이들은 그 말에 껌뻑 속았다. 속일 수 있다고 생각한 선생님도, 속은 아이들도, 전부~ 바보다. 그것을 눈치챈 순간, 노노아에게 선생님은 신용할 수 없는 존재가 됐다. 거짓말을 하니까. 거짓말을 해서, 속이려고 하니까.

"다들 알았죠?"

""""네~.""""

하지만 그 점을 겉으로 드러내면, 일이 성가셔진다는 것도 알고 있다. 게다가 어머니가 「선생님의 말을 들으렴」이라고 말했다. 그래서, 노노아는…….

"네."

주위 사람에게 맞춰, 순순히 고개를 끄덕였다.

그 후로도, 노노아의 내면에서는 선생님에 대한 불신감이 점점 커졌다. 곰곰이 들어보니, 선생님의 말은 거짓말과 모순으로 가득했다. 어린아이도 알 수 있는 범위 내에서도 그 정도인 것을 보면, 실제로는 더 많은 거짓말을 하고 있을 것이다. 그렇게 생각하니, 아무것도 믿을 수가 없게 됐다.

"저기, 아빠. 엄마. 왜 선생님은 거짓말을 하는 거야?"

어느 날, 더는 그 거짓말을 견딜 수 없게 된 노노아는 집에서 부모님에게 물어봤다. 그러자 부모님은 놀라면서 눈을 치켜뜨더니, 무슨 일이 있었는지 물어봤다. 그러자 노노아는 서툰 말로 이야기했다.

선생님이, 진실을 말해주지 않는다. 대충 떠들어대며 억지로 자기 말을 듣게 만들려 한다.

그런 자기 생각을 열심히 전하자, 아버지는 진지한 표정으로 고개를 끄덕이면서 노노아의 머리를 쓰다듬었다.

"그래……. 노노아는 다른 애들보다 훨씬 어른스럽고 똑똑한 애구나."

"……똑똑해?"

"그래. 노노아는 똑똑해서 어른의 거짓말을 눈치챈 거란다."

똑똑하다. 그것은 뜻밖의 말이었다. 쭉, 자신이 특이하다고 생각했다. 그래서 아버지가 해준 그 뜻밖의 칭찬은, 노노아에게 있어 광명이었다.

"거짓말…… 역시, 다들 거짓말을 하는 거야?"

"으음~. 뭐가 거짓말인지는 판단하기 어렵다만……."

말끝을 흐리는 아버지를 대신해 어머니가 입을 열었다.

"저기, 노노. 이 세상에서는 모든 사람이 진짜라고 생각하는 건 진짜가 된단다."

"뭐? 거짓말이라도 말이야?"

"그래. 거짓말이라도, 모두가 진짜라고 여기면 그게 진짜가 돼."

"……기분 나빠."

노노아가 미간을 찌푸리며 그렇게 말하자, 그녀의 부모

님은 약간 난처한 표정을 지었다. 사실 당시의 두 사람은 딸의 특이성을 눈치채지 못했다. 노노아의…… 죄책감과 공감성의 결여라고 하는, 타고난 특이성을 말이다.

노노아가 주위와의 차이를 느낀 가장 큰 원인은 생물(개구리)을 괴롭히는 행위에서 죄책감을 느낄 수가 없어서다. 그리고 주위의 「생물은 불쌍하니까 괴롭히면 안 돼」라는 의식에 공감하지 못해서다.

부모님은 「똑똑하기에 어른의 겉과 속을 꿰뚫어 본 것이다」라고 생각했지만, 그것은 틀렸다. 단순히 감정론을 이해하지 못해서 자신의 감정이나 주위의 의견에 휩쓸리지 않았기에, 선생님의 말을 냉정하게 「본질을 숨기며 얼버무린다」라고 판단한 것에 지나지 않는다.

하지만 그 착각 덕분에, 노노아의 부모님은 이 순간에 기적적으로 **정답을** 맞췄다.

"노노아. 똑똑하다는 건 자랑스러운 일이지만…… 주위에 맞춰주는 것도 중요하단다. 괜히 남의 의견에 맞서서, 성가시게 여겨지거나 주의를 받으면 귀찮잖니?"

"그런데도 선생님의 말이 납득되지 않는다면, 엄마나 아빠에게 말하렴. 우리가 선생님에게 잘 말해줄게."

순수하게 딸을 생각해서 한 두 사람의 말이, 노노아의 가슴에 깊이 스며들었다.

그리고 이 순간, 노노아의 내면에서는 부모님만이 신뢰

할 수 있는 어른이 됐다. 지나치게 똑똑한 자신이 주위와 맞출 수 있도록, 성가신 일을 피할 수 있도록, 부모님의 말에 따르기로 결심한 것이다. 그 절대적 룰은 노노아를 얽매고 노노아를 지키는 유일무이한 법이 됐다.

그리고, 노노아는 현재…….

히죽거리며 자신을 쳐다보는 남자 앞에서, 자신의 법에 비춰봤다.

남자의 뒤편에는 다른 남자에게 팔을 잡힌 레아(여동생), 복부를 움켜쥔 채 몸을 웅크리고 있는 히카루(친구), 레아를 구하려다 두들겨 맞고 쓰러진 레오(남동생)……. 그 광경을 보자…… 노노아는 오래간만에 심장이 크게 뛰는 것을 느꼈다.

(아아, 좋아…….)

마음이 움직인다. 몸에 열기가 어린다. 항상 세상을 밖에서 쳐다보고 있던 자신의 의지가 자기 몸과 일체화되는 느낌이 들었다. 자신이 **인간이 되는 고양감**에 사로잡혔다.

(이 감각에 더 빠져들고 싶어……. 하지만, 저건 방해돼.)

눈앞의 방해꾼을 응시하며 노노아는 생각했다. 이 자리에서 지금 자신이 어떻게 행동해야 할까. 이제까지 부모님이 알려준 여러 룰을 떠올렸다.

『동생들을 상냥히 대해주렴』, 『친구를 소중히 여기렴』, 『먼저 손을 쓰면 안 된단다』, 『위험한 짓을 해선 안 돼』, 『위험에 처하면 우선 도망치렴. 그럴 수가 없다면, 도움을 청하는 거야』, 『이상한 사람과 시비가 붙으면……』.

그런 룰들을 마음속으로 검토하고, 이 자리에서 자기가 무엇을 해야 하고 무엇을 하면 안 될지 생각했다. 그리고, 결론을 내렸다.

"우와, 끝내주네. 이쪽도 되게 귀엽—."

"꺄아—!! 도와줘요—!!"

"……?!"

음흉한 미소를 지으며 다가오던 남자의 눈앞에서, 노노아는 목청껏 고함을 질렀다. 갑작스럽게 비명이 들려오자, 남자는 당황한 듯이 멈춰 섰다. 아니, 남자가 멈춰선 진짜 이유는…… 눈앞의 소녀에게서 공포의 기색이 느껴지지 않아서였다.

목청껏 도움을 청하면서도, 이 소녀는 그 무엇도 두려워하지 않았다. 고함을 다 지른 소녀의 눈은 유리구슬처럼 무기질적이었으며, 그렇게 외치는 게 의무인 것처럼 굴었다. 그 기묘한 모습이 아름다운 외모와 더해지면서 비인간적인 섬뜩함을 자아냈다.

"……!"

정체불명의 정체와 마주한 남자는 무심코 한걸음 물러섰다. 그의 얼굴을 무표정하게 올려다보며, 부모님의 말에 따른 노노아는 눈앞에 있는 방해꾼을 제거하기로 했다.

(일단, 눈을 뭉개버리자.)

어디까지나 합리적으로. 한치의 주저도 없이.

노노아는 남자의 두 눈(알기 쉬운 약점)을 향해 손가락을 내질렀다.

"우왓?!"

남자가 반사적으로 몸을 젖히며 얼굴을 돌린 덕분에, 명중하지는 않았다. 하지만, 그 **의도**는 충분히 전해졌다.

(뭐, 뭐야? 방금, 뭘 당한 거지?!)

남자는 마음속으로 자문자답을 했지만, 답은 이미 알고 있었다. 남자의 상식이, 그것을 인정하지 않을 뿐이었다.

눈을 노렸다. 격투기는 물론이고, 룰이 없는 싸움에서도 기피되는 수단인 눈 찌르기를 당한 것이다. 그런 짓을 한 눈앞의 여자는「어라? 빗나갔네」하고 말하는 듯한…… 마치 축구공을 찼는데 빗나갔을 때 지을 법한 약간의 실망감과 아쉬움이 어린 표정을 짓고 있었으며—.

"히익."

등골을 타고 소름이 흐르자, 남자는 무심코 질린 듯한 목소리를 흘리고 말았다.

그것은 폭력을 가하거나 당하는 데 익숙한 이 남자로서도 처음 겪는 경험이었다. 살기도, 분노도, 희열도 동반하지 않은 채, 흉악한 폭력이 갑자기 자행됐다. 그런 짓을 아무렇지 않게 저지른 눈앞의 존재에게 남자는 진심으로 공포를 느꼈다.

"우, 우와아아아아!!"

그러니 그것은, 폭력의 형태를 한 긴급피난이었다. 눈앞의 존재를 놔둬선 안 된다. 이 아름다운 소녀의 모습을 한 무언가를 지금 바로 제거해야만 한다.

그런 광란에 휩싸여 휘두른 주먹은…… 표적이 갑자기 뒤로 물러난 바람에 허무하게 허공을 갈랐다. 그리고, 주먹을 크게 휘두른 바람에 빈틈투성이가 된 남자의 안면에…….

"우극?!"

정면에서 날아온 주먹이 꽂히더니, 남자의 의식은 그대로 끊어지고 말았다.

"아, 쿠젯찌."

"너, 인마…… 좀 피하라고."

노노아를 뒤편으로 당기면서 겸사겸사 남자의 안면에 카운터로 주먹을 꽂은 후, 마사치카는 자기 품속에 있는 소녀를 향해 어처구니없다는 투로 그렇게 말했다. 의도치 않게 등 뒤에서 그녀의 어깨를 끌어안는 자세가 됐지만, 마사치카의 얼굴에는 멋쩍은 기색이 없었고 노노아의 얼굴에도 별다른 표정이 없었다. 아니, 유심히 보면 눈동자 깊은 곳에 감정의 흔들림 같은 것이…… 보인 것도 잠시에 지나지 않았다. 노노아는 갑자기 훌쩍거리면서 표정을 일그러뜨리더니, 마사치카의 어깨에 얼굴을 묻었다.

"고, 고마워…… 나, 무서웠어……."

(우웩.)

노노아가 갑자기 폭력에 떠는 여린 소녀처럼 행동하자, 마사치카는 질색하는 표정을 짓지 않기 위해 얼굴 근육에 힘을 줬다.

지금 이 상황에서 노노아가 연기하고 있다는 것을 눈치챈 이는 마사치카뿐이었다. 주위에서 어슬렁거리는 학생들도 노노아의 행동을 보고 안도와 호감에 찬 시선을 보내고 있었다. 그리고…… 노노아의 고함을 듣고 달려온 노노아의 멋진 친구들도 말이다.

"어? 이, 이 자식들은 뭐야?!"

"아앙? 네놈들이야말로 뭔데. 노노아한테 무슨 짓을 했어?"

"죽일 거야. 반드시 죽여버릴 거야."

살의를 마구 뿌리며 나타난 덩치 큰 남학생 두 명이 남은 불량배들을 악귀처럼 궁지에 몰았다. 그 광경을, 마사치카는 노노아를 품에 안은 채 「우와아」 하고 말하는 표정으로 쳐다보고 있었다.

마사치카도 저 두 사람에 대해 잘 알지는 못했다. 하지만 그들이 노노아를 광적으로 신봉하며, 그녀의 손발이 되어서 겉으로 드러나선 안 되는 일을 하고 있다는 건 안다. 대외적으로는 노노아를 멀리서 흠모할 뿐인 얌전한 팬이지만, 그 실태는 노노아에게 방해되는 존재를 어둠 속에서 매장하는 광신도다.

(저쪽은 맡겨도 되겠는걸……. 아니, 오히려 너무 과하지

않도록 말리는 편이 좋을까?)

그렇게 판단한 마사치카는 그제야 상체를 일으킨 히카루에게 달려갔다.

"히카루, 괜찮아?"

"으, 응……. 이제 좀 진정됐어."

히카루가 배를 손으로 감싸 쥐며 천천히 몸을 일으키려 했지만…… 다리에 힘이 들어가지 않는지, 약간 후들거렸다.

"어이쿠."

마사치카가 즉시 히카루의 오른팔을 잡으며 부축해줬다. 하지만, 그와 동시에 히카루의 왼팔을 부축하는…… 아니, 왼팔을 끌어안는 이가 있었다.

"저기, 구해주셔서 고마워요!"

"아, 으음, 아냐……."

히카루의 왼팔에 몸을 맞대며 눈부신 눈동자로 바라보는 이는, 불량배들이 노리던 아까 전의 소녀였다.

"저기, 너는…… 혹시, 노노아 양의……?"

"네! 언니의 동생인, 미야마에 레아라고 해요! 아, 이쪽은 동생인 레오예요."

그렇게 말한 레아가 대충 가리킨 곳에는 볼이 살짝 부어오른 약간 건방진 인상의 소년이 토라진 듯한 표정으로 서 있었다.

"너, 괜찮아? 저 녀석들에게 맞은 거야?"

"아, 이 정도는 아무것도 아니에요."

마사치카가 걱정하며 물어봤지만, 레오는 괜한 걱정 말라는 듯이 고개를 휙 돌렸다. 그러자 한순간 「어린애라니깐」 하고 말하는 듯한 눈길을 머금었던 레아는 다시 미소를 짓더니, 히카루를 올려다봤다.

"오빠는 이름이 어떻게 돼요?"

"어, 으음…… 키요미야 히카루, 라고 해."

"히카루…… 멋진 이름이네요! 히카루 씨라고 불러도 될까요?"

그렇게 말하며 고개를 갸웃거린 소녀는 다소 노골적인 구석이 있긴 해도, 노노아의 동생답게 매우 귀여웠지만…….

"아니, 하하……."

히카루에게 있어서는 매우 거북한 타입이었다. 히카루는 쓴웃음을 머금더니 애매하게 대답했다. 하지만, 레아는 전혀 개의치 않았다.

"그럼 그렇게 부를게요. 히카루 씨, 구해줘서 고마워요."

"아니, 나는 실제로 아무것도 못 했는데……."

"그렇지 않아요! 그대로 끌려갔다면, 무슨 짓을 당했을지……."

입가에 손을 대며 시선을 살짝 내리깐 레아의 눈가가 젖어 들어갔다. 지켜주고 싶은 마음을 자극하는 모습이지만, 히카루의 반응은 미적지근했다.

"뭐, 아무 일도 없어서 다행이야……. 아니, 아무 일도 없었다는 말 자체가 실례려나."

"후훗. 히카루 씨는 상냥하네요. 하지만, 히카루 씨가 더 걱정돼요……. 배는, 괜찮으세요?"

"응, 괜찮아."

마사치카는 그 말을 듣더니, 날카로운 시선을 머금으며 물었다.

"주먹에 맞은 거야? 아니면 걷어차였어?"

"주먹에, 맞았어."

"누구한테?"

"아…… 저기 뻗어 있는 사람이야."

히카루의 시선을 따라가보니, 바닥에 널브러져 있는 남자가 눈에 들어왔다.

"흐음……."

차가운 목소리로 그렇게 말한 마사치카는 그 남자에게 천천히 다가갔다. 그런 그의 손목을 위기감을 느낀 히카루가 움켜쥐었다.

"잠깐만— 뭐 하려는 거야?"

"기다려봐. 두들겨 패서 깨운 후, 너한테 무릎 꿇고 싹싹 빌게 만들겠어."

"아니, 이미 충분해. 이미 코피를 콸콸 흘리고 있으니까…… 아니, 앞니가 부러진 거 아냐?"

"아까 그건 정당방위니까 노카운트라고."
"아니, 진짜로 충분하다니까 그러네!"
친구가 또 진심으로 말리자, 쓰러진 남자를 쳐다보며 코웃음을 친 마사치카는 히카루를 돌아봤다.
"그럼, 혹시 모르니 보건실에 가자."
"뭐? 괘, 괜찮아."
"안 돼. 뼈나 내장에 충격이 갔으면 위험하단 말이야."
"맞아요! 제가 부축할 테니까 같이 가요."
그건 사양하고 싶다……는 표정을 히카루가 지었지만, 공교롭게도 마사치카에게는 시간이 없었다. 눈앞에 있는 자들 말고도 불량배가 더 있을 수도 있는 만큼, 이 자리에 계속 머물 수는 없었다.
"그럼, 부탁해도 될까?"
"어, 잠깐만—."
"네! 자, 레오도 같이 가자."
"나는 딱히……."
레오가 인상을 찡그리자, 노노아가 담담한 어조로 말했다.
"안 돼. 입안이 찢어졌잖아."
"어, 어린애 취급하지 말란 말이야, 누나!"
"응? 어린애 취급이 아니라 동생 취급을 하는 건데?"
"그건 또 무슨 소리야?"
노노아가 동생의 부어오른 볼을 만져보려 하자, 레오가

그 손을 쳐냈다. 마사치카는 슬며시 노노아에게 다가가더니, 그녀의 귓가에 입을 대고 속삭였다.

“(히카루의 치료가 끝나면, 무대로 돌아가줘. 그리고 저 자식들의 처리를 네 친구들에게 부탁해주지 않겠어?)”

“(알았어~.)”

별다른 감정이 어리지 않은 느긋한 대답이었다. 하지만 지금은 그 대답이 참 믿음직스러웠다.

“(잘 부탁해.)”

고마운 마음을 담아 그렇게 답한 마사치카는 아리사와의 약속을 지키기 위해 움직이기 시작했다.

◇

그 무렵, 1학년 D반과 F반이 운영하는 메이드 카페에는 다른 불량배 그룹이 나타났다.

“꺄앗!”

“들었냐? 『꺄앗!』이라네. 상류층 아가씨는 비명도 고상하지 않아?”

“이, 이러지 마세요…….”

“엉덩이 좀 만지는 게 뭐 어떠냐고. 서비스 좀 하라고, 메이드 아가씨.”

그들은 이곳을 룸살롱으로 착각한 듯이 굴고 있지만, 여학생들은 아무 말도 하지 못했다. 그들의 중심인 사야카와 노노아가 라이브 때문에 자리를 비운 탓이었다. 이러쿵저러쿵해도 세이레이 학원은 부유층이 다니는 학교다. 많은 학생은 다툼과는 거리를 두며 소중히 길러졌다. 그들처럼 거친 면이 묻어나는…… 아니, 적극적으로 과시하는 인종과 얽힐 일이 없다.

"헤헷. 부자 학교의 문화제에 가봤자 재미없을 줄 알았는데, 생각보다 즐길 만한걸."

"그래. 하지만 진짜 아가씨들은 역시 다르네. 우리와 어울리는 꾀죄죄한 여자들과는 하늘과 땅 차이야."

"데려와주셔서 감사합니다! 곤다 씨!"

"그래. 나한테 많이들 고마워하라고."

눈썹이 가늘고 다른 이들보다 덩치가 큰 남자가 호탕하게 웃었다. 동료들에게 곤다라 불린 이 남자가 바로 이 그룹의 리더였다.

사실 그는 세이레이 학원과 아무런 접점이 없다. 전철역으로 여덟 정거장이나 떨어진 곳에 있는, 거칠기로 유명한 공립 고등학교에 다니는 불량배다. 세이레이 학원은 「머리가 좋은 부자들이 다니는 학교」 정도로만 알고 있었다. 그런 그가 왜 패거리를 이끌고 추령제에 온 것인가. 그것은 2주 전에 그에게 온 발송인 불명의 봉투가 원인이다.

그 봉투에는 열 장의 초대권과 편지 한 통이 들어 있었다. 편지에는 「추렴제를 엉망으로 만들어줬으면 한다」는 의뢰와 함께 어느 시간에 경비에 걸리지 않고 입장할 수 있는지, 사건을 일으킨 후의 도주 경로, 보수 전달 방법 등등, 세세한 방법과 보수가 적혀 있었다. 곤다도 처음에는 반신반의했지만, 선금이 놓여 있다는 전철역의 보관함을 열어보니 실제로 그 안에 현금이 있었기에 이 편지가 사실이라 확신했다.

"진짜로 얻어먹어도 되겠습까?!"

"그래. 얼마 전에 돈이 좀 들어왔거든."

"역시 곤다 씨! 배포가 크다니깐!"

하지만 바보처럼 지시에 따라 난동을 피울 생각은 없다. 편지에는 무슨 짓을 저질러도 처벌받지 않는다고 적혀 있었지만, 그 말을 곧이곧대로 믿을 만큼 바보는 아니다. 그래서 곤다는 경찰이 출동할 만한 문제를 일으킬 생각은 없었다. 그저 선금으로 받은 돈을 가지고 이 축제에서 마음껏 놀 생각이었다. 그리고 만약 보수를 받을 수 있다면 횡재…… 정도의 심정이었다.

(하지만…… 생각보다 나쁘지 않을걸.)

딱 봐도 곱게 자란 소녀들이 자신들을 쳐다보며 쭈뼛거리고 있었다. 화장을 진하게 하지 않아도 아름다운 피부와 한 번도 염색한 적 없는 듯한 아름다운 흑발……. 같은 여고생인데도 자신들이 다니는 학교의 여고생들과는 그야말로 다른 생물이었다. 분명 사립 고등학교는 물론이고 학원에 다닐 돈도 없었던 곤다 같은 이들과는 근본적으로 사는 세계가 다를 것이다.

원래 대등하게 이야기를 나눌 일도 없는 상류층 아가씨들이 지금은 자신들의 안색을 살피고 있다. 그것이 곤다는 실로 유쾌했다. 학교에서 하급생을 거느리고 다니는 것과는 또 다른, 신이라도 된 듯한 느낌과 함께 지배 욕구가 충족됐다.

"잠깐만! 당신들, 대체 언제까지 눌러앉아 있을 거야?!"

하지만 바로 그때, 찬물을 끼얹는 인간이 나타났다. 다른 학생과 다르게 머리카락을 염색하고 화장도 한 여학생 한 명이, 허리를 짚으며 이쪽을 노려보고 있다. 그들은 모르겠지만, 그녀는 노노아의 들러리 중 한 명이었다. 자기가 모시는 여왕의 부재중에 만행을 저지르는 것을 더는 용납하지 않겠다는 듯이, 다리와 눈에 필사적으로 힘을 주며 고함을 질렀다.

"우리 애들에게 성희롱을 해댔다며? 돈은 됐으니까 빨리 나가!"

"아앙?"

여학생이 그렇게 외치자, 남자 한 명이 눈을 부라리며 자리에서 일어났다. 하지만…….

"잠깐."

곤다가 노려보며 그를 다시 앉히더니, 수상한 미소를 지으며 그 여학생을 쳐다봤다.

"행실이 나빠서 미안한걸. 우리 학교에선 엉덩이 만지는 정도는 성희롱도 아니거든. 제대로 주문할 테니까 봐주지 않겠어?"

상대방이 저자세로 나오자, 여학생은 기세가 꺾인 것처럼 눈을 깜빡였다. 하지만 곧 미간을 찌푸리더니, 그 제안을 거절했다.

"변명은 됐어. 당신들이 계속 있으면 방해가 된단 말이야. 빨리 나가줘."

"돈을 낸다잖아? 게다가 우리가 있다고 누구한테 방해가 된다는 건데? 응?"

곤다가 그렇게 말하면서 주위를 둘러보니, 다른 손님은 전부 밖으로 나갔다. 그 원인이 곤다 일행이라는 건 불 보듯 뻔했다.

"당신들 때문에, 다른 손님이 안 들어온단 말이야!"

"그거 미안하네. 야, 우리보고 다른 손님 몫까지 돈을 쓰라네."

"어쩔 수 없네. 그럼 나는 콜라!"

"아, 나는 맥주."

"멍청아. 그런 게 메뉴에 있을 리가 없잖아."

동료들이 낄낄 웃어댔다. 그 후로도 곤다는 말을 돌려가며 여학생의 요구를 거부했고…… 여학생의 끈기가 바닥나려고 할 때, 교실 문이 활짝 열렸다.

"거기까지예요!"

특촬 히어로 같은 대사를 외치며 나타난 이는, 벌꿀 빛깔 세로롤이 눈부신, 남장미인이었다.

""""스미레 선배!""""

오늘도 당당한 그 모습에 메이드들이 환희하는 것과 동시에 곤다 일행의 얼이 나간 가운데, 스미레는 그들을 당당히 내려다보면서 단호하게 말했다.

"대화로는 아무것도 해결되지 않는답니다. 그러니 차분하게 폭력으로 해결하도록 하죠."

"차분하게 폭력?"

상류층 아가씨다운 외모와는 어울리지 않는 그 무식한 발언을 들은 순간, 곤다 일행은 어처구니가 없어졌다.

하지만 스미레는 그 반응을 개의치 않고 모조검을 뽑아 들어서 얼굴 앞으로 들더니, 우아하면서도 흉포한 미소를 머금으며 말했다.

"제☆압, 하겠어요."

그 말을 신호로, 선도위원 다섯 명이 교실에 뛰어 들어왔다.

"잠깐, 기다— 우리는 딱히 문제를 일으키진푸억?!"

"이, 이야기가 틀리잖끄악!"

"무기는 비겁커헉?!"

곤다 일행이 반론이나 반항도 하지 못하며 유린당하기까지, 1분도 채 걸리지 않았다.

◇

"쿠죠 선배! 또 학생으로부터 트러블이 일어났단 연락이 왔어요!"

"장소는?"

"으음, 체육관 근처에서…… 남자 세 명이 여학생 두 명을 무리하게 헌팅하고 있나 봐요."

"그거라면 아까 연락받은 것과 같은 건이네. 위원장님, 경비원을 그쪽으로 보내죠."

"어라? 저기, 죄송한데 그 건은 해결됐나 봐요. 마침 그 자리에 있던 입장 손님이 소동을 일으킨 인간을 제압해주신 것 같아요……."

"입장 손님이? 그분은 다치지 않았어?"

"네. 자세한 이야기는 못 들었지만, 입장권을 확인해보니 사라시나 선배의 가족분인 것 같다고……."

"아, 치사키의……."

대회의실에 설치된 실행위원회 본부에서 마리야는 실행위원장 및 부위원장과 함께 사태 파악과 수습에 힘쓰고 있었다. 민폐 손님이 일으킨 문제와 폭력사건이 쉴 새 없이 보고되고 있었다. 이런 사태를 전혀 예상하지 못했던 실행위원들은 완전히 동요하고 말았다. 그런데도 어찌어찌 대응하고 있는 건, 이 세 사람이 차분하게 지시를 내리고 있기 때문이었다.

"위원장님! 체육관에서 어떤 남자가 무대에 난입한 것 같습니다!"

"진정해. 체육관이라면 교사가 몇 명 있을 거야. 그것보다, 교문은 아직 폐쇄가 안 된 거야? 교내 방송 준비는 어떻게 되고 있지?"

"폐쇄는 방금 완료된 것 같습니다! 교문 쪽에서 이노우에가 외부 손님에게 사태 설명을 하고 있어요."

"좋아, 그럼—."

"실례하겠습니다!"

바로 그때, 대회의실 문을 열어젖히며 들어온 이는 바로 토우야와 치사키였다. 뜻밖의 인물이 등장하자 이 자리에 있는 이들 사이에서 경악과 안도가 퍼져나갔다.

"토우야…… 내광회 여러분은 어때?"

"외부에서 기다리던 보디가드를 부른 후, 그들과 함께 학생회실에서 대기하고 계십니다. 이 상황에서 안내하는 건 무리니까요."

"그래……."

토우야가 그렇게 말하자, 위원장은 뭔가가 마음에 걸리는 듯한 표정으로 고개를 끄덕인 후에 다시 지시를 내렸다.

"알았어. 토우야, 이쪽 일을 도와줘. 사라시나는……."

"알아. 문제를 일으킨 녀석들을 전부 해치우면 되지?"

투기와 살기로 가득 차서 눈이 찬란히 빛나고 있는 치사키를 보자, 위원장의 볼에 희미하게 경련이 일어났다.

"적당하게 해줘. 그리고 상관없는 사람이 휘말리지 않도록 주의해. 현재 감시 카메라의 확인도 진행하고 있는데, 아무래도 침입자가 지닌 초대권은 종이의 재질이 진짜와 다른 것 같으니까 수상한 인간을 발견하면 우선 그것부터—."

"알았어. 하지만 적당히 하는 건 무리일지도 몰라. 우리가 열심히 준비한 문화제를 엉망진창으로 만들다니…… 절대 용서 못 해."

끓어오르는 분노를 담아 그렇게 말한 치사키는 위원장의 말을 끝까지 듣지도 않고 대회의실을 뛰쳐나갔다. 그 뒷모습을 믿음직함 반, (적당하게 봐줄지) 걱정 반인 시선으로 쳐다보고 있을 때, 갑자기 안경을 쓴 한 남자가 몸을 일으켰다.

"저도 현장으로 가보죠."

"카지?"

"켄자키가 오기도 했고, 이참에 경비 상황에 대해 선생님들께 드릴 이야기도 있습니다."

그 말을 들은 위원장이 「확실히 토우야와 함께 있게 하는 건 좀 그런가」 하고 생각하며 고개를 끄덕였다.

"알았어."

"네, 그럼 이만……."

"위원장님! 1학년 D반은 문제가 해결됐다 합니다."

"그래, 알았어."

느닷없이 동시다발적으로 문제가 발생했지만, 실행위원회와 선도위원회의 신속한 대응 덕분에, 사태는 종식을 향해 나아가고 있었다.

◇

"엉망진창, 이군요."

복도에서 「네놈들 탓에 내 인생은 엉망이 됐다」, 「네놈들이 내 회사를 망하게 만들었다고」 같은 영문 모를 소리를 늘어놓으며 날뛰던 중년 남성을 제압한 유키는 그 남성이 가지고 있던 초대권을 보며 그렇게 중얼거렸다.

거기에는 초대객의 이름과 함께 초대자의 이름도 적혀 있었지만, 유키는 그 초대자의 이름을 모른다. 즉, 학생 명부에 실리지 않은 가공의 학생인 것이다.

"이런 초대권으로는, 학교에 들어올 수 없을 텐데 말이죠……."

초대자의 이름은 교문에서 선도위원이 체크한다. 있지도 않은 학생의 이름을 이용한다면, 그 시점에서 입장 거부를 당할 것이다.

"아가씨, 이 남자는 어디로 연행하면 될까?"

"아, 죄송해요. 선도위원회실로…… 장소는 아시나요?"

"물론이지. 나는 이 학교의 졸업생이거든."

"그럼 부탁드려도 될까요?"

"그래, 알았어."

남자의 신병을 근처에 있던 어른에게 맡긴 유키는 아야노를 돌아보며 어깨를 으쓱했다.

"아무래도 위조한 초대권을 뿌린 인간만이 아니라, 내부에서 침입을 도운 인간도 있는 것 같네, 동일범일 가능성도 있지만……."

"그렇, 습니까."

"……일단, 무기를 집어넣어. 남들 눈에 띄면 좋을 게 없잖아."

"아…… 실례했습니다."

유키가 그렇게 말하자, 아야노는 남자를 제압할 때 사용한 샤프 같은 것들을 소매 안에 집어넣었다. 그리고, 갑자기 입을 열었다.

"……학생회실입니다."

"응?"

"마사치카 님이라면, 학생회실로 향하시리라고 생각합니다."

아야노가 그렇게 말하자, 유키는 미간을 찌푸리며 몇 초 동안 생각한 후…….

"……그래. 타깃은 내광회, 라는 거구나."

그렇게 혼잣말을 한 유키는 아야노를 데리고 학생회실로 향했다.

◇

바로 그, 학생회실. 졸업생으로서 방문한 모교에서 벌어진, 학교 전체를 휘말리게 하는 규모의 대소동. 사회인이라면 관리 감독자의 책임 문제를 피할 수 없는 불상사가 벌어지자, 이 자리에 모인 내광회의 멤버들은 당연한 듯이 불쾌함을 드러내……고, 있지는 않았다.

"자…… 어떻게 수습을 하려나요."

"그것보다, 이 소동을 일으킨 건 누구지? 현 학생회…… 혹은 전 회장과 부회장을 노린 거라고 생각되는데……."

아니, 그뿐만 아니라 그들은 이 소동을 오히려 즐기고 있었다. 소동이 일어난 교정을 내려다보는 눈길에서도 걱정보다는 호기심이 진하게 어려 있었다. 그 모습은 마치 이 상황을 구경하고 있는 것만 같았다.

물론 진짜로 부상자가 속출하는 소동이 일어난다면, 여기 있는 보디가드를 동원해서라도 사태를 수습할 생각이기는 했다. 하지만 지금 단계에서는 후배들이 어떻게 대응하는지 구경할 생각이었다. 왜냐하면 그들에게 선거전에서 이 정도 소동이 일어나는 건 드문 일이 아니었던 것이다.

"전 학생회장이 실행위원장을 맡고 현 학생회가 추진하는 추렴제. 현 학생회의 전복을 꾀하는 자가 이 자리를 노리는 건, 저희 세대한테는 정석이었죠."

"그런데도 추렴제를 무사히 성공시키는 것이야말로, 내광회에 들어올 자격이 있다고 할 수 있는데…… 이것도 시대의 흐름인가."

"아무리 그래도 한심하군요……. 아, 실례했습니다. 스오우 씨의 손녀분을 모욕할 생각은 없었어요."

"괜찮네. 손녀가 이 사태를 막지 못한 건 사실이니 말이지."

그들이 학생이었던 시절. 전국의 학교에서 교사가 학생에게 당연한 듯이 체벌을 가하던 시절. 세이레이 학원은 재학생에게 있어 어엿한 사교의 장이었으며, 선거전은 학생들이 각자의 가문을 대표해서 벌이는 어엿한 파벌 다툼이었다.

원래는 그저 유력한 졸업생의 모임이었던 내광회가, 권력의 집중화와 정예화를 도모하며 선거 제도를 도입한 것이 약 70년 전의 일이다. 그 후로 이곳의 학생은 겨우 두 개밖에 안 되는 자리를 차지하기 위해 권력, 재력, 때로는 폭력마저 구사하며 다투게 됐다. 그리고 뭐든지 합법인 선거전에서, 부상자와 퇴학자가 나오는 것조차도 드문 일이 아니었다.

그렇기에, 학생회장과 부회장은 특별하다. 파벌 다툼에서 승리해서 그 자리를 차지한다는 건, 그 세대의 지배자라는 것과 같은 의미이다. 그리고 그런 지배자들이 모인 조직이 바로 지금의 내광회다. 그들은 과장이 아니라, 나라를 움직일 수 있는 힘을 지녔다. 그들의 인맥을 동원하면 국내에서 불가능한 일은 없다고 해도 과언이 아니다. 그렇기에…… 그들이 보기에, 요즘 세대의 선거전은 무기력해 보였다.

SNS의 발전, 복종의 강화. 그런 시대의 흐름에 밀려 이제까지 벌어졌던 처절한 선거전은 자취를 감췄고…… 토론회와 학생회 임원 인사 등의 인정사정없는 탈락 제도는 유지되면서도 그 실태는 학생 간의 인기 투표나 다름없는 상태가 되고 말았다. 그런 선거전에서 뽑힌 요즘 시대의 학생회장과 부회장을 그들은 존중하지 않는다. 그뿐만 아니라, 마음속으로는 같은 내광회 일원으로도 인정하지 않았다.

"하지만, 올해는 좀 재미있는 학생이 있는 것 같군요. 당선이 되면 대립 후보도 학생회에 받아들이겠다고 했다던가요."

약간 거북해진 분위기를 불식시키기 위해 한 남성이 그렇게 말하자, 겐세이의 눈썹이 희미하게 움직였다. 하지만 다들 그것을 눈치채지 못한 건지, 다른 남성이 흥미를 보이며 입을 열었다.

"호오, 대립 후보를 말인가? 흠, 꽤 재미있는걸……. 그 학생은 선거전의 본질을 아는가 보군."

그들이 말하는 선거전의 본질이란, 바로 인맥 형성이다. 장래적으로 도움이 되는 인맥을 만들고 파벌을 형성해, 당선 후에는 자기 파벌의 인간에게 임원 지위를 준다. 그렇게 학교의 학생을, 같은 세대의 인간을 지배한다. 그것이 그들에게 있어서의 선거전이었다.

"그렇게 되면, 다음 선거전은 조금 기대가 되는 군요……. 이런 소동을 일으키는 기골 있는 학생도 있는 것 같으니까요."

"후후훗. 아직은 그 누군가의 의도대로 일이 풀리고 있는 것 같습니다만…… 자, 앞으로 어떻게 되려나요?"

수십 년 전이라면 몰라도 요즘 시대에 이런 소동을 일으키고 그냥 조용히 넘어갈 수 있을 리가 없다. 하지만, 조용히 넘어갈 방법이 단 하나 존재했다.

그것을 알기에, 그들은 기다리고 있다. 학생회실의 문이 다시 열리는, 그 순간을…….

◇

“어…….”

“어머.”

학생회실 앞의 복도에 선 마사치카는 반대편에서 모습을 드러낸 유키와 아야노를 보자 한순간 걸음을 멈췄다. 하지만 두 사람이 그대로 다가오자 마사치카도 아무 말없이 걸음을 내디뎠다.

학생회실 앞에서 두 대립 후보는 대치했다.

“…….”

마사치카와 유키는 몇 초 동안 아무 말 없이 시선을 교환한 후, 학생회실의 문 앞에 서 있는 보디가드로 보이는 두 명의 남성을 향해 동시에 눈길을 돌렸다.

“실례합니다. 저는 학생회 서무인 쿠제 마사치카입니다. 켄자키 회장의 지시로, 내광회 여러분이 어쩌고 계시는지 살피러 왔습니다.”

“마찬가지로, 학생회 홍보인 스오우 유키예요.”

“학생회 서무인, 키미시마 아야노입니다.”

세 사람은 이름을 밝히며 학생증을 보여준 후, 마사치카가 대표로 질문을 던졌다.

“저희 말고, 누군가가 이곳에 오지는 않았습니까? 보디가드 여러분이 계시니 안전하리라고 생각합니다만, 내광회 여러분이 계신 곳이 괴한들에게 알려지면 안 될 테니까요."
마사치카가 그렇게 묻자, 두 보디가드는 한순간 시선을 교환한 후에 짤막하게 답했다.
"아뇨, 아무도 오지 않았습니다."
"……그런가요. 감사합니다."
마사치카와 유키는 그 말을 듣고 마음속으로 안도했다. 늦지 않았다고 생각하면서 말이다.
"자, 마사치카 씨. 이제 어쩔 거죠?"
"……."
학생회실에서 조금 떨어진 곳으로 이동한 후 유키는 마사치카에게 물었다. 그리고 오빠의 눈을 보더니 작게 쓴웃음을 흘렸다.
"그럼, 각자가 왔던 길을 감시하도록 할까요. 어느 쪽으로 오든, 서로 원망하기 없기예요."
"그래."
마사치카는 작게 고개를 끄덕인 후 뒤돌아섰다. 유키도 뒤돌아서더니 아야노와 함께 왔던 길로 되돌아갔다. 그 기척을 등 너머로 느낀 마사치카는 복도 모퉁이를 돈 후, 벽에 기대섰다.
거기서 몇 분 정도 기다렸을 때였다. 복도 너머에서 누군가가 모습을 드러내자, 복도 한가운데에 선 마사치카는 희미한 미소를 머금으며 그 상대를 맞이했다.

"여어, 키류인. 무슨 일로 이런 곳에 나타난 거야?"

"……안녕, 쿠제. 너야말로, 이런 데서 뭐 하는 거려나?"

마사치카가 웃음기가 전혀 없는 미소를 머금자…… 유쇼 또한, 옅은 냉소로 답했다.

◇

"……당신, 인가요."

한편, 마사치카와 반대 방향으로 향한 유키의 앞에도 한 남학생이 나타났다.

계단 앞에서 대기하고 있던 유키를 층계참에서 올려다보며, 그 학생은 안경 너머의 눈을 약간 가늘게 떴다.

그 눈을 응시하며 유키는 담담히 말했다.

"유감이에요, 회장님."

그 호칭을 듣자, 남학생은 작게 쓴웃음을 머금었다.

"이제, 회장이 아니에요…… 스오우 양."

"그랬죠…… 카지 선도위원장님."

세이레이 학원 중등부, 제67대 학생회장과 제68대 학생회장이 계단을 사이에 두고 마주 섰다.

제 8 화 부러지지 않는다면 부러뜨릴 수밖에 없네

카지 타이키. 대형 가전제품 회사 사장의 아들이자 3년 전에는 중등부 학생회에서 학생회장이었던 학생이다. 사야카와 노노아, 유쇼와 스미레, 그리고 유키와 마사치카에게 있어서는 한때 회장으로서 우러러본 존재이며, 함께 학생회를 운영한 사이다. 선거전에서 토우야에게 패배하지 않았다면 유키는 지금쯤 그를 다시 한번 『회장님』이라고 불렀을 것이다.

"경비에 일부러 구멍을 내서 침입자를 불러들인 건 당신이군요? 카지 선배."

유키가 묻자, 타이키는 아무 말 없이 시선을 내리깔았다. 그 반응만으로도, 유키에게는 충분했다.

"어째서, 이런 짓을 벌인 거죠?"

"……어째서, 냐고요? 스오우 양도 이유는 짐작이 될 텐데요?"

타이키가 거꾸로 묻자, 유키는 표정을 바꾸지 않으며 답했다.

"키리카 선배인가요."

"네, 그래요……. 그녀를, 키리카를 되찾기 위해, 저는…… 무슨 수를 써서라도 내광회에 들어가야만 합니다!"

격렬한 감정에 휩싸인 타이키가 약간 찢어지는 목소리로 고함을 질렀다.

아사마 키리카는 선거전에서 타이키의 파트너였다. 두 사람의 관계는 그게 전부가 아니라, 어릴 적에 양쪽 부모가 정해준 정혼자 사이이기도 했다. 양쪽 부모가 사업을 위해 맺어준 약혼이기는 했지만 두 사람의 사이는 나쁘지 않았고, 타이키는 키리카에게 완전히 반했다. 하지만 타이키는 선거전에서 토우야에게 패배했고…… 내광회에 들어갈 가능성이 완전히 사라지자, 두 사람의 약혼은 아사마 가문의 제안으로 취소됐다.

"서민에게 지는 사위 따위는 필요 없다며…… 저는 내쳐졌어요! 이대로 있다간, 키리카는 다른 유력 가문에 시집을 가게 되겠죠……. 그걸 저지하기 위해선, 무슨 수를 써서라도 내광회의 눈에 들 필요가 있단 말입니다!"

자제심이 느껴지지 않는 정서 불안정한 목소리, 안경 너머로 보이는 수축된 동공……. 유키가 아는 과거의 타이키와는 동떨어진 모습이었다.

"그래……. 처음부터 잘못됐어. 반한 여자와 사귀기 위해 학생회장을 꿈꿔? 헛소리 마! 내가 얼마나 키리카를…… 그런데 왜 다들 그런 서민에게 투표한 거냐고……. 잘못됐어.

분명 잘못됐다고……. 회장에 어울리는 건 분명 나인데…….”

타이키가 손톱을 깨물면서 혼잣말을 중얼거리자, 유키는 안타까움이 묻어나는 눈길로 쳐다보며 조용히 물었다.

“누구에게, 무슨 말을 들은 거죠?”

유키가 그렇게 묻자, 타이키는 움직임을 멈추면서 천천히 고개를 들었다. 그 눈을 똑바로 바라보며, 유키는 진지하게 말을 이었다.

“제가 아는 당신은, 이렇게 거만하고 자기중심적인 생각을 하는 사람이 아니었어요. 다시 한번 묻겠어요. 누구에게, 대체 무슨 말을 들은 거죠?”

존경하는 선배를 믿으려 하는 후배의 시선을 받으면서도…… 타이키는 탁한 웃음을 흘리면서 코웃음을 쳤다.

“당신이, 저의 뭘 안다는 거죠?”

아무것도 모르면서 아는 체 마라, 라는 듯이 타이키는 말했다. 그러자 유키는 눈을 가늘게 뜨며 입을 열었다.

“되게 짜증나게 구네.”

“……뭐?”

숙녀의 귀감이란 말을 듣는, 스오우가의 영애. 그녀의 입에서 잘못 들은 게 아닐까 싶은 폭언이 흘러나오자 타이키는 입을 쩍 벌렸다. 하지만 물론 그것은 잘못 들은 말이 아니었다.

“뭐~가『저의 뭘 안다는 거죠?』야. 몰라~! 너 따위한테 흥미 없거든?! 자기 실력이 부족해서 져놓고, 약혼이 취소된 정도로 타락하지 말란 말이야, 이 멍청아! 누명 써서 약혼 파기 당한 끝에 국외 추방당한 악역 영애들에게 사과나 해!"

"……??!!"

타이키는 최근 몇 년 들어 가장 큰 패닉에 빠졌다. 숙녀의 가면을 벗어던진 유키의 독설과 영문 모를 사과 요구를 뇌가 제대로 받아들이지 못했다. 하지만 유키 양은 그런 것은 전혀 개의치 않으며 액셀을 마구 밟아댔다.

"잘 들어. 남자가 타락해도 되는 건, 이미 히로인과 맺어진 후란 말이야! 그 어둠에서 구원해줄 히로인이 있어야만, 비로소 타락이라는 건 연애 관계를 진전시키는 이벤트가 될 수 있어! 독신 상태에서의 타락 같은 건 연애에 있어서 눈곱만큼도 가치 없는 혼자 발광이니까 자제해주세~요. 그리고, 이대로 가면 전 여친에게 집착하는 남자 스토커가 되는 미래밖에 안 보이거든?"

"저, 저는 스토커 같은 건 안 됩니다!"

"그럼 정면에서 다가가! 부모가 억지로 갈라놓는 건, 선택 여하에 따라선 끝내주게 흥분되는 상황이잖아! 그럴 때야말로 남자다움을 시험받는다고! 잘못된 방향으로 정열을 쏟지 말란 말이야아아앗!!"

유키가 온 힘을 다해 고함을 지르자, 타이키는 얼이 나갔다. 그렇게, 얼이 나갔다가…… 정신을 차리자, 정서 불안정한 상태에서 벗어났다. 그리고 의기소침한 상태에서, 힘없이 유키에게 물었다.

"제가…… 어떻게 하면 되죠?"

타이키가 그렇게 묻자, 유키는 그의 뒤편을 손가락으로 가리켰다.

"우선! 키리카 선배한테 가서 무릎 꿇고 사과해. 자기가 한 짓을 전부 실토한 후, 『이런 짓을 벌일 만큼 너를 포기하고 싶지 않았어』 하고 말하는 거야. 아까 키리카 선배를 이 건물 뒤편으로 불러놨으니까 가봐."

유키가 그렇게 말하면서 엄지로 옆쪽을 가리키자, 실은 쭉 이 자리에 있던 아야노가 앞으로 나와서 그녀의 스마트폰을 공손히 내밀었다. 아야노가 있다는 걸 전혀 눈치채지 못했던 타이키는 갑자기 나타난 것 같은 아야노를 보고 어깨를 흠칫했다. 그리고, 씌었던 마귀가 떨어져 나간 것처럼, 작게 웃었다.

"하하, 그래요……. 제대로, 이야기를 나눠봐야 했을까요……."

그렇게 혼잣말을 중얼거린 타이키는 유키가 잘 아는 냉정한 표정을 짓더니, 고개를 살짝 숙였다.

"고맙습니다, 스오우 양. 키리카와 다시 이야기를 나눠보겠어요."

"그래. 아, 이미 다 눈치챘지만 확인 삼아 묻는 건데, 혹

막은 키류인 유쇼 맞지?"

"아, 네…… 그의 목적은 추령제를 망쳐서 현 학생회의 권위를 실추시키는 겁니다. 그리고 그 트러블을 스미레 양이 해결하게 해서, 자신들의 지위를 높이려는 것 같더군요. 불량배 그룹과 이 학교 관계자에게 원한을 지닌 인간, 그리고 잡지 기자나 민폐 동영상 스트리머…… 아무튼 문제를 일으킬 만한 인간을 닥치는 대로 끌어들인 것 같습니다만, 자세한 건 몰라요. 결국, 그에게 있어 저는 버림돌 중 하나에 지나지 않았겠죠……."

"그래요. 그럼 이 소동은 끝났군요. 흑막 행세하는 왕자(웃음)는 마사치카 씨가 처리할 테니까요."

유키가 대놓고 유쇼를 디스하자, 타이키는 쓴웃음을 머금었다.

"쿠제를 신뢰하는군요."

"당연하죠. 마사치카 씨는 최강이니까요."

유키는 허리를 손으로 짚으며 의기양양하게 가슴을 폈다. 그 모습을 본 타이키는 더욱 진한 쓴웃음을 머금더니, 자조하듯 고개를 좌우로 저었다.

"아아, 그랬나요……. 하하하, 저는 두 사람의 사이가 틀어진 줄…… 정말 다 아는 줄 알았지만, 실은 모르는 것투성이였군요."

그렇게 중얼거리며 유키 쪽을 힐끔 올려다본 타이키는

그대로 계단을 내려갔다. 그 발소리가 멀어지면서 이윽고 들리지 않게 되자, 유키는 어깨의 힘을 뺐다.

"하아~~ 첫사랑 폭망 선배는 되~게 귀찮네. 뭐, 이걸로 카지 선배에게 빚을 만들었다고 생각하면 나쁘지 않나~."

"네. 전 중등부 학생회장이자 현 선도위원장인 카지 선배의 조력을 받는다면 선거전에서도 유리한 고지를 점할 수 있을 겁니다. 그건 그렇고, 멋진 설득이셨습니다. 저, 무심코 감복하고 말았어요."

"아아~. 뭐, 설득이라기보단 논파랄까……. 뭐, 본성은 선한 사람이라 편했어."

경애에 찬 눈길로 쳐다보는 아야노를 향해 손을 내저으며 그렇게 말한 후, 유키는 오빠가 향한 방향을 쳐다봤다.

"저쪽은, 그리 쉽게 풀리지 않겠지만 말이야……."

◇

그 **저쪽**에서는, 마사치카와 유쇼가 미소 뒤에 숨겨진 칼날을 서로에게 겨눈 듯한 대화를 나누고 있었다.

"이 앞에는 VIP가 계시거든? 회장님과 부회장님 이외의 학생은 접근 금지야."

"그건 너도 마찬가지일 텐데? 학생회 임원이라도 예외는 아닐 테니 말이지."

"응, 맞아. 그러니 나와 함께 뒤돌아서서 돌아가자고."

마사치카와 유쇼는 얄팍한 미소를 머금은 채 얄팍한 말만 주고받았다. 상대의 진의를 눈치챘으면서도 두 사람은 형식을 지키려는 듯이 서로의 속내를 캐려는 듯한 대화를 이어갔지만…….

"유감스럽게도, 그럴 수는 없어."

유쇼가 단호한 거부를 선보이자 마사치카 또한 미소를 지웠다. 그리고 진지한 표정을 짓더니 상대를 바보 취급하는 듯한 눈길로 유쇼를 주시했다.

"흐음, 이제 숨길 마음도 없다는 거구나."

"무슨 소리려나?"

"그 어떤 문제를 일으키더라도 이 앞에 있는 높으신 분들이 『용서』하면 불문에 부쳐질 거라고 생각하지? 생각이 짧네. 설령 내광회가 이번 폭거를 용서하더라도, 학교가 그 말에 따를 거라고 생각해?"

마사치카가 도발했지만, 유쇼는 미소를 지우지 않았다.

"무슨 소리를 하는 건지 모르겠지만…… 생각이 짧은 건 너야. 이 학교가 내광회의 의향을 거스를 수 있을 거라고 생각해?"

"이번 건은 완벽한 경찰을 불러야 할 사태거든. 제대로 처리하지 않는다면 세간에서 가만히 있지 않아."

"정말 그럴까? 이 학교는 일종의 치외법권 지대야…….

게다가 설령 문제가 되더라도, 책임을 져야 하는 건 추령제를 주최한 현 학생회와 전 회장 및 부회장 아니려나?"

"그래. 그리고 이 소동을 일으킨 범인도, 말이지."

"맞아. 그 범인을 찾는다면 말이야."

유쇼가 뻔뻔하게 웃자, 마사치카는 마음속으로 혀를 찼다. 녹음을 경계해서, 말을 조심하고 있으리라. 저 여유를 볼 때, 자기로 이어질 증거는 하나도 남겨두지 않은 게 틀림없다. 마사치카 또한, 이 소동을 유쇼가 일으켰다는 증거를 잡지 못했다.

(뭐, 설령 증거를 손에 넣더라도…… 내광회라면 얼마든지 없는 일로 만들 수 있겠지. 선거전에서 이기기 위해서라는 대의명분만 있다면, 뭐든 용서할 인간들이기도 하잖아.)

그리고, 어릴 적에 조부인 겐세이로부터 몇 번이나 들었던 선거전 이야기를 떠올려보면, 아마 내광회는 용서할 것이다. 그것을 알기에 유쇼도 직접 용서를 구하려 하는 것이다.

"왜 이런 짓을…… 같은 소리를 할 필요 없나. 평범하게 인기 투표를 해선 이길 수 없을 것 같으니까, 이런 계략으로 현 학생회의 권위를 실추시킨다…… 네가 생각할 만한 방법이긴 하네."

"그러니까, 무슨 소리를 하는 건지 모르겠는걸."

계속 시치미를 떼면서도, 유쇼는 아까와는 다른 종류의

미소를 머금었다.

“하지만, 그래……. 어디까지나 일반론을 이야기하자면 말이야. 계략이든 뭐든, 쓸 수 있는 수단은 다 쓰는 게 선거라는 것 아닐까? 설마 이 세상의 권력 투쟁이 전부 평화적이고 깨끗한 방법으로 치러진다고 생각하는 건 아닐 테지?”

야심을 드러낸 미소를 머금으며, 유쇼는 조롱했다.

“돈도, 권력도, 폭력도…… 어른이 쓰는 거라면 전부 써서 이기려 든다. 그럴 수 있는 힘과 의지, 그리고 각오를 지닌 인간만이 내광회에 걸맞아. 그러지 못하는 물러터진 인간 따위, 내광회에 들어가선 안 돼.”

“그거참 멋진 의견이네. 뒷이야기는 학생회실에 가서 내광회의 높으신 양반들한테나 들려주는 게 어때?”

“좋아. 그럼…… 길을 비켜주실까?”

다시 여유 넘치는 미소를 머금은 유쇼가 교복의 안쪽 호주머니에서 뭔가를 꺼냈다. 유쇼가 오른손에 쥔, 텔레비전에서나 보던 **그것**을 본 마사치카는 한쪽 눈을 치켜떴다.

“학교에 전기충격기를 가지고 오다니……. 대기업 도련님쯤 되면 그렇게 호신을 신경 써야 하는 거냐?”

“평소에는 안 가지고 다녀. 하지만 오늘은 학교 외부의 사람이 대량으로 온다고 하니…… 만약에 대비해서, 말이지. 실제로 이런 일이 벌어지기도 했잖아?”

“그래. 기막힌 우연인걸.”

마사치카가 담담히 말을 이으며 어깨를 으쓱하자, 유쇼는 눈을 가늘게 떴다. 그리고 전기충격기를 앞으로 내밀더니 미소를 지우면서 담담한 어조로 말했다.

"이제 그만 보내주지 않겠어? 아까도 말했다시피, 나는 여차하면 주저 없이 폭력을 휘두를 수 있거든."

"그거 다행이네. 나도 주저할 생각이 없다고."

느긋한 어조로 그렇게 말한 후, 마사치카의 분위기 또한 달라졌다. 날카로운 시선으로 유쇼의 눈을 꿰뚫어 보면서도, 어디까지나 담담한 어조로 천천히 말을 이었다.

"학생회 멤버 전원이, 열심히 준비한 문화제를……."

일손이 부족하다고 비명을 지르면서, 이번만큼은 대립 후보 같은 것을 떠나 학생회가 일치단결해서 노력한 그 나날을…….

"타케시와 히카루가, 상처 입어가면서도 성공시키려 한 라이브를……."

밴드 붕괴라고 하는 사건에 상처 입으면서도, 앞을 바라보며 악기를 손에 쥔 소중한 두 절친을…….

"아랴가…… 자신의 약한 모습과 마주하며 쥐어짜 낸 용기를……."

그, 누구에게도 약한 모습을 보여주려 하지 않는 아리사가, 무대 뒤편에서 마사치카에게만 보여준 약한 모습을…….

"전부 망쳐버리려고 한 너를…… 내가, 그냥 둘 거라고 생각해?"

마사치카의 조용하면서도 내면에서 타오르는 분노가 그대로 깃든 질문을 듣자, 유쇼는 마른침을 삼켰다. 전기충격기를 쥔 손에 땀이 맺히는 것을 느낀 그는 왼쪽 발을 뒤로 빼며 비스듬히 섰다.

5미터 정도 거리를 두고 대치한 두 사람 사이에서, 긴장감이 급격히 솟구치더니—.

"그런데, 너는 커다란 가슴과 풍만한 가슴 중에 어느 걸 더 좋아해?"

"……뭐?"

이 상황과 너무나도 어울리지 않는, 그야말로 뜬금없는 질문이었다. 그 말을 들은 유쇼가 무심코 얼이 나간 순간, 그 의식의 빈틈을 찌르듯이 마사치카가 움직였다.

마사치카는 어릴 적에 공수도를 배웠고, 중등부 때는 수업에서 검도를, 그리고 고등부에서는 유도를 배웠다. 공수도는 검은 띠를, 그리고 검도와 유도에서는 타고난 성장 속도로 3단에 근접한 기량을 갖췄다. **하지만, 그것들을 제쳐놓고**…….

이 순간에 마사치카가 사용한 것은— **다들 좋아서 환장하는 축지법**이다. 스승은 2차원, 교본은 만화다.

"……?!"

오른 손목을 잡힌 순간에야 마사치카가 접근했다는 것을

눈치챈 유쇼는 눈을 치켜떴다. 하지만 이어서 손목에서 날카로운 고통이 느껴지는 것과 동시에, 멱살을 잡히면서 발을 걷어차였다.

시선이 격렬하게 회전하더니, 등부터 지면에 떨어지며 충격을 받았다. 숨이 막히더니 한순간 눈앞이 보이지 않았다. 그리고 정신을 차려보니, 지면에 엎드린 상태에서 오른팔이 등 뒤로 꺾여 있었다.

"크, 아악!"

왼쪽 어깨를 무릎에 눌리면서 오른팔을 꺾인 탓에 몸을 일으킬 수가 없었다. 유쇼가 어찌어찌 고개를 돌려서 노려보자, 마사치카는 그의 손에서 전기충격기를 빼앗으면서 담담한 어조로 말했다.

"돈도, 권력도, 폭력도…… 전부 써서 이기려 든다, 라고 했지? 그래서? 폭력도 오케이라는 건 바로 이런 걸 말하는 거야. 이제부터 뭘 어쩔 건데?"

마사치카가 차가운 눈빛을 머금으며 마주 쳐다보자, 유쇼는 고통 탓에 미간을 찌푸린 상태에서 자신만만한 웃음을 흘렸다.

"너야말로, 이제부터 어쩔 거지? 나한테 부상을 입혔다, 정도로 넘어갈 수 있을 것 같아? 그 이전에, 이 상황을 다른 사람이 본다면 어떻게—."

"어디 해볼까? 남에게 발각되는 것보다, 내가 부러뜨리는 게 더 빠를걸? 아까 말했지? 나도 폭력을 쓰는 걸 주저할 생각이 없다고."

그렇게 말한 마사치카는 천천히 유쇼의 오른손 검지를 쥐더니, 관절과 반대 방향으로 힘을 주기 시작했다.

"아얏."

유쇼가 흘린 비명을 건성으로 들으면서, 마사치카는 감정이 어리지 않은 목소리로 말했다.

"전부 자기가 했다고 인정할 때까지, 네 손가락을 하나씩 부러뜨리겠어. 오른손 다음은 왼손이야. 다시는 피아노를 만족스럽게 치지 못하겠지. 참, 안심하라고. 네가 인정하면 내광회 앞으로 끌고 가겠어. 계략까지 써놓고도 이렇게 박살이 난, 꼴사나운 패배자로서 말이지."

마사치카가 그렇게 말하면서 검지를 쥔 손에 더 힘을 주자, 그제야 유쇼의 얼굴에서 여유가 완전히 사라졌다.

"하, 하지 마! 그런 짓을 해도, 불문에 부쳐질 거라고 생각하는 거냐?!"

"불문에 부쳐지지 않으려나~? 선거전에서는 무슨 짓을 해도 된다고 아까 네가 말했잖아. 뭐, 설령 불문에 부쳐지지 않더라도 나는 전혀 상관없다고."

"뭐, 뭐어?"

의아해하는 유쇼의 눈을 들여다보면서, 마사치카는 잔혹한 미소를 머금었다.

"나와 네가 함께 탈락한 후, 유키와 아랴를 한 팀으로 만들면 선거전 당선 확정이거든. 아랴는 학생회장이 되어서 해피. 유키도 내광회에 들어가서 해피. 나는 아랴를 학생회장으로 만들고, 유키도 배신하지 않아도 되어서 해피. 정말 최고의 해피 엔딩인걸."

"뭐, 어……! 너, 설마, 처음부터 그럴 작정으로—."

눈을 치켜든 유쇼에게 말 없는 미소로 답한 마사치카는 왼발을 완전히 유쇼의 등에 얹은 후, 큰 소리를 내지 못하도록 폐를 압박했다.

"그런고로, 너와 다르게 나는 잃을 게 없어. 그럼, 인정할 거면 빨리 하라고~."

"하, 하지, 하지 마아아아!"

필사적으로 목소리를 쥐어짜 내며 버둥거리는 유쇼를 개의치 않으며, 마사치카는 손에 힘을—.

"……뭐. 폭력으로 결판을 내는 것도 좋지만, 나는 너와 다르게 가능한 한 룰을 지키는 인간이거든……. 선택지를 주겠어."

"뭐, 라고……?"

거친 숨을 내쉬는 유쇼를 내려다보며, 마사치카는 말했다.

"선택해. 이대로 뼈가 부러질지, 같은 후보자끼리 룰에 입각한 토론회로 결판을 낼지를 말이야."

"토론, 회……?"

"내가 이기면, 네가 이번 소동을 일으키려고 저지른 짓을 전교생 앞에서 실토해. 반대로 네가 이긴다면, 더는 너를 추궁하지 않겠어."

마사치카가 일방적인 조건을 제시하자, 유쇼는 빈정거리듯 입술 가장자리를 말아 올렸다.

"뭐 그런 불공평한 거래가 다 있어. 그 조건이 공평하다고—."

"그래? 그럼 이야기는 이걸로 끝이네."

"아니, 멈춰, 애, 애초에! 승부를 하더라도, 그런 말뿐인 약속을 어떻게 지키게 할 거지?!"

"그거라면 간단해. 스미레 선배를 입회인으로 삼으면 되거든."

"그, 건……!"

마사치카가 그렇게 말하자, 유쇼는 노골적으로 동요했다. 그 반응을 본 마사치카는 스미레가 유쇼의 계획을 전혀 몰랐다고 확신했다. 그와 동시에, 그것이 유쇼의 약점이라는 것을 재인식한 마사치카는 마무리 작업에 들어갔다.

"안심해. 결판이 날 때까지, 어째서 승부를 벌이게 된 건지는 스미레 선배에게 말하지 않겠어. 거꾸로 말해 네가 벌인 일을 스미레 선배에게 숨기고 싶다면, 나에게 이길 수밖에 없는 거지……. 뭐, 이런 조건을 제시한 만큼, 대결 내용 정도는 너에게 유리하게 해주겠어."

"……무슨 소리지?"

마사치카는 미간을 찌푸린 유쇼를 향해 얼굴을 내밀더니, 조소를 흘리며 속삭였다.

"네가 가장 자신 있어 하는 피아노로 대결해주겠다는 거야. 준우승 씨?"

그 순간, 유쇼는 눈을 한껏 치켜떴다. 그런 그의 일그러진 입술 사이에 이빨이 드러났다.

"역시……! 스오우……!"

노골적인 경쟁심으로 가득 찬 그 시선은, 마사치카의 기억에도 존재했다. 옛날에 콩쿠르나 발표회 때마다 같은 시선을 보내던 소년을 떠올린 마사치카는 오만한 웃음을 흘렸다.

"그래. 역시 그때 그 녀석이구나. 미안한걸. 옛날에는 전혀 안중에 없었거든. 노노아의 말을 들을 때까지는 눈치 못 챘어."

"이, 자식……!!"

"자, 어떻게 할래? 미리 말해두겠는데, 나는 5년 넘게 피아노를 치지 않았어. 이 이상 없을 정도로 너에게 유리한 승부지. 뭐, 그래도 준우승 씨에게 질 것 같지는 않네."

마사치카의 도발은 노골적이었지만, 유쇼는 냉정한 척을 할 수도 없는 듯한 태도를 보이며 거친 어조로 말했다.

"얕보지 마…… 어디 해보자……! 이번에야말로, 너한테

이겨주겠어……!”

◇

“마사치카가 안 돌아오네.”

교정의 무대 뒤편에서, 타케시는 약간 걱정스러운 표정으로 학교 건물 쪽을 쳐다봤다.

폭죽 소동이 끝나고 약 40분이 흘렀다. 아리사의 목소리와 운영 스태프의 분투 덕분에 상황이 수습된 교정에서는 무대 기획이 재개됐다. 그와 동시에 교내 방송을 통해 침입한 거동 수상자의 제압이 완료된 것과 폐회 시간을 30분 연기한다는 것이 발표되었기에 걱정거리는 없어졌다……

하지만, 어찌 된 건지 마사치카가 모습을 보이지 않았다.

“뭐, 거동 수상자를 전원 제압했다고 해도, 뒤처리를 해야 할 테니…… 아직 바쁜 것 아닐까?”

히카루가 그렇게 말하자, 아리사의 표정이 약간 흐려졌다. 마사치카의 말에 따라, 열심히 관객을 진정시켰다. 폭죽 소동의 뒤처리 또한 도왔다. 하지만, 그녀가 한 일은 그게 다였다.

학생회 임원으로서, 마사치카의 파트너로서 할 수 있는 일이 더 있지 않았을까. 자신은 정말 이런 곳에 있어도 되는 것일까. 초조한 건지 안타까운 건지 알 수 없는 마음에 사로잡혀 번민하는 아리사에게 사야카는 안경을 고쳐 쓰며 말했다.

"차분하지 못한 것 같군요. 리더라면 좀 더 듬직한 태도를 보여주세요."

"동감~. 차분하게 좀 굴어, 아릿사."

"……노노아. 당신은 너무 차분한 것 아닌가요?"

라이브 의상을 입고 셀카를 찍어대는 노노아에게, 사야카가 태클을 날렸다. 평소와 다름없는 두 사람을 본 타케시와 히카루는 표정을 누그러뜨렸다.

"그래. 걱정해봤자 소용없어. 아니, 마사치카를 걱정하는 것 자체가 괜한 짓이란 느낌이 들거든!"

"하하, 맞아……. 아랴 양, 마사치카를 믿자. 우리가 할 일은, 우리가 할 수 있는 최고의 라이브를 선보이는 거야. 그게, 우리가 괴한들에게 굴하지 않았다는 증거가 될 테고, 우리는……『Fortitude』잖아."

히카루가 그렇게 말하자, 아리사의 뇌리에 마사치카가 한 말이 떠올랐다.

『나를 믿고, 기다려줘. 반드시, 라이브를 펼치게 해줄게.』

마사치카는 그 약속을 지켰다. 그렇다면, 아리사가 해야 할 일은…… 정해져 있다.

아리사는 눈을 한 번 감은 후에 다시 뜨더니, 밴드 멤버 한 명 한 명과 시선을 맞췄다. 망설임이 사라진 아리사의 눈동자를 네 사람 모두가 응시했다.

"다들, 고마워."

아리사가 그렇게 말한 순간, 호주머니에 넣어둔 아리사의 스마트폰이 진동했다. 어떤 예감에 사로잡히며 화면을 확인해보니, 마사치카한테서 짤막한 메시지가 와 있었다.

『힘내.』

그 말. 그 말만으로, 아리사의 가슴은 뜨거워졌다.

【너도, 고마워.】

그렇게 중얼거리면서 스마트폰을 입가에 댄 후, 아리사는 힘찬 미소를 머금었다.

"그럼 첫 라이브를 최고의 무대로 만들자! 다들, 파이팅~!"

"파, 파이팅~!"

"파이팅~?"

"……파이팅~."

"파이팅~."

"목소리 좀 맞춰!"

아리사가 태클을 날리자, 네 사람이 웃음을 터뜨렸다. 아리사도 덩달아 웃음을 터뜨린 순간, 드디어 그들의 차례가 됐다.

『그럼 「Fortitude」 여러분! 잘 부탁드립니다!』

스태프의 목소리를 들은 전원이 다시 마주 쳐다보며 고개를 끄덕인 후, 다섯 사람은 무대 위로 뛰쳐나갔다.

제 9 화 약속은 지키겠어

(지금쯤…… 저쪽은 분위기가 달아올랐겠지.)

강당 무대 옆에서, 마사치카는 교정의 무대에서 펼쳐지고 있을 아리사 일행의 라이브를 생각했다.

"정말…… 이런 억지는 좀 적당히 부려주지 않겠어? 쿠제."

"동감이랍니다. 저, 이 다음에 연극을 해야 하거든요? 안 그래도 불한당 탓에 리허설을 못했는데……."

"두 분 다, 죄송해요."

피곤한 표정의 무대 진행 담당자와 불만을 느끼는 듯한 스미레가 말을 걸어오자, 마사치카는 순순히 고개를 숙였다. 꽤 무리한 부탁을 했다는 건 자각하고 있기에, 마사치카도 이번 일에 관해서는 그저 사과할 수밖에 없었다.

원래 교정과 체육관의 무대 기획은 소동이 일어난 탓에 일시적으로 중단됐지만, 강당은 다행히 피해가 없었기에 교직원과 경비원이 보초를 서는 가운데 스케줄대로 속행하고 있었다. 하지만 문화제 종료 시간이 30분 연기된 탓에 강당의 무대 기획에만 30분 정도 여유가 생겼다. 그 빈 시간에, 마사치카는 유쇼와의 토론회를 집어넣은 것이다.

사실 마지막 30분에 토론회를 연다면 여러모로 조율이 편했을 것이다. 하지만 그 시간에는 체육관에서 여자 검도부가 검술 연극을 공연할 예정이었기에 피할 수밖에 없었고, 결과적으로 대대적인 스케줄 조정을 하게 됐다. 그래도 어찌어찌 실현된 것은, 마사치카가 강당 무대 기획 진행자 중 한 명으로서 다른 운영 스태프와 신뢰 관계를 쌓은 덕분이었다.

"뭐, 우리 유쇼 씨가 관여된 일이니 받아들이긴 하겠는데…… 피아노 승부라는 게 대체 무슨 이야기죠? 논쟁 이외의 토론회가 열린 전례가 없는 건 아닙니다만…… 페어를 이뤄서가 아닌 데다, 학생회장 후보와 부회장 후보의 대결이라니……."

굳은 표정으로 안쪽에 서 있는 유쇼를 쳐다본 스미레는 한쪽 눈을 치켜떴다. 그리고 허리에 찬 모조검에 오른손을 얹으며 몇 걸음 다가가더니, 여전히 자신을 못 본 척하는 유쇼를 쳐다보며 칼집의 검을 약간 뽑았다 집어넣어서 챙 하는 소리를 자아냈다.

"유쇼 씨…… 언제부터, 저를 무시하게 된 거죠?"

"……집중하고 있는 거야. 나 좀 내버려 둬, 스미레 누나."

유쇼가 퉁명한 태도를 보이자, 스미레는 눈썹을 찌푸리더니…… 가볍게 한숨을 내쉬면서 마사치카에게 물었다.

"좋아요. 토론회를 하기로 했으니, 서로가 제시한 요구가 있을 텐데요. 대체 무엇을 걸고 대결하는 거죠?"

토론회는 원래 논전을 통해 자신의 의견을 관철하는 것이다. 대결 내용이 다를지라도 승자가 자신의 요구를 관철하는 것이 전제조건이다. 하지만 이번만큼은 그 질문에 대답할 수 없다.

"죄송해요, 스미레 선배. 결판이 날 때까지는 요구 사항이 뭔지 가르쳐드릴 수 없어요."

"흐음? ……하지만, 그렇다면 요구의 이행 여부는 어떻게 판단할 거죠? 토론회에서는 서로의 요구를 대결 전에 공개해서, 관객 전원이 증인이 되도록 하는 게 관례잖아요?"

"이번에는 그 요구 내용을 밝히지 않을 거예요. 여기에 저와 키류인이 이겼을 경우에 상대방에게 제시하는 요구가 적혀 있어요. 토론회가 끝난 후, 스미레 선배가 이긴 쪽의 봉투를 뜯어서 요구의 이행 여부를 확인해줬으면 해요."

유쇼의 봉투 안은 텅 비어 있지만 말이다. 스미레는 마사치카가 내민 봉투 두 개를 받더니, 눈을 살짝 치켜떴다.

"……뭐, 좋답니다. 그래서요? 제가 사회자를 맡으면 될까요?"

"아뇨. 급하게 잡힌 대결이기는 하지만 그래도 토론회니까……, 학생회 임원에게 부탁해뒀어요."

마사치카가 그렇게 말한 순간, 무대 옆 통로 안쪽에 있는 외부와 이어진 문이 열렸다.

"실례합니다~."

작은 목소리로 그렇게 말하며 들어온 이는, 마사치카가 부른 이번 토론회의 사회자인 마리야였다.

"갑자기 이런 부탁을 해서 미안해요, 마샤 씨."

"아냐~, 괜찮아~. 상황이 꽤 수습됐으니까 문제없어~."

마사치카를 보자마자 푸근한 미소를 지은 마리야가 고개를 좌우로 저었다. 긴장감이 느껴지지 않는 그 미소를 본 마사치카는 작게 쓴웃음을 흘렸다.

"그렇게 말해주니 고마워요……. 그럼 시간도 없으니, 바로 설명을 시작할게요."

"응~."

마리야가 고개를 끄덕이자, 마사치카는 그녀가 해줬으면 하는 일을 설명하려 한…… 바로 그때, 스미레가 숙이고 있던 고개를 들면서 입을 열었다.

"정말 너무하군요! 기왕이면 저도 주목받고 싶단 말이에요!"

"……네?"

기분 좋게 느껴질 만큼 솔직한 요구였기에, 마사치카는 당황하며 스미레를 돌아봤다. 그리고 불만에 찬 표정을 짓고 있는 스미레의 모습을 보자, 마사치카는 맥이 풀리고 말았다.

"……그럼, 두 사람에게 부탁해도 될까요?"

"네, 괜찮답니다!"

"좋아~."

스미레는 만족한 듯이 가슴을 펴면서, 그리고 마리야는 푸근한 미소를 지으면서 대답했다. 전혀 다른 타입의 두 선배에 의해 기세가 꺾여버린 마사치카는 쓴웃음을 머금으며 설명을 시작했다.

◇

"아야노 양, 정말 유키의 곁을 지키지 않아도 괜찮니? 문제가 일어났다고 들었는데……."

옆자리에 앉은 아야노에게 작은 목소리로 그렇게 물은 이는 마사치카와 유키의 어머니인 스오우 유미였다. 딸이 참여한 행사만 보고 돌아갈 생각이었던 유미는 교문까지 마중을 온 아야노가 강당으로 안내한 탓에 당혹감에 사로잡혔다.

"문제없습니다, 사모님. 다소 문제가 발생했습니다만, 학생회 여러분의 분투로 해결됐습니다. 하지만 유키 님께서는 손을 뗄 수 없는 일이 있는지라, 잠시 여기서 기다려 주셨으면 합니다."

"그래……. 하지만, 왜 강당인 거야? 시간이 있다면, 저기……."

유미는 시선을 돌리면서 말끝을 흐렸다. 유미가 하려는 말을, 아야노는 눈치챘다. 하지만, 눈치챘으면서…… 아니, 눈치챘기에 아야노는 이렇게 말했다.

“사모님을 이곳으로 안내해야 마땅하다고, 제가 판단했습니다.”

“뭐? 그게, 무슨……?”

유미가 의아해하는 사이에 관악부의 연주가 끝나자, 두 사람은 박수를 쳤다. 그리고 악기를 들고 퇴장하는 학생들과 교대하듯, 두 명의 아름다운 여학생이 무대 위에 나타났다.

“어머? 쿠죠 선배와 키류인 선배?”

“학생회 서기와 선도위원회 부위원장이 어쩐 일이지?”

“어, 다음 공연은 문예부의 낭독극 아니었어?”

유미는 모르지만, 주위의 학생들은 등장한 두 사람을 보고 놀라움과 당혹감에 사로잡혔다. 무슨 일이 일어난 건가 싶어 불안해하는 이, 자리에서 일어나려다 뭔가를 눈치채고 스마트폰으로 친구에게 연락을 취하는 이도 있었다. 불안과 기대에 찬 관객의 시선을 받으면서, 마리야가 입을 열었다.

“이 자리에 모여주신 여러분, 무대 기획을 즐기고 계신가요? 우선 자기소개부터 하겠습니다. 저는 학생회 서기인 쿠죠 마리야라고 해요. 문화제 실행위원회의 불찰로 여러분에게 큰 폐와 걱정을 끼쳤습니다. 문화제 실행위원회의 일원으로서, 그리고 학생회 임원으로서 이 자리를 빌려 사과드립니다. 정말 죄송합니다."

평소의 느긋한 분위기를 전혀 드러내지 않으며, 마리야는 진지한 태도로 고개를 숙였다. 그리고 이 자리의 분위기가 너무 가라앉기 전에 고개를 들더니, 약간 밝은 어조로 말을 이었다.

"그리고 사과를 겸해, 갑작스럽지만 이 자리에서 서프라이즈 이벤트를 개최할까 합니다."

마리야가 그렇게 말하며 옆을 쳐다보자, 스미레가 마이크를 한 손에 쥔 채 앞으로 한 걸음 나섰다.

"이 서프라이즈 이벤트의 참관인을 맡은 선도위원회 부위원장, 키류인 스미레예요. 이번에 열리는 것은 저희 세이레이 학원의 전통, 선거전 후보자간의 자존심을 건 직접 대결이랍니다."

그 말을 듣고 무슨 일이 일어날지 눈치챈 학생들이 술렁거리기 시작했다. 경악과 기대가 전파되는 가운데, 스미레는 힘차게 웃으며 선언했다.

"바로 이 자리에서, 특별 형식의 토론회를 개최하겠습니다!"

술렁거림이 폭발하더니, 환성으로 변했다. 재학생과 졸업생은 생각지도 못한 서프라이즈에 놀라움과 기쁨을 드러냈고, 상황을 이해하지 못한 주위의 외부 손님에게 흥분한 어조로 설명을 하기 시작했다. 하지만 그런 분위기도 서서히 가라앉더니, 이 자리는 「누가 어떤 주제로 대결을 펼칠까」, 「특별 형식이란 게 대체 뭘까」라는 흥분으로 가득 채워졌다.

그것에 답하듯, 마리야가 설명을 이어갔다.

"이 자리에서는 외부에서 오신 손님도 계시니, 논쟁이 아니라 다른 형식으로 대결을 펼치겠습니다. 대결을 펼치는 건, 이 두 사람입니다!"

마리야가 무대 옆을 향해 손을 뻗자, 그것을 신호 삼아 두 남학생이 무대 위에 모습을 드러냈다.

"학생회 서무, 쿠제 마사치카 씨."

"그리고 피아노부 부장, 키류인 유쇼 씨랍니다."

마리야와 스미레가 소개를 마치자, 이 자리는 또 열광에 휩싸였다.

"꺄아아—! 왕자니이임—!!"

"유쇼 니임—!!"

"어, 키류인?! 저 자식, 입후보하는 거야?!"

"이 타이밍에 키류인이……?! 맙소사!!"

"아하, 그래서 스미레 선배가……."

들려오는 대부분의 목소리는 유쇼를 향한 것이지만…….

"쿠제…… 1학기의 토론회에서 타니야마를 격파한 개구나."

"그림자 부회장⋯⋯ 어라, 공주님은 안 나오는 거야?"

"그가 혼자 나서다니, 드문 일도 다 있군요."

일부의 침착한 이들은 마사치카를 향해 흥미에 찬 시선을 보내고 있었다.

"쿠제 마사치카 씨는 학생회 회계인 쿠죠 아리사 양과 페어이며⋯⋯."

"키류인 유쇼 씨는 저와 페어랍니다."

"이 두 사람이 대결을 펼칠 방식은 바로⋯⋯ 저것!"

마리야가 손으로 가리킨 곳에는 관악부가 철수했는데도 남아 있는 그랜드 피아노였다. 그것을 기획 담당자들이 무대 중앙으로 옮기고 있었다.

"네, 피아노입니다. 두 사람은 피아노를 번갈아 연주할 것이며, 이 자리에 있는 여러분은 어느 쪽의 연주가 더 좋았는지 골라주셨으면 해요."

그 순간, 이 강당 안의 분위기가 당혹감으로 물들었다.

"뭐, 피아노⋯⋯? 키류인이 압도적으로 유리하잖아."

"그게 뭐야. 대결이라고 할 수 있긴 해?"

"그것보다 쿠제란 애는 피아노를 칠 줄 알아?"

"글쎄⋯⋯. 나, 중학교 1학년과 3학년 때 같은 반이었지만, 그런 이야기는 못 들었는데⋯⋯."

뜻밖의 승부 내용이었기에, 역시 분위기는 확 가라앉았다. 특히 현역 학생 대부분은 이미 「아, 이건 여흥이구나」

하며 차가운 시선을 머금었다.

그렇게 될 것을 예상했었기에, 마리야와 스미레는 서둘러 사회를 마치고 대결로 넘어갔다.

“그럼 승부로 넘어가겠습니다.”

“우선 키류인 유쇼 씨부터 연주하겠어요.”

다른 세 사람이 무대 옆으로 이동하자, 유쇼는 준비에 착수했다. 그사이에도 관객 사이에서는 당혹감으로 가득 찬 대화가 오갔다.

“어, 정말 피아노로 대결하는 거야?”

“그것보다, 이 대결에서 이기면 어떻게 되는 건데? 그 부분은 설명 안 했지?”

“어라? 그러고 보니…….”

다들 의아한 목소리로 쑥덕대는 가운데, 유미는 망연자실한 눈길로 무대 위를 응시하며 중얼거렸다.

“저 아이가…… 피아노를……?”

그리고 반쯤 무의식적으로 옆에 있는 아야노를 쳐다봤다. 그 시선에 담긴 의문을 정확하게 파악한 아야노는 담담한 목소리로 답했다.

“아뇨. 마사치카 님은 그날 이후로 피아노를 치지 않으신 것으로 압니다.”

아야노가 그렇게 말하자, 유미의 표정이 흐려졌다. 아야노는 그런 유미를 일부러 쳐다보지 않으며, 조용히 말을 이었다.

"보고 싶으실 거라고, 생각했습니다."

"……."

침묵 속에서, 십여 초간의 갈등이 이어졌다. 앞을 바라보는 아야노에게도 확연하게 느껴질 정도로, 진하디진한 갈등이었다.

"……."

갈등 끝에, 유미는 의자에 몸을 맡겼다. 그것을 기척으로 눈치챈 아야노는 생각에 잠겼다.

(그건 그렇고…… 마사치카 님께선, 이번에는 누구를 위해 연주하실까요.)

마사치카가 피아노를 치는 건 언제나 누군가를 위해서였다. 불특정 다수의 관객이 아니라, 특정한 누군가에게 바치는 연주. 그 누군가는 유미일 때도, 유키일 때도, 때로는 아야노일 때도 있었지만…… 지금 이 자리에는 유키와 아리사가 없으며, 유미와 아야노가 있다는 사실을 마사치카는 모를 것이다. 그렇다면…….

(마사치카 님……. 대체, 누구를 위해 연주하실 겁니까?)

아야노가 그런 의문에 사로잡힌 가운데 주위 학생 사이에서는 엉뚱한 억측이 퍼져나가고 있었다.

"아하…… 이건 그거 아닐까요? 문화제 실행위원회가 준비한 시범 경기 같은 것 말입니다."

"오호라. 그러고 보니 키류인 씨가 입후보한다는 말은 이제까지 들은 적이 없으니까요."

"맞아~. 스오우 양과 쿠죠 양을 느닷없이 대결시키는 건 어려우니까, 급히 준비된 대진인 거구나?"

"애초에 회장 후보와 부회장 후보가 일대일로 붙는 것 자체가 이상하긴 해."

그들 사이에서 결론이 나면서, 약간의 아쉬움이 퍼져나가는 가운데…… 그런 분위기를 날려버리려는 듯이, 유쇼의 연주가 시작됐다.

◇

라이브는, 다섯 명이 상상한 것보다 더 열기를 띠었다.

어쩌면 아리사가 쭉 무대 위에서 소동을 진정시키기 위해 힘을 쏟으면서, 주목도가 상승한 것일지도 모른다. 라이브 시작 전부터 관객석은 손님으로 가득 찼으며, 서서 보는 손님도 상당수 있었다. 그리고 카피곡 두 곡의 연주가 끝난 현재, 자리를 가득 채운 손님들은 열광하고 있었다. 하지만, 마사치카는 그 안에 없었다.

(마사치카…….)

이 라이브를, 이 무대를, 가장 봐줬으면 하는 사람이 없다. 아무리 찾아도 없다. 그것이 아리사의 가슴 한편에 먹

구름을 드리웠다. 하지만…….

"아랴 양."

지금의 자신은 혼자가 아니다. 아리사의 심경을 눈치채고 배려해주는 동료가 있다.

(괜찮아.)

말을 걸어준 히카루에게 시선으로 답한 아리사는 관객을 둘러봤다. 그리고, 최고조를 향해…… 모습이 보이지 않는 마사치카에게도 전해지도록, 힘차게 말했다.

"그럼, 다음이 저희가 준비한 마지막 곡이에요. 들어주세요……『몽환(팬텀)』."

◇

"대단해! 선생님, 이렇게 익히는 게 빠른 학생은 처음 봐요!"

"그는 분명 천재야. 장래에 일본을 대표하는 피아니스트가 될 게 틀림없어."

그만해. 뻔한 겉치레를 늘어놓지 마.

"몇 번을 들어도 반할 것만 같은 연주예요. ……역시 피아노 왕자군요."

"정말…… 신동이란, 유쇼 씨를 위해 있는 말이에요."

시끄러워. 얄팍한 찬사를 늘어놓지 마.

뭐가 천재야. 뭐가 신동이야. **진짜**를 모르니까 그런 소리를 할 수 있는 거야.

너희는 모르겠지. 오한마저 느껴지는 선율을. 한 음절로 공연장을 삼키고 압도하는 재능을. 모르니까 그런 소리를 할 수 있는 거야. 상상조차 못 하겠지. 입에 발린 너희의 찬사가, 나를 얼마나 비참하게 만드는지를 말이야.

"앗. 저기 있는 사람은 일전에 텔레비전에서 소개된……."

"그래. 얼마 전 콩쿠르에서 금상을 탄 키류인 유쇼……. 역시 멋지네."

"어라? 하지만 이번에 마지막을 장식하는 건 저 녀석이 아니지 않아?"

"그야, 걔는 잘 생겼잖아……. 텔레비전은 원래 그런 거야. 참고로 마지막을 장식하는 건 최우수상을 받은 쪽이지."

"뭐~야, 그랬어? 그럼 유쇼가 아니라 준우승이네[#1]."

"푸흡."

"풉, 야, 들릴 거라고~."

어느 발표회에서 동년배에게 들은 말. 그 말은, 어린 내 귀와 뇌에 생생하게 새겨졌다. 준우승. 이름값 못하는 녀석. 얼굴이 반반해서 좋은 평가를 받을 뿐은 자식.

엄청난 굴욕이었다. 폐가 떨리고, 악문 이빨 사이로 거친 숨결이 새어 나오는 게 확연하게 느껴졌다.

#1 유쇼가 아니라 준우승이네 일본어로 우승의 발음이 「유쇼」인 점을 이용한 언어유희.

(헛소리 마……! 그 2위보다 훨씬 못한 쓰레기 주제에! 나를 바보 취급하지 말라고!)

지금 바로 저 자식들의 멱살을 잡고 싶은 충동에 휩싸였지만, 그럴 수 없었다. 그 말이 사실이라는 것을 마음속으로 자각하고 있었던 것이다.

항상, 그 녀석에게는 이기지 못했다. 나는 항상 2등이었다. 진정한 천재. 진정한 신동. 스오우 마사치카.

"키류인 군, 준비해주세요."

담당자의 말에 따라 내가 무대에 오르면, 그것만으로도 환성과 박수를 받았다. 연주를 마치면, 그 소리는 공연장을 가득 채울 정도로 커졌다. 하지만…… 그 녀석이 연주를 시작한 순간, 공연장 안의 분위기는 뒤바뀌고 만다. 몇 초 전까지 시끌벅적하게 떠들어대던 관객이, 지금은 목소리조차 내지 않았다. 어린이의 연주회에 프로 오케스트라라도 데려온 듯한 긴장감이 감돌았다.

"스오우 군, 대단했어!"

"감사합니다."

하지만…… 그 정도로 압권인 연주를 선보이고도, 그 녀석은……. 무대 옆에서 맞이해주는 선생님의 찬사에도, 뒤늦게 박수를 보내는 관객에게도, 경외에 찬 시선을 보내는 다른 연주자에게도 전혀 흥미가 없었다. 전부 안중에 없다는 듯한 표정으로 즉시 대기실로 돌아갔다. 분하다는 듯이 노려보는 나에게도 눈길 한 번 주지 않았다.

눈에 거슬렸다. 스오우 마사치카라는 존재를 진심으로 저주했다. 그 녀석이 있는 탓에 그 어떤 찬사도 공허하게 들렸다.

그 녀석을 아는 인간이 보내는 찬사는 겉치레로 들렸고, 그 녀석을 모르는 인간이 보내는 찬사는 무지한 인간의 망언으로만 여겨졌다.

그 저주를 떨쳐내기 위해, 나는 죽도록 노력했다. 매일 손가락에 피가 맺히고, 젓가락을 쥘 수 없을 만큼 건반을 두드렸다. 그렇게 좋아했던 피아노를 몇 번이나 싫어하게 됐다. 그런데도, 관둘 수가 없었다. 「그 녀석에게 이길 때까지는」 그저 그 일념만으로 나는 피아노를 계속 쳤다.

하지만…… 그 녀석은, 「피아노 자체에 흥미가 없었다」는 듯이 어느 날 갑자기 모습을 감췄다. 나에게 저주를 건 채로 말이다. 그 어떤 발표회에도, 콩쿠르에도 전혀 모습을 보이지 않았다. 망연자실해진 내 손에는 굴러들어온 상장과 트로피가 들려 있었다.

(이게, 뭐야.)

이제까지 그렇게 원했던 1등이라는 칭호가 쓰레기처럼 느껴졌다. 자신을 향한 찬사는 여전히 공허하게 느껴졌다. 『준우승』이라는 말만이 영원토록 머릿속에 들러붙어서 떨어지지 않았다.

(한심해…….)

이런 게 내가 그렇게 원하며 노력했던 것인가? 이런, 이런 하찮은 것을 위해…… 왜 그렇게 온 힘을 다한 것일까. 그 녀석은 훨씬 예전부터…….

“그럼 마지막으로 장래 꿈을 물을까 합니다. 역시, 프로 피아니스트일까요?”

인터뷰어가 내민 마이크를 향해 나는 거짓 미소를 머금은 채 말했다.

“아뇨. 아버지의 회사를 어엿하게 물려받는 겁니다. 피아노는 어디까지나 취미니까요.”

피아노(이런 것) 따위에 진심인 것 자체가 바보짓이다. 그렇지? 스오우.

◇

(그 저주도…… 오늘 풀리는 거야.)

피아노 앞에서, 유쇼는 분노와 환희라는 상반된 감정이 자신의 가슴속에서 소용돌이치고 있는 것을 느꼈다.

지금까지도 뇌리에 달라붙어 있는 지긋지긋한 기억과 굴욕감을 향한 분노. 그리고, 오랫동안 자신을 괴롭혀온 그것을 이제야말로 떨쳐낼 수 있다는 거무튀튀한 기쁨. 그것들을 억누르려 하면서도, 유쇼는 입가에 미소가 어리는 것을 참을 수 없었다.

이 관중 앞에서 스오우 마사치카에게 이길 수 있다. 자신이 1등이라는 것을 증명해 저주에서 풀려나면…… 그때야말로, 제대로 마주할 수 있을 것이다. 한때 그렇게 좋아했던 피아노와도, 주위에서 자신을 향해 보내는 찬사와도…….

그렇게 생각하니, 다른 것은 아무래도 상관없다는 생각이 들었다. 수많은 수고와 시간과 돈을 들여, 내광회에 들어갈 준비를 했다. 하지만 이제 와선 그것조차 아무래도 상관없다는 생각이 들었다. 스오우 마사치카와 다시 피아노로 대결할 수 있다. 그 대결만 있으면 다른 그 무엇도 필요 없다.

(한 줌의 의심도 남지 않도록, 완벽하게 이겨주겠어.)

그것을 위해, 일부러 옛날과 같은 연주 순서(선공)를 희망했다. 마지막을 장식하는 그 녀석에게 이기기 위해서. 그것도…… 그 녀석이 가장 자신 있어 하는 곡으로 말이다.

입가에 미소를 머금은 채, 유쇼는 건반에 손을 얹고…… 연주를 시작했다.

쇼팽『야상곡(녹턴) 제2번 내림 마장조 작품번호 9-2』.

◇

강당 전체에 아름답고 감미로운 선율이 울려 퍼졌다. 실망감에 감싸여 있던 청중들이 그 노래에 몰입되면서, 자연스럽게 바른 자세를 취했다.

"와아~ 참, 잘하네."

심오하고 압권 그 자체인 연주를 듣자, 무대 옆에 있던 마리야가 감탄한 듯이 그렇게 중얼거렸다.

"그러네요."

그 말을 들은 마사치카도 작은 목소리로 동의했다.

"그러네요, 라니…… 괜찮은 거야? 이제부터 싸울 상대잖아."

마리야가 의아한 눈길로 쳐다보자, 마사치카는 어깨를 살짝 으쓱하면서 태연한 어조로 대답했다.

"괜찮아요. 처음부터 이길 생각은 없었거든요."

"뭐?"

마사치카 또한, 이길 수 없다는 것은 알고 있었다.

5년이라는 공백은 크다. 곡은 몸이 기억하고 있을지라도, 분명 손가락이 뜻대로 움직이지 않을 것이다. 그동안에도 피아노를 계속 쳐온 유쇼에게 이길 수 있다고 생각할 만큼, 마사치카는 피아노와 유쇼를 깔보지 않았다.

(뭐, 실소를 사지 않을 정도로만 칠 수 있으면 다행이려나.)

하지만, 문제될 것은 없다. 이 승부를 유쇼가 받아들이게 만든 시점에, 마사치카는 목적을 달성한 것이다.

원래부터, 마사치카의 목적은 유쇼와 내광회의 접촉을 저지하는 것이었다. 유쇼가 내광회를 설득해서 이번 소동의 진상을 어둠 속에 묻는 것, 그리고 선거전을 위해서라면 이런 짓도『허용된다』는 인정을 받는 것, 이 두 가지를 막는 게 목적이었다. 그 목적을 달성하기 위해 우선 폭력으로 그를 굴복시킨 후에 도발로 냉정을 잃게 만들어서 이 불공평한 대결을 승낙시킨 것이다.

그렇다. 이 대결은 불공평하다. 승부 내용은 유쇼에게 압도적으로 유리하지만, 마사치카는 져봤자 딱히 잃을 게 없다.

아까까지 관객이 보인 반응만으로도 알 수 있다. 이 불공평하고 이질적인 승부 내용, 서로의 요구 조건을 제시하지 않는다고 하는 특이점, 그리고 마리야와 스미레의 설명을 들은 그들은「이건 학생회가 불상사에 대한 사과의 의미로 준비한 여흥에 지나지 않는다」고 판단하리라.

실제로 서로가 건 조건은 존재하지만, 마사치카가 졌을 때 받아들여야 할 조건은「유쇼의 의혹에 관해 아무 짓도 하지 않을 것」이다. 아무 짓도 하지 않는 만큼, 관객에게 있어서는 그런 조건 자체가 존재하지 않는 것이나 다를 바 없다. 정식 토론회라면 몰라도, 조건도 걸리지 않은 데다 승부 내용도 불공평한 이런 형식적인 토론회(여흥)에서 져봤자 마사치카의 명예는 딱히 손상되지 않는다. 만약 나중에 유쇼가 불평을 늘어놓더라도「뭐? 그건 여흥에 지나지 않았잖아? 서로가 조건을 걸지도 않았는걸」하고 말하며 시치미를 떼면 그만이다. 내광회의 인정을 받지 못한 만큼, 서로가 내건 조건을 언급해서 곤란해지는 사람은 유쇼 쪽이다.

(설마 내 제안을 이렇게 덥석 받아들일 줄은 몰랐어……. 옛날에 나한테 못 이긴 게 그렇게 트라우마가 된 건가? 지금 연주하는 것도 옛날에 내가 쳤던 곡이잖아…….)

이 곡은 마사치카가 처음으로 익혔던 쇼팽의 곡이었다. 어머니가 쇼팽을 좋아했기에, 곡이 지정되지 않은 연주회에서는 이 곡을 즐겨 연주했다.

(하지만, 같은 곡인데도 인상이 전혀 다르네.)

어머니와 피아노 선생님한테서 쇼팽의 곡은 연주하는 사람에 따라 전혀 다른 곡이 된다고 듣기는 했지만, 그 말이 옳았다.

유쇼의 연주는 나무랄 데가 없을 만큼 능숙했지만, 마사치카의 귀에는 너무 성급하게 구는 듯한 느낌이 들었다.

(나를 향한 경쟁심을 너무 앞세우는 거 아냐……? 뭐, 그 덕분에 연주에 흡입력이 있긴 하네.)

그런 생각을 한 마사치카는 「우쭐대며 평가를 내릴 처지냐」 하며 자조했다. 그리고 걱정스러운 눈길로 자신을 쳐다보는 마리야를 안심시키려는 듯이, 이렇게 말했다.

"정말 괜찮아요. 지더라도 딱히 문제는 없거든요."

"……어디까지나, 선거전에 영향이 없다는 거잖아?"

"네?"

마리야의 말을 이해 못 한 마사치카는 눈을 깜빡이며 그녀를 돌아봤다. 그러자 마리야는 순수하게 걱정만이 어린 눈길을 머금으며, 마사치카의 옷소매를 움켜쥐었다.

"설령 선거전에 큰 영향이 없더라도…… 쿠제가 상처 입게 된다면, 이제라도 관둬. 응?"

"……!"

그 말을 들은 순간, 마사치카는 허를 찔렸다. 그리고, 표정을 누그러뜨렸다.

"고마워요……. 하지만, 괜찮아요."

"정말이야?"

"네. 저는 딱히 청중의 평가 같은 건 전혀 신경 안 쓰거든요. 애초에……."

"어?"

실제로 말하려니 부끄러웠기에 약간 머뭇거렸다. 하지만 마리야의 의아함과 걱정이 섞인 눈길 앞에서 거짓말을 할 수 없었기에 마사치카는 약간 시선을 돌리며 말했다.

"오늘은……, 마샤 씨를 위해 연주할 생각이니까요."

"뭐?"

"그게…… 옛날에, 약속했잖아요? 피아노를 들려주겠다고……."

"아……."

그것은 사아와 마아가 나눈 약속이다. 피아노 연주를 듣고 싶어하는 마아를, 발표회에 초대해주기로 약속했다. 하지만 마아가 러시아로 돌아가게 되면서, 결국 그 약속은 지키지 못했다.

오늘 사회자로 마리야를 지명한 건, 5년 전의 그 약속을 지키기 위해서다.

"……기억하고, 있었구나. 옛날에 했던 약속을……."

"아, 미안한데요. 실은 최근까지 까맣게 잊고 있었어요."

"후훗, 그래도 떠올려줘서 정말 기뻐."

"……약속은, 소중한 것이니까요."

마리야가 부드러운 손으로 마사치카의 손을 꼭 잡아주자, 그는 멋쩍어했다. 바로 그때…….

"……소곤소곤 나누는 담소를 방해해서 미안하지만, 곧 유쇼 씨의 연주가 끝날 거예요."

스미레가 약간 눈을 흘겨 뜨더니, 흥이 가신 듯한 어조로 그렇게 말했다.

"아, 죄송해요."

"……뭐, 괜찮답니다. 하아…… 유쇼 씨도 참 불쌍하군요."

한숨을 내쉬는 스미레가 노노아와 겹쳐 보인 마사치카는 거북함을 느꼈다. 바로 그때, 유쇼의 연주가 끝나면서 강당 안이 박수 소리로 가득 채워졌다.

"유쇼 니이임—!!"

"왕자니이임—!!"

유독 새된 환성을 터뜨리고 있는 건, 피아노부의 여학생일까. 그들을 향해 손을 들어 보인 유쇼는 무대 옆으로 돌아왔다.

"그럼, 다녀올게요."

"응…… 힘내."

마리야에게 응원을 받으면서, 마사치카는 유쇼와 교대하듯 무대에 나섰다. 스쳐 지나가면서 한순간 마주한 유쇼의 시선은 예전처럼 경쟁심으로 가득 차 있었지만…… 마사치카는 작게 쓴웃음을 흘렸다.

(그런 눈으로 쳐다봐도 의미 없는데……. 나는 대결을 펼칠 생각이 없고, 애초에 상대도 안 될 거라고…….)

저렇게 노려봐도 지금의 마사치카에게는 거기에 응할 의지나 실력이 없다. 애초에 일부러 응해줄 의리도 없다. 결국 마사치카에게 있어 유쇼란 존재는 이 추령제를 망치려고 한 망할 자식이다. 그 이상도, 그 이하도 아니다. 나오와 다르게 유쇼에게는 동정의 여지 따위 없다. 유쇼에게 그 어떤 마음과 사정이 있더라도, 마사치카로서는 알 바가 아니었다.

(뭐, 아까 겁을 잔뜩 준 덕분에 마음이 조금 풀렸거든……. 이제 와서는 진짜로 아무래도 상관없다고.)

그런 것보다 지금은 마리야와 한 약속을 지키는 게 중요했다.

(자, 뭘 연주할까.)

관객에게 인사를 한 마사치카는 피아노 앞에 앉은 후, 그제야 그런 생각을 했다.

마리야에게 바치기에 가장 걸맞은 곡은 무엇일까. 그렇게 생각한 마사치카는…… 눈치챘다.

(아니, 정확하게는 마샤 씨가 아니라…… 마아에게 바치는 곡인가.)

마사치카가 약속한 상대는, 마리야지만 마리야가 아니다. 그날의 순진무구한 마아. 오해를 하며 헤어진, 그날의 마아인 것이다.

바로 그때, 마사치카는 피아노 선생님과 나눴던 대화를 떠올렸다.

『스오우 군은 그 어떤 곡도 다 연주할 수 있네……. 이 곡, 난이도가 F인데 말이지…….』

『그런가요? 저는「혁명」이 더 어렵게 느껴졌는데요…….』

『그것도 F인데…… 아, 맞다. 스오우 군은 아니? 그「혁명」이란 이름은 쇼팽이 붙인 게 아니란다.』

『어, 그런가요?』

『응. 쇼팽의 곡에는 다른 사람이 부제목을 붙인 곡이 몇 개 있어.』

『그럼, 혹시 이 곡에도 있나요?』

『그래. 일본에서 널리 알려진, 이 곡의 이름은—.』

거기까지 떠올린 마사치카는 작게 웃음을 흘리며 건반에 손가락을 얹었다.

(그래……. 지금의 나는, 쿠제가 아니라 스오우야.)

애초에 대결(유쇼) 상대가 그럴 작정이다. 그렇다면…… 지금만은, 거기에 응해줘도 괜찮을 것이다.

지금 이 순간만은 스오우(사아) 마사치카로 돌아가자. 그리고, 머나먼 그날의 그 애를 위해…… 연주하자.

쇼팽 『연습곡(에튀드) 10 제3번 마장조』.

제10화 그 애에게 감사와 작별을

라이브는 엄청난 성황 속에서 끝났다.

우레와도 같은 박수와 환성을 보내는 관중, 그 안에는 장난삼아 앙코르를 외치는 사람마저 있었다. 그것을 다섯 명의 선두에 서서 받으며, 아리사는 불가사의한 감각에 사로잡혔다.

이제까지의 인생에서, 이렇게 많은 이들이 자신을 향해 환한 미소를 지어준 적이 있었던가. 이렇게나 많은 사람에게, 호응을 받은 적이 있었던가.

(아아, 이게…….)

이게 진정으로 「보답받았다」는 감정이리라.

쭉, 누구에게도 칭찬받지 않으며 노력을 이어왔다. 자신만이 자신의 노력을 인정해주면 된다고 여겼다. 하지만…….

(용기를 내서 한 걸음 내디디면…… 나를 인정해주는 사람이, 잔뜩 있는 거구나.)

갑자기 아리사는 가슴 깊은 곳에서 뜨거운 무언가가 또 치밀어오르는 것을 느꼈다. 그것을 참듯이 눈가에 힘을 주며, 아리사는 깊이 고개를 숙였다.

그렇게 박수 소리가 더욱 커져 가는 가운데, 네 명의 밴드 멤버와 시선을 교환한 아리사는 그들과 함께 무대에서 내려왔다.

"우, 우오오오오오! 진짜 끝내줬어!"

무대에서 내려온 순간, 타케시는 더는 못 참겠다는 듯이 몸을 부르르 떨면서 회심의 미소를 지었다. 그러자 이번만은 다른 네 사람도 동의한다는 듯이 약간 흥분된 상태에서 고개를 끄덕였다.

"응, 응……! 정말, 정말 끝내줬어! 빈말이 아니라, 이제까지 한 것 중에 최고의 연주였다니깐!"

"네……. 저도 그렇게 생각해요."

"어라? 사얏찌, 우는 거야?"

"그! 렇지, 않아요."

"에이~ 정말~?"

"정말! 그만 좀 해, 노노! 앗—."

무심코 남들 앞에서는 쓰지 않는 호칭을 입에 담고 만 사야카는 약간 거북한 것 같은 표정을 지었다. 그 모습을 보며 더 진한 미소를 머금은 아리사가 또 한 번 고개를 숙였다.

"다들, 고마워."

이런 나를, 리더로 인정해줘서. 나에게, 이런 멋진 경치를 보여줘서.

다양한 의미가 담긴 그 감사의 말을 동료들은 미소를 지으며 받아줬다.

“내가 할 말이야! 이렇게 뜨거운 라이브가 된 건, 진짜로 아랴 양의 노래 덕분이라고 생각하거든! 아, 물론 사야카 양의 베이스와 노노아 양의 키보드도 최고였다고 생각하긴 해!”

“왠지 겸사겸사 덧붙인 듯한 발언은 신경 쓰이지만…… 그래요. 모두가 협력해서 만든 무대니까요. 감사할 필요는 없어요.”

“아니, 진짜로 딱히 덧붙여서 한 말은—.”

“응. 타케시~가 한 말은 일단 제쳐두기로 하고, 나도 즐겁긴 했어. 고마워, 아릿사.”

“나도 정말 고마워, 아랴 양. 아랴 양이 보컬을 맡아준 덕분에, 리더로서 모두를 이끌어준 덕분에, 정말 믿음직했어.”

“……이러면 감사할 필요가 없다고 말한 제 체면은 뭐가 되죠?”

“아니, 그러면 나도 체면이 안 서는 건 마찬가지랄까…… 앗, 카나우~! 내 멋진 모습, 똑똑히 봤어~?”

무대에서 내려온 타케시는 인파 속에서 동생을 발견하더니, 바로 그쪽으로 뛰어갔다. 그 모습을 미소와 어처구니없음이 반씩 섞인 표정으로 쳐다보고 있을 때, 아리사 일행을 발견한 관객이 몰려들기 시작했다.

"쿠죠 양! 진짜로 끝내줬어요!"

"노노아 님~! 최고였어요~!"

"키요미야~! 이쪽 좀 봐줘~!"

사람들이 열광적인 목소리를 토하며 몰려들자, 히카루가 즉시 앞으로 나서서 여성 멤버를 감쌌다. 하지만, 그런 히카루에게도 여성 관객들의 뜨거운 시선이 집중되자, 그의 표정은 완전히 질리고 말았다.

"우와아~ 대박~. 어쩔 수 없네, 아릿사. 팬서로 격퇴하자."

"팬서? 어, 격퇴?"

귀에 익지 않은 줄임말과 흉흉한 단어에 아리사가 눈을 깜빡였다. 그러자, 노노아는…….

"자, 이렇게~."

아무렇지 않은 투로 그렇게 말하면서 갑자기 아이돌 뺨치는 미소를 짓더니, 끔뻑☆하고 별이 흩날리는 듯한 윙크를 날렸다.

"다들 고마워~☆ 하지만 미안해~. 이대로는 소동이 일어날 테니까, 길 좀 비켜주지 않겠어?"

완벽한 팬서로 주의를 모은 후, 바로 부탁을 했다. 순식간에 조련을 당하고 만 관객은 직접 뒤편에 있는 관객에게 말을 걸며 흩어지기 시작했다.

"뭐, 이런 느낌이랄까~?"

"어, 으~음? 저기, 미안한데 무리야……."

여러 의미에서 자기에게는 불가능하다고 판단한 아리사는 어색한 웃음을 흘렸다.

“그건 그렇고, 마사치카는 어디 간 걸까……. 아직, 실행위원회 일로 바쁜 걸까?”

히카루가 그렇게 중얼거린 순간, 아리사 또한 주위를 둘러보기 시작했다.

그렇다. 가슴 속에 깃든 이 흥분을, 감동을, 그와도 공유하고 싶다. 그가 데려와준 세계. 그가 만나게 해준 동료. 그가 준비해준 무대. 거기서 얻은 이 감정을, 지금 바로 그에게 전하고 싶다.

(마사치카……!)

마음이 급해지는 것을 느끼며 주위를 둘러보는 아리사의 귀에…… 갑자기, 어떤 말이 스며들어왔다.

“뭐, 정말?! 토론회?!”

관심이 쏠릴 수밖에 없는 단어가 들려오자, 아리사는 반사적으로 그 목소리가 들려온 방향을 쳐다봤다. 그러자, 스마트폰을 한 손에 쥔 남학생이 옆에 있는 여자애를 향해 흥분한 목소리로 말을 건네는 모습이 눈에 들어왔다.

“강당에서 토론회를 하고 있대! 피아노 대결인가 봐!”

“뭐, 누가 붙은 건데?”

“키류인과 쿠제야! 이미 시작한 것 같아!”

들려온 것은, 자신의 찾는 소년의 이름이었다. 그와 동시에 노도처럼 몰려온 정보가, 아리사의 얼이 나가게 했다.

(마사치카……? 토론회? 피아노라니…… 왜? 어떻게 된 거야?)

다른 사람에게서 답을 찾듯 시선을 돌린 순간…… 눈앞에 있는 히카루가 한곳을 쳐다보며 딱딱하게 굳어 있다는 사실을 눈치챘다.

"히카루……? 무슨 일—."

그의 시선을 쫓자, 복잡한 표정을 지은 채 서 있는 세 남녀가 눈에 들어왔다. 아리사는 직감했다. 그들이 바로, 히카루와 타케시의 전 밴드 멤버인 것이다.

"히카루—."

"가봐, 아릿사."

"뭐?"

그 말을 듣고 등 뒤를 돌아보니, 노노아가 나른한 듯한 눈길로 아리사를 쳐다보고 있었다.

"쿠젯찌가 신경 쓰이는 거지? 이쪽은 괜찮으니까, 가봐."

"그렇게 하세요. 길은…… 쿠라사와 선배! 부탁드려도 될까요?"

사야카가 말을 건네자, 안경을 낀 남장여자 겸 선도위원인 쿠라사와 히이라기가 바람처럼 나타났다. 그리고, 안경을 고쳐 쓰며 말했다.

"쿠죠 아리사 양의 보디가드, 구나. 좋아."

"감사해요."

"그럼~ 길을 만들게~."

긴장감 없는 목소리로 그렇게 말한 노노아의 팬서&부탁(명령)이 작렬했다. 그러자 모세의 기적처럼 인파가 갈라지면서 좁은 길이 생겨났고, 아리사는 히이라기의 뒤를 따르며 그 길을 내달렸다.

(마사치카…… 어째서……?)

머릿속에서 의문이 소용돌이쳤다. 동시에 말로 형용할 수 없는 불안과 초조가 샘솟은 탓에 생각을 정리할 수가 없었다. 마치 마사치카가 먼 곳에 가버릴 듯한…… 그런 불길한 예감을 떨쳐내기 위해 아리사는 달렸다. 이 초조는 단순한 걱정에 지나지 않는다. 그를 만나면, 불안 따위 깨끗이 사라질 것이다. 그렇게 믿으면서, 아리사는 달렸다.

그리고 히이라기의 유도 덕분에 무사히 강당에 도착한 아리사는, 문 앞에서 숨을 고르며 히이라기를 향해 고개를 숙였다.

"쿠라사와 선배, 감사해요."

"괜찮아. 그럼 나는 무대 쪽으로 돌아가 볼게."

"네."

거기서 히이라기와 헤어진 아리사는 다시 강당의 문을 쳐다봤다.

"……좋아."

그리고 작게 기합을 넣은 후, 커다란 2중 문을 열면서 안으로 발을 들였다.

그곳에 존재하는 건…… 정적. 정적 속에서 울려 퍼지는, 피아노 소리. 그게 전부였다.

(이건…….)

마치 호수에 비친 달빛처럼 맑디맑은 음색. 미세한 소리조차 내는 것을 주저하게 만드는 고요한 공간.

그 안을 천천히 나아간 아리사는…… 이 공간을 만들어낸 소년의 모습을, 눈에 담았다.

(마사, 치카…….)

그 자리에 있는 이는 아리사가 찾던 소년이면서도, 그 소년이 아니었다. 그 자리에 있는 이는, 아리사가 전혀 알지 못하는 마사치카였다.

아리사가 아는 마사치카는 이런 식으로 본심을 드러내지 않는다. 항상 농담 투로, 장난스러운 태도로 본심을 숨기고 만다. 이런 식으로 있는 그대로의 자신을 전부 음색(말)에 담아서 연주(이야기)하지 않는다.

(그만해…….)

아리사도 눈치채고 말았다. 이 곡은 누군가 단 한 사람에게 바치는 연가라는 것을…….

울려 퍼지는 음색에서, 춤추는 손가락에서, 연주하는 온몸에서, 솔직한 사모와 숨겨진 애틋함이 전해져 왔다.

그것을 받고 있는 누군가를 아리사는 강렬히 질투했다.

(싫어! 싫어!!)

응석을 부리는 듯한 목소리가 가슴속에서 폭발했다. 지금 바로 이 자리에 있는 모든 이의 귀를 막고 눈을 가리고 싶었다. 그가 보여주는 진심을, 그 누구도 접하지 못하게 숨기고 싶었다.

그 누구에게도 저런 모습을 보여주지 않았으면 하기에…….

(파트너인 내가…… 누구보다 가까운 곳에 있는데. 내가, 누구보다도 마사치카를 잘 아는데!)

정리되지 않은 격렬한 감정이 쉴 새 없이 넘쳐 흘러나왔다. 자기 자신을 이해하지 못한 채, 아리사는 울부짖고 싶은 듯한 충동에 휩싸이며 양손을 힘껏 말아쥐었다.

멀다. 마사치카가 그 어떤 때보다도 가장 멀게 느껴졌다. 옆에 섰다고 생각했는데. 그의 본심에 조금은 다가섰다고 생각했는데. 그는 또…… 홀로 먼 곳으로 날아가 버리고 말았다.

【나의, 마법사…….】

아리사의 작디작은 중얼거림은, 피아노의 음색에 가리고 말았다.

◇

성취감이라는 것을 쭉 이해하지 못했다.

조부에게 인정을 받으면 기쁘다. 어머니에게 칭찬을 받으면 기쁘다. 동생이 좋아하면 기쁘다. 그것은 이해한다. 하지만, 성취감이라는 것은 모르겠다. 그래서일까.

마음 한편으로 항상 공허함을 느꼈다. 그리고 스오우가를 떠난 후로는 그 공허함만이 내 안에 남아 있었다.

자유롭고 심심한 친가 쪽에서 공허함을 안은 채 하루하루를 보냈다. 그러던 어느 날, 우연히 텔레비전에서 하는 아동용 애니메이션을 본 나는 이 공허함의 원인을 눈치챘다.

『나에게는 꿈이 있어! 벽이 제아무리 크더라도, 나는 결코 포기하지 않아!』

텔레비전 안에서, 재능 없는 주인공이 꿈을 이루기 위해 필사적으로 노력하고 있었다.

그의 그 우직함을 처음에는 비웃던 사람들도, 이윽고 그 한결같음에 끌리면서 그를 응원하게 됐다. 그리고 그는 닥쳐오는 시련에 고뇌하고 때로는 좌절하면서도 강한 열정과 쉴 새 없는 노력으로 성공을 거머쥐었다.

그야말로 주인공이다. 다들 그를 응원했고, 노력의 승리라며 그 성공을 축복했다. 그리고 그는 모든 사람에게 축복받으며, 쭉 자신의 버팀목이 되어준 히로인과 함께 최고의 해피 엔딩을 맞이했다.

……고뇌, 좌절, 정열, 노력. 전부 나와는 인연이 없는 것이다.

나에게 있는 것은 쓸데없이 남아도는 재능과, 고뇌나 좌절 없이 게임에서 레벨을 올리듯이 해나가는 노력(작업)뿐이었다. 그런 식으로 손쉽게 성공을 거머쥐었으니, 성취감을 느낄 리가 없다. 이런 나를, 대체 누가 응원해줄까? 누가 내 성공을 축복해줄까? 내 성공 따위, 분명 누구도 바라지는—.

가슴속에서 공허함이 점점 부풀어 오르면서, 모든 것에 있어 무기력해졌을 때…… 나에게 희망을 준 이가, 바로 그녀였다.

기적처럼 나타난 나의 히로인. 그녀가 응원해준다면, 그녀가 축복해준다면, 남들이 뭐라고 생각해도 상관없다.

그녀의 미소는 내 희망이었다. 그녀의 미소만이 내 공허함을 메워줬다. 쭉 싫은 기억으로써 가슴속에 봉인되어 있던 기억. 하지만 진실은 그렇지 않았다. 오랜 오해가 풀린 지금은…… 그녀에게 감사할 뿐이다.

(그러니…….)

그러니, 이 약속(마음의 짐)을 지키고, 이번에야말로 끝내자. 과거의 사랑과 결판을 내고, 미련 없이 앞으로 나아가는 것이다. 그날 해주지 못했던 말을 그 애에게 웃으면서 전하자. 두 사람의 만남은 기적이며, 결코 불행이 아니라고 말이다. 진심어린 감사와 연모를 담아…….

【Спасибо тебе за всё… Прощай….】(고마워…… / 안녕)

그렇게 읊조리며 건반에서 손을 뗀 후, 마사치카는 잠시 눈을 감았다. 눈꺼풀 뒷면에 비친 그녀는 옛날과 마찬가지로 순진무구한 미소를 머금고 있었으며…… 마사치카는 이런 환상을 보고 있는 자기 자신을 향해 쓴웃음을 지었다. 그리고 자기 자신이 웃을 수 있다는 사실 덕분에, 아주 조금 마음이 개운해졌다.

그리고 곡의 여운이 완전히 사라지기 전에 자리에서 일어난 후, 평소와 마찬가지로 정적에 휩싸인 공연장을 향해 인사한 마사치카는 무대에서 내려갔다.

◇

마사치카가 무대에서 내려간 후에야 박수가 터져 나오기 시작했다. 그런 와중에 아야노는 박수를 치지 않고 유미의 등을 어루만져줬다.

"사모님……."

"미안해……. 미안, 해……."

유미는 손수건에 얼굴을 묻은 채, 흐느낌을 흘리며 사과의 말만을 되풀이해서 입에 담았다. 후회에 짓눌리는 듯한 그 등을 아야노는 계속 어루만져줬다.

그런 그녀들의 뒤편. 관객석 최후열보다 더 뒤편. 그곳에는 마사치카조차 예상하지 못했던 이들이 줄지어 서서 박수를 치고 있었다.

"……그는 대체 누구죠? 무명의 피아니스트라는 게 믿기지 않는군요."

한 남성이 그렇게 물었지만, 누구도 그 말에 답하지 않았다. 몇 명은 겐세이의 표정을 살피듯 쳐다봤지만, 그가 아무 말도 하지 않자 다들 입을 다물었다.

"하지만, 아쉽군요."

대답을 대신하듯 한 여성이 그렇게 말하자, 그들은 입을 모아 동의했다.

"음, 실로 아쉬워."

"하지만, 이기지 못했으니 어쩔 수가 없죠."

그 말에 동의한다는 듯이 고개를 끄덕인 후, 최고 장로격인 남성이 냉철한 목소리로 판정을 내렸다.

"이만한 소동을 일으킨 배짱과 야심은 인정하지만……마지막 대결에서 이기지 못해서야, 결국 그것밖에 안 되는 거지."

딱 잘라 그렇게 말한 그는 그대로 뒤돌아서더니, 안내를 하러 온 토우야에게 말을 건넸다.

"돌아가도록 하지."

"아, 결과를 확인하지 않으실 겁니까?"

"볼 것도 없네."

"……알겠습니다. 그럼 이쪽으로 오시죠."

그리고, 그들은 토우야의 뒤를 따라 강당에서 나갔다.

◇

"아니, 대체 왜~ 이긴 건데~?"

무대 옆에서 이어진 출구를 통해 밖으로 나간 마사치카는 투덜대듯 그렇게 말했다.

연주를 마친 후에 거수를 통해 투표를 진행했는데…… 그 결과는 마사치카의 예상을 완전히 빗나갔다. 그도 그럴 것이, 마사치카의 명백한 승리였던 것이다. 접전조차 아니었다. 계수기를 손에 쥐고 숫자를 세려던 스태프들이 「어, 딱 봐도 알 수 있지 않아?」하며 서로의 얼굴을 쳐다볼 지경이었다.

"……혹시 마샤 씨가 손을 쓴 거예요?"

자신을 따라온 마리야에게 3할 정도 진심을 담아 그렇게 묻자, 그녀는 토라진 것처럼 볼을 부풀렸다.

"그런 짓 안 했거든? 너무해~."

"아니, 그래도…… 그렇잖아요?"

장난스레 쓴웃음을 머금으면서, 마사치카는 마음이 식어가는 것을 느꼈다.

이기고 말았다. 그 사실이, 마사치카의 내면에 존재하는 공허함을 팽창시켰다.

(하아~, 인생은 진짜 이지(망겜) 게임이네~.)

구역질 나는 승리를 손에 쥔 마사치카는 공허한 웃음을 흘렸다. 바로 그때, 마리야가 상냥한 미소를 머금으며 마사치카를 정면에서 꼭 안아줬다.

"어, 어~?"

"약속을 지켜줘서 고마워……. 정말, 멋진 연주였어. 눈물이 날 뻔했다니깐."

"……그런가요. 그건 좋네요."

마리야의 말을 듣자, 마사치카는 공허함이 조금 메워지는 느낌을 받았다. 여전히 승리의 성취감은 느껴지지 않았지만, 마리야의 칭찬은…… 옛날과 마찬가지로 마사치카의 마음을 위로해줬다.

그리움과 함께, 평온한 심정으로 마리야에게 몸을 맡겼다. 그렇게 몸을, 맡기, 고…….

(아니…… 너무, 길잖아.)

포옹이, 길었다. 아니, 점점 정열적으로 끌어안는 느낌이 들었다. 그뿐만 아니라 발돋움을 하며, 볼을 비벼대기까지 했다!

(우, 우와아, 이건 위험해, 말로 설명할 수 없지만, 좀 위험하다고! 옛날과 달라! 너무 부드럽달까, 아무튼, 여러모

로 너무 달라!!)

위기감이 정점에 도달한 마사치카가 마리야를 떼어내려…… 한 타이밍에, 그녀가 먼저 포옹을 풀었다.

그리고 마리야는 안심한 것 같으면서 어딘가 아쉬운 듯한 표정을 짓고 있는 마사치카를 쳐다보며, 순수하게 웃었다.

"사아는 참 귀여워♡"

"아, 저기……."

"후후훗. 나, 역시 쿠제를 좋아해."

"아—."

아무렇지 않게, 그러면서 진심이 담긴 그 말을 들은 순간, 마사치카는 반사적으로 눈을 살짝 내리깔았다. 그 표정을 본 마리야는 머금고 있는 미소에 약간의 애틋함을 섞었다.

"미안해. 말하고 싶어졌을 뿐이야. 곤란하게 만들 생각은 없었어."

"아뇨……."

기뻐요. 그렇게 말 못 한 마사치카는 말끝을 흐렸다.

(마샤 씨는 인간적으로 좋아하지만…… 역시, 그 애를 좋아하는 것과는 달라.)

마아에게 품었던 것과 같은 감정을 지금의 마리야에게 품을 수는 없다. 하지만…….

(그 애를 향한 마음과는 결판을 냈으니까…… 어쩌면, 언

젠가 다시…….)

그렇게 생각한 마사치카는 복잡한 심경으로 마리야를 응시했다. 그러자 마리야는 더욱 안타까운 눈빛을 머금으며 눈을 내리깔더니…….

"만약—."

무슨 말을 하려 한 바로 그 순간이었다.

"마사치카!!"

옆에서, 날카로운 목소리가 들려왔다.

"어…… 아랴?"

놀라서 고개를 돌려보니, 어찌 된 건지 라이브 의상 차림을 한 아리사가 절박한 표정을 짓고 있었다.

"왜 그래……? 무슨 일, 있는 거야?"

범상치 않은 그 모습을 본 마사치카가 걱정 어린 목소리로 그렇게 묻자, 아리사는 이를 악물면서 하려던 말을 삼켰다.

"……자, 가봐."

"어, 저기……."

"괜찮아. 자, 가봐."

마리야가 상냥하게 어깨를 두드려주며 웃는 얼굴로 그렇게 말하자, 마사치카는 그녀를 향해 살짝 고개를 숙인 후에 아리사에게 다가갔다.

등 뒤를 신경 쓰는 듯한 걸음걸이로 멀어져가는 마사치카

를 향해, 마리야는 미소 지으며 손을 흔들었다. 그리고…….

【만약 그때, 제대로 재회 약속을 했다면~~ 은, 좀 과한 말이겠지?】

그 등이 시야에서 사라지자, 마리야는 애틋한 목소리로 그렇게 중얼거렸다.

◇

"흉계를 꾸민 끝에, 자기가 가장 자신 있는 분야로 완패…… 꼴사납군요."

강당 무대 가장자리로 옮겨진 그랜드 피아노 옆에서, 마사치카에게 건네받았던 봉투 안에 든 내용물을 본 스미레가 그렇게 중얼거렸다. 유쇼는 그 말을 건성으로 들으면서 피아노에 손을 얹은 채로 건반을 응시했다.

"그런데, 어째서 그렇게 개운한 표정을 짓고 있는 거죠?"

스미레가 약간 날이 선 어조로 그렇게 묻자, 유쇼는 잠시 침묵을 지킨 후에 답했다.

"스미레 누나…… 나, 역시 피아노를 좋아해."

"어머, 이제야 눈치챈 건가요?"

자기에게 있어서는 꽤 중대한 고백이지만 스미레가 대수롭지 않게 대꾸하자, 유쇼는 쓴웃음을 머금었다.

(정말, 스미레 누나는 못 당하겠어…….)

쭉, 자기 자신에게 거짓말을 해왔다.

피아노는 취미라고 거짓말을 했고, 온 힘을 다할 만한 게 아니라고 자기 자신에게 타일렀으며, 그렇게 자신의 본심과 마주하는 것을 피했다. 자신의 마음에 뚜껑을 덮고, 피아노를 대신할 무언가를 찾았으며…… 아버지의 뒤를 잇는 것이 자기 인생의 목표라고 여겼다. 하지만, 이제는 거짓말을 할 수 없다.

오랜만에 피아노와 똑바로 마주하며, 전력을 다한 끝에, 패배했으니…… 이제, 인정할 수밖에 없다. 피아노를 향한, 이 억누를 수 없는 정열을 말이다.

마사치카의 연주는 음색부터 달랐다. 같은 피아노를 연주하고 있다는 생각이 안 들 정도로 차원이 다른 연주였다. 마사치카가 연주하는 피아노는 울고 있었다. 외치고 있었다. 단순히 기술만 본다면 유쇼는 자기가 뒤진다는 생각이 들지 않았다. 그런데도, 당연한 듯이 패배를 인정하고 말았다. 그렇게 만드는 무언가가 마사치카의 연주에 존재했다.

그것이 무엇인지 지금의 유쇼는 모른다. 하지만, 이제부터 찾으면 된다고 생각했다. 지금은 그저…… 자신이 진짜 온 힘을 다해 마사치카와 싸우지 못한 것이 분할 뿐이다.

(미안해. 항상 어중간한 마음으로 너와 마주했어.)

사과의 마음을 담아 피아노를 가볍게 쓰다듬었다. 앞으

로는 더 진심으로 마주하자고 생각했다. 앞으로 마사치카와 또 대결할 날이 올지는 알 수 없다. 하지만 만약 그런 날이 온다면, 그때는 후회하지 않도록 말이다.

"스미레 누나."

"네?"

"나…… 음대로, 진학할까 해."

"괜찮지 않을까요?"

"뭐?"

스미레가 또 아무렇지 않게 대답하자, 유쇼는 그녀를 돌아봤다. 그러자 스미레는 어처구니없다는 듯한 눈길로 그를 마주 쳐다봤다.

"키류인 그룹을 잇는 것을 당신이 바라지 않는다는 것 정도는, 진즉에 알고 있었답니다. 안심하세요. 당신이 잇지 않더라도, 제가 어엿하게 키류인 그룹을 이어받겠어요."

"아, 하하하……."

스미레가 당당히 가슴을 펴자, 유쇼는 메마른 웃음을 흘렸다.

"그래. 전부 알고 있었구나……."

"네. 그리고 당신은 진짜로 좋아하는 것을 손에 넣지 못하면, 다른 것으로 마음을 달래려 하는 버릇이 있죠. 그래서 알기 쉽답니다."

"그……래?"

“네. 옛날에도 그네에 빈자리가 없으면 모래사장에 가서 괜히 즐거운 척을 했고, 초콜릿 아이스크림이 매진됐으면 다른 아이스크림을 산더미처럼 사기도 했죠…….”

“으…….”

“지금도 그렇답니다. 진심으로 좋아하는 여자애가 돌아봐주지 않는다고, 좋아하지도 않는 여자를 잔뜩 곁에 거느리고 있잖아요?”

“어.”

스미레가 그 말을 입에 담은 순간, 유쇼는 경악했다. 그의 등에서 식은땀이 뿜어져 나왔다. 설마 **그것까지** 알고 있는 건가……?

“대체 누가 당신이 진짜로 좋아하는 여자애인지는 모르겠지만, 다른 여자애들을 후리고 다닌다고 해서 당신을 돌아봐주지는 않을 거랍니다.”

“……아, 응.”

스미레가 질렸다는 듯이 고개를 내젓자, 유쇼는 정색을 하며 고개를 끄덕였다. 안심과 아쉬움이 섞인…… 그런 복잡한 표정을 지은 유쇼는 한숨을 크게 내쉬면서 기분을 전환했다.

“뭐, 음대에 진학하고 싶다고 해도…… 그 전에 거쳐야 할 산이 있지만 말이야.”

“그래요. 우선은…….”

"응. 우선 아버지와 상의해볼게. ……간단히 허락해줄 것 같지는 않지만 말이야."

"……그게 아니에요."

"어?"

뜻밖에도 부정을 당한 유쇼가 고개를 들자, 스미레는 봉투 안에 들어 있던 종이를 펄럭여 보이면서 말했다.

"우선, 머리부터 밀어야죠?"

"……뭐?"

"또 흉계를 꾸몄던 거죠? 나쁜 짓을 했으면, 머리를 밀고 무릎부터 꿇어야 하지 않겠어요?"

그 말을 듣고, 스미레가 들고 있는 종이에 적힌 「오늘 문화제에서 일어난 소동에 관련해, 키류인 유쇼가 저지른 일을 전교생 앞에서 실토한다」라는 문장을 본 유쇼는 볼이 딱딱하게 굳어졌다.

"설, 마……. 전교생, 앞에서?"

"당연하죠. 당신은 패배했으니까요."

"아니, 하지만 머리를 미는 것과 무릎을 꿇는 것은 조건에—."

"진짜 남자라면 사과할 때……."

유쇼의 말을 끊은 스미레가 그의 가슴을 검지로 가리켰다. 그리고 손가락으로 그의 가슴을 노크하면서, 한 음절씩 가슴에 새겨주듯 말했다.

"머. 리. 밀. 고. 무. 릎. 꿇. 어. 야. 마땅하답니다."

사촌 누나가 도저히 받아들일 수 없는 말을 입에 담자, 유쇼는 반항적으로 미간을 찌푸리더니…….

"알. 겠. 죠?"

"……네."

스미레의 무시무시한 눈빛을 받고 순종적으로 고개를 끄덕였다. 여러 의미에서, 스미레는 유쇼에게 있어 가장 커다란 약점이었다.

◇

"어, 아랴? 왜 그래?"

성큼성큼 앞장서서 걷는 소녀의 은발을 쳐다보며 마사치카가 그렇게 물었지만, 아리사는 아무 말 없이 그의 손을 잡아당기기만 했다. 아까부터 계속 이런 분위기였다. 화를 내는 건지 초조한 건지도 알 수 없었고, 짚이는 구석도…… 없지는 않지만, 그것 때문은 또 아닌 듯한 느낌이 들었다.

"대체 어디 가는 거야? 라이브는 잘 마쳤어?"

어떻게든 대화를 나눠보려고 말을 건넸지만, 아리사는 여전히 말이 없었다. 그대로 부실동의 뒤편, 인적이 없는 장소까지 오고 말았다. 그곳에 도착하고서야, 아리사는 걸음을 멈췄다.

그리고 뒤를 돌아본 아리사가 아무 말없이 노려보자, 마사치카는 볼에 경련이 일어났다.

"역시, 화났구나? 내가 라이브를 보러 못 가서야? 아니면 멋대로 토론회를 벌여서야? 미안해. 변명처럼 들리겠지만, 그럴 만한 이유가, 아앗?"

아리사가 다가오자, 마사치카는 반사적으로 반걸음 물러났다. 하지만 마사치카가 더 후퇴하기 전에, 두 사람의 거리는 제로가 됐다.

"어, 엇?"

아리사가 정면에서 자신의 품에 안겨서 꼭 끌어안자…… 마사치카는 무심코 얼빠진 소리를 내고 말았다.

"아, 아랴? 진짜로 왜 이러는 거야?"

진짜로 영문을 모르는 마사치카가 혼란에 빠진 채 물어봤지만, 아리사는 아무 말도 하지 않았다. 그리고 마사치카의 등 뒤로 두른 손에 힘을 주더니, 꼬오오옥 끌어안았다.

(어, 뭐가 어떻게 된 거야? 어떤 감정을 품고 있는 건데?)

애초에 아리사가 마사치카를 끌어안는 것 자체가 처음 있는 일이었다. 아니, 끌어안는다기보다 매달려 있다는 표현이 올바른 듯한 느낌이 들지만…….

(왜, 왜 말이 없는 거지? 엄청 부드럽고 좋은 향기가 나지만, 되게 힘차다고나 할까……. 이 애, 진짜로 아랴가 맞긴 한 거지? 혹시 몸을 빼앗긴 거 아냐? 내가 좋아 죽으면서 방심

한 순간, 입을 쩍 벌리며 확 물어뜯는다거나—.)

그렇게 생각한 순간…….

"……?! 어?! 아야야야야야?!"

진짜로 목을 깨물린 마사치카는 무심코 비명을 질렀다.

"진짜로 왜 이러는 건데?! 기생생물이냐?! 몸을 빼앗긴 거야?! 아니면 좀비야?! 좀비 바이러스에 감염되기라도 했어?!"

혼란에 빠진 머리로 그렇게 외쳤을 때, 목덜미에 박힌 이빨의 감촉이 사라졌다. 그리고 그것을 대신하듯 부드러운 감촉이 느껴지더니, 이어서 아리사는 마사치카의 어깻죽지에 자신의 얼굴을 묻었다.

"……아랴?"

"……."

(으, 으~음, 뭐야? 왠지, 토라진 어린애가 통명한 표정으로 부모에게 매달려 있는 것 같은 느낌인데……?)

상황을 파악하진 못했지만, 마사치카는 아리사를 진정시키기 위해 그녀의 등을 상냥히 두드려줬다. 그런 그의 귀에, 아리사의 입에서 불쑥 흘러나온 러시아어가 전해졌다.

【너는, 내 파트너거든……?】

속삭이듯 그렇게 말한 아리사는 다시 한번 팔에 힘을 줬다.

그 후로도 토우야에게서 스마트폰으로 연락이 올 때까지, 아리사의 포옹은 이어졌다.

에필로그 지금, 이 순간만은

"집계 결과, 우수상은 여자 검도부의 연극입니다."

"오오~."

"뭐, 타당해."

"검술 연극, 박력이 엄청났잖아……."

"스미레 선배, 정말 멋졌어……."

"그리고 특별상은 1학년 D반과 1학년 F반의 합동 기획인 메이드 카페입니다."

"……아~."

"아니, 압도적인 1위잖아……. 두 반이 합동으로 한 거라지만, 차이가 너무 나는 것 아냐?"

"아, 회장님은 안 가봤죠?"

"그건 정말……."

"아이돌 장사의 무시무시한 어둠을 엿봤어요……."

문화제가 끝나고 각 반과 부가 뒷정리에 힘쓰는 사이, 문화제 실행위원회는 마지막 회의를 했다. 아리사도 회계로서의 일을 마친 후 회의에 참여했지만……, 솔직히 말해 회의 내용의 절반도 머릿속에 들어오지 않았다.

(하아……. 나, 왜 그런 짓을…….)

아리사는 토론회 후에 마사치카에게 자기가 한 일을 떠올리고 있었다. 자기도 이해하지 못하는 감정에 휩싸인 채, 영문 모를 짓을 벌이고 말았다. 실행위원회 일을 하면서 마음이 진정된 지금은 후회만을 느끼고 있었다.

(아니, 진짜로 뭐 하는 거야……. 그렇게 확 끌어안고, 목덜미를 깨문 후에 키스까지 하다니…… 하아, 정말. 진짜 영문을 모르겠어.)

그때는 마사치카가 자신만을 봐줬으면 한 나머지, 자신만 마사치카를 바라보고 싶은 나머지, 멋대로 그런 짓을 벌여놓고도 태연한 마사치카가 밉살스러운 나머지…… 자기도 모르는 사이에 그런 짓을 하고 말았다.

(아아……. 나, 실은 독점욕이 강한 인간인 걸까…….)

마사치카가 자기에게 특별한 인간이라는 사실을, 아리사도 이제 와서 부정할 생각은 없다.

어릴 적을 제외하면 아리사에게 있어 처음 생긴 친구이자, 선거전 파트너이며, 자신에게 다양한 세상을 보여주는 마법사 같은 사람이기도 했다. 분명 마사치카가 아리사를 생각하는 것 이상으로 아리사는 마사치카를 특별하게 여기고 있었다.

(그래서, 일까?)

자신은 마사치카에게 있어서도, 『특별』해지고 싶은 걸

까. 그것이 이 독점욕의 정체인 걸까……. 애석하게도 하나같이 처음 느껴보는 감정이기에 알 수가 없었다.

(나, 대인 관계 쪽은 정말 초보자구나…….)

밴드 활동을 통해 친구가 늘면서 사교성도 다소 향상됐다는 걸 자각하고 있지만, 그렇기에 자신이 아직 멀었다는 것도 똑똑히 깨닫고 말았다. 아직도 아양 같은 것은 떨 줄 모르고, 자기 쪽에서 어떤 이야기를 꺼내면 좋을지 모르며, 거리감을 잴 줄도 모른다…….

(응……. 하지만, 그래도 그건 아냐.)

느닷없이 확 깨물어버린 것은 영문 모를 짓일 뿐만 아니라, 어떻게 변명할 수도 없다. 개도 아니고 말이다. 익숙하지 않다거나 서툴다는 말로 도저히 옹호할 수 없는 폭거다.

(아아, 정말 왜 그런 짓을…… 하지만, 유키 양도 전에 같은 짓을 했지? 이빨 자국도 남아 있었는걸……. 어쩌면 그걸 봤으니까, 나도 덥석 깨물어버린 게 아닐까……?)

새침한 표정으로 회의를 지켜보고 있는 유키를 힐끔 쳐다본 후, 이어서 자신의 옆자리에 앉아 있는 마사치카를 힐끔 쳐다봤다.

(아아, 정말 최악이야……. 나중에 사과해야 해……. 하지만, 어떻게 사과하면 좋을까…….)

자기도 왜 깨문 건지 모르는데, 뭐라고 설명하며 사과하면 될까. 차라리 「눈에는 눈, 이에는 이」라는 원리로 자기도 깨

뭘라고 할까. 아니, 그것도 영문 모를 짓인 건 마찬가지다.

(으으……. 확, 사라지고 싶어. 누가 좀 도와줘…….)

난해한 문제에 마주친 아리사가 마음속으로 울상을 짓고 있을 때, 실행위원장이 자리에서 일어났다.

"좋아! 오늘은 이런저런 트러블이 발생하기는 했지만, 모두가 협력해준 덕분에 큰 부상자는 발생하지 않고! 내광회의 높으신 분들에게 설교를 듣는 일 없이! 어찌어찌 해결할 수 있었어! 다들 정말 고마워!"

그렇게 말하면서 부위원장과 함께 고개를 푹 숙인 후, 위원장은 씨익 웃었다.

"다들 한 달 동안 수고했어! 지금부터는 후야제를 마음껏 즐기도록 해! 아, 그래도 일거리가 남은 이들은 적당히만 즐기는 거다?"

마지막으로 그렇게 익살스러운 말을 한 위원장은 두 팔을 힘차게 펼쳤다.

"마지막으로 박수를 치며 끝내자! 다들 자리에서 일어나!"

그 말에 맞춰 전원이 일어섰다. 그리고 몸 앞으로 손을 들자, 위원장이 입을 열었다.

"하나, 둘, 셋~."

짝!

그들의 힘찬 박수 소리가 울려 퍼지는 것과 동시에, 제66회 추령제 실행위원회는 해산했다.

◇

"아랴."

대회의실을 나서려던 순간에 누군가가 자신을 부르자, 아리사는 흠칫하며 어깨를 부르르 떨었다. 그리고 어깨 너머로 뒤를 돌아보더니, 자신에게 말을 건넨 마사치카에게 퉁명한 어조로 대꾸했다.

"왜?"

"지금부터 시간 좀 있어? 어디 좀 같이 가줬으면 하는데."

마사치카가 그렇게 말하자, 아리사는 망설였다. 솔직히 말하자면, 별다른 예정은 없다. 학급의 뒷정리가 아직 끝나지 않았다면 도울 생각을 했을 뿐이다. 실행위원회 일이 끝났으니 꼭 해야만 하는 일은 딱히 없다. 하지만 솔직하게 말하는 편이 좋을지…… 잠시 고민한 아리사는 괜한 짓이라는 것을 깨달았다.

두 사람은 함께 일을 해왔으니, 마사치카도 아리사가 이제부터 별다른 예정이 없다는 것을 파악하고 있으리라. 괜히 거짓말을 해가면서 이 우울한 기분을 질질 끄는 것보단, 이 자리에서 솔직하게 사과해서 깔끔하게 마무리를 짓는 편이 낫다. 그렇게 판단한 아리사는 어깨 너머로 작게 고개를 끄덕였다.

"뭐, 좋아."

“다행이야. 그럼 따라와 줄래?”

앞장을 서는 마사치카의 뒤를 따라 대회의실을 나섰다. 그렇게 석양이 드리워진 복도에 선 아리사는 마사치카의 등을 보면서 어떻게 이야기를 꺼낼지 생각했다.

(깨물어서 미안해? 하지만, 그 행동을 어떻게 설명하지.)

아리사는 다소 억지스러운 이유라도 찾기 위해 골머리를 썩였다.

가장 먼저 생각난 것은 마사치카가 멋대로 벌인 토론회다. 하지만 그 경위는 토론회 후에 마사치카가 직접 설명해줬다. 학생회 임원과 실행위원장, 부위원장에게만 전한 그 경위를 들은 이상, 더는 그 일을 걸고넘어질 수 없었다. ……아니, 애초에 그 이전의 문제였다.

(내 분노 자체가, 불합리했잖아…….)

도리도 뭐도 없다. 아리사가 멋대로 독점욕을 발휘하며 그런 행동을 취했을 뿐이다.

(정말, 바보 같아.)

아무리 몸이 가까워졌다고 해도, 마음까지 가까워질 리가 없다. 여자라는 점을 이용해서 상대가 숨기고 있던 얼굴을 끄집어내더라도 본심까지 끄집어낼 수 있을 리가 없다. 처음 만났을 때부터 지금까지 전혀 달라지지 않았다. 아리사에게 마사치카는, 결국 가까우면서 먼 존재였다.

(언젠가…… 마사치카는 내 곁을 떠날 거야.)

마사치카는 혼자서 뭐든 할 수 있으며, 어디든 갈 수 있다. 언젠가 그때가 오면, 마사치카는 마음 가는 대로 또 어딘가로 가버릴 것이다. 그리고…… 자유롭게 날지 못하는 아리사가, 그런 그를 쫓아가는 건 무리다.

(아, 싫어……. 왠지, 눈물이 날 것 같아.)

갑자기 가슴이 떨려오자, 아리사는 눈에 힘을 줬다. 바로 그때, 마사치카가 멈춰 섰다.

"어? 여기는……."

당도한 장소를 확인한 아리사가 고개를 갸웃거리는 사이, 마사치카가 문을 열었다.

"들어가 봐."

그리고 그 말에 따라 아리사가 수예부 부실에 발을 들이자, 낯익은 여학생이 거기서 기다리고 있었다.

"아. 왔구나, 쿠제 씨."

"무리한 부탁을 해서 미안해, 옆트임 선배."

"알긴 아네. 빚 한번 제대로 진 줄 알아~."

"내가 부회장이 되면 곱절로 갚아줄게."

"아하하! 그럼 두 사람이 꼭 당선되어야겠네~."

친근하게 대화를 나누는 두 사람을 약간 복잡한 표정으로 쳐다보고 있을 때, 여학생이 불쑥 아리사를 돌아보며 입을 열었다.

"그럼 시작할까? 쿠죠 양."

“어, 뭐, 뭘……?”

“뭐~, 일단 이쪽으로 와봐.”

“어, 어?”

아리사는 당황한 눈길로 마사치카를 쳐다봤지만, 그는 시선으로 빨리 가보라고 권할 뿐이었다. 그리고 아리사는 영문도 모른 채, 어제 사진 촬영을 했던 창고로 끌려갔다.

“으음……?”

“자, 그럼 저걸로 갈아입자.”

“뭐?”

여학생이 가리킨 곳을 쳐다보니, 어제 사진을 찍었던 창가 쪽에 순백의 드레스를 입은 마네킹이 놓여 있었다.

“자~ 후딱 갈아입어~. 사이즈는 아마 맞겠지만, 안 맞으면 바로 손봐줄게. 아, 신발은 이걸 신어.”

“어, 앗, 저기, 이게 대체…….”

“자~, 서두르자~.”

의문을 입에 담으려다 깔끔하게 무시당한 아리사는 뭐가 뭔지 영문을 모르는 상태에서 드레스로 갈아입었다.

“좋아! 사이즈 완벽~! 역시 나라니깐. 쿠제 씨~, 이쪽은 다 끝났어~.”

그리고, 그 완성도를 보며 주먹을 말아쥐며 기뻐한 여학생은 그대로 창고 밖으로 나가버렸다.

“나는, 어쩌면 좋지……?”

창고에 홀로 남겨진 아리사는 거북한 듯이 몸을 살짝 꼬았다. 하지만 곧 마사치카에게 이름을 불린 아리사는 자기 복장을 확인한 후에 창고를 나섰다.

"오오…… 정말 잘 어울려. 진짜 예쁘네."

그리고, 그렇게 말하며 웃는 마사치카의 복장을 본 아리사는 눈을 치켜떴다. 어둑어둑한 이 공간에서도 눈부셔 보이는, 흰색과 파란색으로 구성된 기사복. 머리카락도 살짝 뒤편으로 넘기는 느낌으로 세팅한 마사치카는 아무 말없이 멍하니 서 있는 아리사의 반응을 보고 쓴웃음을 흘렸다.

"뭐 하는 거야. 침묵하지 말라고."

"아, 어……."

"아니, 아무 말도 하지 마. 안 해도 돼! 이 옷이 되게 안 어울린다는 건, 나도 안단 말이야!"

하마터면 「멋져」 하고 말할 뻔한 아리사는 마사치카가 말려준 덕분에 그 말을 쏙 삼켰다. 그 대신, 아까부터 품고 있던 의문을 입 밖으로 토했다.

"이게, 대체……?"

"아, 저기……."

그러자, 마사치카는 거북한 듯이 목덜미에 손을 댔다.

"어제, 약속했잖아……? 정확히는, 그 전이네. ……문화제를, 같이 돌아보기로 말이야."

"아—."

“저기, 진짜 미안해. 결국 시간이 없어서 돌아보지 못했을 뿐만 아니라, 네 라이브도 보러 가지 못했잖아……. 응, 아랴가 화내는 것도 무리는 아냐.”

그렇게 말한 마사치카는 목덜미에 붙인 파스를 손가락으로 가리켰다. 그 행동을 보고 마사치카의 배려를 느낀 아리사는 가슴이 옥죄어들었다.

아리사의 후회와 고뇌도 눈치챘으면서, 사과할 필요는 없다. 어째서 그런 행동을 한 건지 물을 생각은 없다. 마사치카는 그렇게 말한 것이다.

(아아…….)

그 상냥함을 접하자, 아리사는 또 눈물이 날 것만 같았다. 그것을 아는지 모르는지, 마사치카는 고개를 슬며시 돌려서 아래편을 쳐다보며 말을 이었다.

“뭐, 그러니까…… 결국 후야제가 되긴 했지만 말이야. 아랴가 원한 것처럼, 내 쪽에서 너한테 같이 문화제를 돌아보잔 말을 해보기로 한 거야.”

그리고 가볍게 헛기침을 한 후, 마사치카는 그 자리에서 한쪽 무릎을 꿇었다. 그리고 가볍게 눈을 깜빡인 후, 담담한 미소를 머금었다.

“지금만큼은, 공주님 대접을 하는 걸 용서해달라고.”

그렇게 농담 삼아 말한 마사치카는 아리사를 향해 손을 내밀었다.

"공주님, 저에게 당신의 파트너가 될 기회를 주시지 않겠습니까?"

후야제 댄스 신청이었다. 그 느끼할 정도로 로맨틱한 연출에, 아리사는 심장이 빠르게 뛰기 시작하는 것과 동시에 작게 웃음을 흘렸다.

"정말, 뭐 하는 거야……. 키류인 선배 흉내잖아."

"그래도 이 정도면 최고의 신사 아니냐고."

"본심은 어떤데?"

"이런 짓을 맨정신으로 진지하게 어떻게 하냐고."

"풉, 아하하."

마사치카의 속내를 듣고 웃음을 터뜨리면서, 아리사는 가슴속에 기쁨이 퍼져나가는 것을 느꼈다.

평소처럼 농담 투로 한 말이지만, 지금 마사치카는 아리사만을 보고 있다. 진심으로 아리사를 갈구하고 있다.

(지금만은…… 마사치카는 분명 내 파트너야.)

아이러니하게도 이 순간, 두 사람은 같은 생각을 했다. 지금, 이 순간만은 말이다.

서로의 마음이 겹친 것을 눈치채지 못한 채, 아리사는 마사치카에 맞춰 연극을 하는 듯한 몸짓을 선보이면서 그의 손에 자기 손을 올려놨다.

"네, 좋답니다."

그렇게 말하면서, 심술궂은 미소를 머금더니…….

Хоть навсегда.

바로 그 순간, 찰칵하는 셔터음이 희미하게 울려 퍼졌다. 그 소리가 들린 쪽을 돌아본 마사치카는 눈을 부릅뜨며 태클을 날렸다.

"옆트선. 멋대로 찍지 마."

"괜히 호칭을 줄이지 마. 그리고 좋은 기념이 됐잖아? 봐."

그렇게 말하면서 내민 스마트폰의 화면에는, 미소를 머금은 채 서로의 손을 쥔 두 사람이 담겨 있었다. 그것을 본 아리사는 부끄러운 듯이 어깨를 움츠렸다. 언뜻 고개를 돌려보니, 마침 마사치카도 아리사를 쳐다보고 있었다. 두 사람은 시선을 마주한 후, 동시에 반대편으로 돌렸다. 바로 그때, 감탄한 듯한 목소리가 들려왔다.

"참 잘 어울리는 한 쌍이네. 무대 위에서 열정적인 말을 주고받은 사이다워."

"뭐……?"

그 말을 들은 아리사가 미간을 찌푸리며 돌아보니, 여학생은 뜻밖이라는 듯이 눈을 깜빡였다.

"어머? 혹시 본인은 눈치 못 챈 거야? 지금 엄청 화제가 되고 있거든? 쿠죠 양이 무대 위에서 쿠제 씨에게 『믿을게』 하고 말했다던데……."

"뭐……? 어째, 서—."

아리사가 얼이 나간 목소리로 그렇게 중얼거린 순간, 그녀의 뇌리에 당시 광경이 떠올랐다.

마사치카가 「나를 믿고, 기다려줘」 하고 말하자, 아리사는 양손을 가슴 앞에서 모아쥐면서 「믿을게」 하고 대답했다.

양손을 가슴 앞에서, 모아쥐면서…….

그 손에는, 마이크가…….

스위치가 켜진, 마이크가…….

"아, 아, 아아……."

무시무시한 예감을 받은 아리사가 아연실색한 표정으로 질린 듯한 목소리를 흘렸다. 여학생은 그런 아리사를 향해 멋진 미소를 지으면서 엄지를 치켜들었다.

"아까도 말했다시피, 지금 엄청 화제가 되고 있어. 그 복장으로 함께 교정에 나간다면, 후야제의 주역은 틀림없이 너희 둘일 거야!"

자각 없이 날린 그 추격타가 꽂히자, 아리사의 수치심이 한계를 돌파했고…….

"시, 싫어어어어—!!"

석양에 물든 부실동에서 아리사의 절규가 울려 퍼졌다.

단행본 특전
원작자
신작 SS

옆트임 선뷁가 탄생한 날

그것은, 마사치카가 중등부 학생회에서 부회장을 맡고 있던 시절의 이야기다.

"그럼, 체육관 무대 기획에 관한 논의를 시작하겠습니다."

문화제 실행위원으로서 마사치카가 회의 개시를 선언하자, 학생회실에는 날카로운 분위기가 감돌았다.

(우와아, 바늘방석이네~. 남 일인데도 무시무시해~.)

마음속으로 그렇게 생각한 마사치카는 의장으로서 담담히 회의를 진행했다.

"으음~. 각 단체로부터 신청서를 제출받은 결과, 현시점에서 희망하는 기획의 합계 시간이 행사 시간을 한 시간 오버하게 됐습니다. 다른 무대 기획에도 여유가 없는 만큼, 서로가 융통성을 발휘해 시간을 조율해주셨으면 합니다만……."

마사치카가 말을 하는 동안에도 이 자리에 모인 각 부 대표자의 시선은 한 여학생에게 집중되고 있었다. 그것은 이 회의가 소집된 원인이 바로 그녀에게 있기 때문이지만……, 단순히 그녀의 복장 자체에도 심각한 원인이 있었다.

(대체 왜 차이나 드레스를 입은 거지?)

그것은 마사치카만이 아니라, 이 자리에 있는 이들 모두가 공통적으로 하고 있는 생각이리라. 다른 학생이 평범하게 교복을 입은 가운데, 그녀만은 새빨간 차이나 드레스를 입고 있었다. 게다가 옆트임이 어마어마하게 깊었다. 소파 자리에 앉아 있었기에 그게 어마어마하게 눈길을 끌었다. 게다가 그걸 입은 사람이 청초한 느낌의 미소녀라는 갭이 더해지면서, 일부 남자애는 그 옆트임 사이로 보이는 그녀의 허벅지를 힐끔거리고 있었다.

(일부러 다리까지 꼬다니…… 차이니즈 마피아의 여두목이냐. 뒤편에 험상궂게 생긴 보디가드를 세우면 완벽하겠는걸.)

마사치카가 그런 생각을 하며 이야기를 마치자, 경음악부의 부장이 그 여학생을 향해 입을 열었다.

"으음, 수예부는 매년 무대 기획을 짜지 않았던 것으로 알고 있는데…… 이번에는 어쩐 일이죠?"

상급생으로부터 질문이란 형태의 비난을 받자, 수예부 부장인 그 여학생은 미소를 지으며 대답했다.

"아, 해보고 싶다는 이야기는 예전부터 수예부 안에서 나왔어요. 하지만 무대 기획이 통과될 리 없다고 다들 여겼거든요……. 그래도 이번에는 밑져야 본전 삼아 신청해보기로 한 거예요."

여학생이 환하게 웃으며 대답하자, 경음악부 부장은 약간 겸연쩍은 표정을 지었다.

실제로 최근 수년 동안, 중등부 문화제의 체육관 무대 기획은 매년 정해진 단체가 정해진 시간을 확보한다는 암묵적인 룰이 존재했다. 그 안에서도 연극부와 경음악부는 「매년 그렇게 해왔으니까」라는 대의명분을 내걸며 매년 한 자리씩 차지해왔다. 객관적으로 보자면, 원래 누구라도 참가할 수 있는 무대 기획을 일부 단체가 관행을 방패 삼아 사실상 독점하고 있는 실태였다.

그래도 이제까지는 딱히 그 점에 대해 불만을 드러내는 이가 없었지만…… 이번에는 수예부가 당당히 기획을 신청했다. 게다가 한 시간이나 되는 분량의 기획을 말이다.

"하지만, 이 SEIREI 컬렉션이란 것은……."

기획서의 복사본을 보며 기획 내용을 확인한 경음악부 부장이 인상을 찡그렸다. 그러자 수예부 부장은 미소를 머금으며 자리에서 일어났다.

"꽤 괜찮지 않나요? 저희 부에서 만든 의상을 입은 모델들이, 런웨이를 걸을 거예요!"

연극배우처럼 과장스레 두 손을 펼친 수예부 부장이 즐거운 듯한 목소리로 말했다. 그러자, 그녀의 몸을 감싼 차이나 드레스가 자연스럽게 과시됐다. 옆트임도 같이 말이다.

(아하, 이걸 위해서구나.)

이 복장은 기획을 상상할 수 있게 돕는 본보기다. 그녀의 모습을 보고 이 자리에 있는 남자들은 상상할 것이다. 남자의 페티시즘을 자극하는 아슬아슬한 의상을 입은 아리따운 여학생들이 당당히 런웨이를 걷는 모습을 말이다. 경음악부 부장도 예외는 아닌 건지, 거북한 표정으로 헛기침을 하면서 냉정히 지적했다.

"아니, 런웨이를 준비할 수 있을 리가 없잖아요. 설치와 철거에 시간이 얼마나 걸리는지 알긴 해요? 조립식 무대는 있지만, 그건 시간을 들여 높이를 조절하지 않으면 위험하다고요."

경음악부 부장은 경험에 기반해 지당한 의견을 내놨다. 하지만, 수예부 부장은 물러나지 않았다.

"그럼 문화제 전날에 런웨이를 설치한 후, 종료하고 나서 철거하면 되지 않을까요?"

"네? 아, 아니, 무슨 소리를 하는 건지 알고 있는 거예요? 다른 기획에 방해가 될 거라고요! 게다가 객석 공간도 좁아질 테고요! 안 그래요?"

그렇게 말한 경음악부 부장은 다른 부의 멤버들에게 시선을 보냈다. 그러자, 이 자리에서 경음악부와 마찬가지로 막강한 발언력을 지닌 연극부 부장이 입을 열었다.

"나는 괜찮다고 생각해."

"네……?"

배신을 당할 거라고는 꿈에도 생각 못 한 건지, 경음악부 부장은 얼이 나가고 말았다. 하지만, 마사치카는 납득했다.

(하긴, 연극부는 의상 관련으로 평소부터 수예부에게 신세를 지고 있잖아…….)

아마, 미리 물밑 공작을 마쳐둔 것이리라.

(저 차이나 드레스 부장, 생각보다 훨씬 만만찮은걸.)

마사치카가 감탄하며 수예부 부장을 쳐다보자, 경음악부 부장이 혼란스러운 얼굴로 연극부 부장에게 물었다.

"어, 아니, 진심입니까?"

"재미있을 것 같네. 경음악부도 연주에 이용해보지 그래? 프로 뮤지션의 공연에서도 보컬이나 기타가 런웨이를 통해 객석에 들어가기도 하잖아."

"아니, 그렇지만……."

"댄스부와 저글링부도, 런웨이가 있으면 거기에 맞춘 새로운 퍼포먼스가 가능하지 않을까?"

연극부 부장이 그렇게 말하자, 다른 단체도 진지한 표정으로 생각에 잠기기 시작했다. 마사치카가 보기에도 황당무계해 보였던 기획이 어느새 통과되려 하고 있었다. 그 사실에 솔직히 감탄한 마사치카는 저 수예부 부장의 수완에 경의를 표하면서 실행위원으로서 소소하게 엄호 사격을 해줬다.

"참고로 런웨이 말인데, 조립식 무대 일부를 고등부에서 빌리면 실현 자체는 가능합니다."

"고등부에서 빌린다니…… 대체 어떻게 옮길 거죠? 그건 엄청 무겁지 않나요?"

"학교 직원분에게 부탁해서 트럭으로 옮겨달라고 하면 문제없습니다."

"으, 음…… 아니, 애초에 말이죠. 수예부의 기획에 할애할 시간이—."

"연극부에서 20분, 수예부에게 양보하겠어."

"뭐……."

연극부 부장에게 또 배신을 당한 경음악부 부장은 말문이 막히고 말았다. 바로 그때, 수예부 부장이 미소를 지으며 말했다.

"감사해요. 그럼 저도 20분 양보하겠어요. 수예부 기획의 시간은 40분이면 괜찮으니, 남은 20분을 다른 분께서 양보해주셨으면 합니다만……."

이 자리에 있는 이들의 시선이, 가장 긴 시간을 확보한 경음악부의 부장에게 집중됐다. 그리고—.

◇

"이야, 대단해. 정말 끝내주는 교섭술이었어."

회의 종료 후, 마사치카는 런웨이에 관한 구체적인 논의를 위해 남은 수예부 부장에게 진심 어린 찬사를 보냈다. 그도 그럴 것이, 그 후로 학생의회 개최라는 카드를 슬그머니 꺼내 들면서 강경책과 회유책이 교묘하게 섞인 교섭을 선보인 수예부 부장은 결국 40분이라는 시간을 확보한 것이다.

"이야, 부회장이야말로 중간에 엄호해줘서 고마워."

"으음…… 뭐, 별거 아냐. 아무튼 정말 대단한 교섭이었어. 각 부에 메리트를 제시하면서 자기가 가장 큰 메리트를 확보하다니……."

"으음, 그야, 뭐……."

멋쩍은 듯이 볼을 긁적인 수예부 부장은 자리에서 일어나 신발을 벗더니, 소파에 한쪽 발을 얹었다. 그리고 옆트임 사이로 아름다운 다리를 아낌없이 드러내더니, 허리를 손으로 짚으며 말했다.

"옆트임과 메리트는 클수록 좋잖아!"

세간의 진리가 담긴 그 말을 들은 순간, 마사치카는 충격을 받았다. 정신을 차리고 보니 감동에 사로잡혀 눈물을 줄줄 흘렸다. ……는 건 농담이지만, 아무튼 그 정도로 감동했다. 그리고, 감동에 젖은 입술이…… 자연스레, 어떤 경칭을 자아냈다.

"여, 옆트임 선배……!"

■ 작가 후기

안녕하십니까. 거듭된 10페이지 오버의 후기로 뇌가 파괴된 결과, 코믹 단행본도 아닌데 권말에 원작자 SS를 싣는다고 하는 바보짓을 저지른 SUN SUN SUN입니다.

아마…… 아니, 거의 틀림없이, 라이트노벨 사상 첫 시도가 아니려나요. 으음, 이런 말도 안 되는 일을 벌이는 작가는 없을 테죠. 저처럼 페이지 관리도 하지 않으며 글을 다 쓴 후「페이지, 왕창 남아버렸잖아~」하는 무책임한 작가 자체가 흔하지 않을 테니까요. SS를 쓰면서까지 광고를 안 실으려고 하는 광고 절대 용서 못 해 작가도 저뿐일 테고요. 사실 저는 요즘 다른 작가분께「저 자식은 왜 원고 완성한 후에 저렇게 기운이 넘치는 거야……」하고 여겨지고 있지 않을까 하는 생각이 듭니다.

그러니 후기가 본편이라 생각하는 독자 여러분, 죄송합니다! 이번에는 후기가 짧아요! 짧고, 보기도 어려워요! 다음부터는 본편을 먼저 읽으세요! 그래도 후기다운 내용을 담자면, 이번 권에서 마샤와 치사키가 한 가게는 제가 학생 시절에 실제로 했던 겁니다. 미안해, 같은 부 친구들아.

마술의 비밀을 살짝 폭로하기는 했지만, 최대한 자제했으니 용서해줘. NO 기믹 인체 절단 형벌만은! 그것만은, 아, 안 돼—.

어험. 그럼 이만 감사 인사를 올릴까 합니다. 이번에도 제가 마감 기한 직전까지 작업을 한 바람에 여러모로 고생하신 미야카와 편집자님. 항상 감사드립니다. 미야카와 님의 세세한 배려와 적절한 분석에, 매번 신세 지고 있습니다.

그리고 이번에도 멋지고 예술적이며 전혀 에로틱하지 않은 일러스트를 바쁘신 와중에 왕창 그려주신 모모코 선생님. 매번 까다로운 주문을 드려서 죄송합니다. 이번에 그려주신…… 무심코 한숨을 내쉴 만큼 아름다운 일러스트 또한, 이 세상 청소년들의 성적 취향에 막대한 영향을 끼쳤을 겁니다. 저도 아랴의 각선미를 뚫어지게 쳐다보며 감상했습니다. 네, 흑심은 전혀 없었습니다. 진짜로 흑심은 없었습니다만, 아무튼 정말 감사드립니다.

그리고 현재진행형으로 멋진 코미컬라이즈를 연재해서, 러시부끄 팬을 늘려주고 계신 테나마치 사호 선생님. 항상 모든 캐릭터를 매력적으로 그려주셔서 감사합니다. 아랴와 마사치카의 양말 장면에서는, 제 코에서도 무심코 존귀함이 흘러나올 뻔했습니다. 물론 흑심은 전혀 없었습니다만, 정말 감사드립니다.

그리고 본작의 제작에 관여해주신 모든 분과, 이 작품을 읽어주신 독자 여러분에게, 눈동자가 시꺼메질 정도의 감사 인사를 드립니다. 정말 고맙습니다! 7권에서 다시 뵐 수 있기를 진심으로 빌고 있습니다. 그럼 마지막으로…….

권말 SS가 한 편이라고, 누가 말했지?

후기의 후기 SS 백합은 세상을 구한다

"헤이, 아야노! 찌찌 베개!"

"알겠습니다."

"우와아, 폭신폭신~. 보들보들~."

침대 위에 드러누운 아야노 위에 엎드린 유키는 그녀의 가슴에 얼굴을 묻었다. 그대로 주인에게 몸을 맡기고 있던 아야노는 유키가 다소 진정된 타이밍에 말을 건넸다.

"갑자기 왜 이러시는 거죠? 무슨 일 있으십니까?"

오늘은 유키가 스트레스를 받을 만한 일이 딱히 없었다. 그런데도 유키가 힐링을 요구한다는 건, 혹시 자신이 모르는 무슨 일이 있었던 것이 아닐까…… 하고, 아야노는 우려했다. 그런 아야노의 가슴에서 얼굴을 뗀 유키는 몸을 일으키면서 자연스럽게 그녀의 브래지어 후크를 끌렀다. 메이드복 위에서, 단 1초 만에 말이다. 그리고 속옷에서 해방된 아야노의 가슴을 양손으로 주무르면서, 고개를 까딱거렸다.

"아니, 그게…… 요즘 실행위원회 일 때문에 분위기가 계속 침울~했잖아? 그래서 리프레시가 필요해서 말이지…….”

“그러셨습니까.”

“응. 백합은 세상을 구해. 그 어떤 가혹한 전장일지라도, 제아무리 무거운 전개가 이어져도. 미소녀 두 사람이 알콩달콩하면 그 감상은『존귀해』로 귀결되는 법이야!”

“…….”

유키의 이야기는 여전히 아야노에게는 좀 어려웠다. 하지만 유키는 아야노의 반응을 개의치 않으며 당당히 이야기를 이어갔다.

“그리고, 찌찌 또한 세상을 구해! 찌찌가 있으면 다들 기운이 나! 즉! 백합과 찌찌의 합체로, 세계 평화를 실현하겠다는 거야!”

그렇게 단언한 유키는 갑자기 스마트폰을 꺼내서 전화를 걸었다. 그리고 상대방이 전화를 받자마자 고함을 질렀다.

“오빠도 그렇게 생각하지~?!”

『뜬금없이 무슨 소리야.』

“이러쿵저러쿵~ 요러쿵조러쿵~.”

『아하. 참고로 나는 침대 위에서 여자애가 서로의 가슴을 주무르는 것보다, 서로의 머리카락을 빗겨주는 게 더 땡겨.』

“뭐……! 크, 설득력이 엄청나……. 완벽하게 논파 당했네. ……아아. 내가 틀렸어, 브라더. 무조건 뒤섞으면 좋다는 생각 자체가 안이했다고.”

『음. 무리하게 뒤섞을 필요는 없지. 괜히 뒤섞지 않더라도 백합에는 백합의, 가슴에는 가슴의 장점이 있어.』

“제대로 주물러 본 적도 없으면서, 그런 소리 읊지 마.”

『왜 갑자기 내 뒤통수를 치는—.』

유키는 그 말을 끝까지 듣지도 않고 통화를 끊더니, 아야노의 몸 위에서 내려오며 손가락을 튕겼다.

“헤이, 아야노! 음악 틀어! 기품 있고 차분한 분위기의…… 그러면서 음란하지 않을 정도로 요사스러우면서 무드 있는 곡으로 부탁해!”

“알겠습니다.”

유키가 아무렇지 않게 그런 무모한 요구를 하자, 아야노는 그 요구에 부응했다. 실내에 절묘한 선곡의 BGM이 흐르자, 만족한 듯이 고개를 끄덕인 유키는 그대로 아야노의 뒤편으로 이동했다. 그리고 아야노의 복부에 팔을 두르더니, 그녀의 어깨에 턱을 얹으면서, 어른스러운 표정&음성으로 그녀의 귓가에 속삭였다.

“어머, 아야노.”

“유, 유키, 님……?”

“후훗, 무슨 일 있어……? 머리카락이 흐트러졌네.”

아야노의 머리카락이 흐트러진 건 아까 누군가에게 다키마쿠라 취급을 당한 탓이다. 하지만 그 점을 깔끔하게 무시한 유키는 요사한 미소를 머금으며 머리빗을 손에 쥐었다.

"못난 아이라니깐……. 이리 와. 내가 머리를 빗겨줄게."

"아, 아뇨. 그, 그건 너무 황송……."

"괜찮아. 너는 내 귀여운 동생인걸."

"아……."

쓸데없이 차분하고 단아한 언니 모드가 된 유키는 아야노의 머리카락을 빗겨줬다. 침대 위에 앉아 있는 상태에서도 유키 쪽이 훨씬 작아 보인 탓에, 제삼자가 보기에는 전혀 언니 같아 보이지 않지만 말이다.

"아야노는 머리카락이 참 곱네……. 공주님 같아."

"가, 감사합니다……. 양이 많아서 손질이 힘들긴 합니다만……."

"그렇구나. 이 아름다운 머리카락은 아야노의 노력이 맺은 결실인 거네."

여유 넘치는 미소를 머금은 유키가 아야노의 머리카락을 쓸어올리더니…… 그녀의 목덜미에 살며시 키스했다.

"꺄앗, 유키, 님……?!"

"후훗. 아야노는 참 귀여워."

유키가 눈앞에서 고혹적인 미소를 짓자, 그 모습을 본 아야노는 눈을 치켜뜨더니…… 머뭇머뭇, 입을 열었다.

"저, 저기……."

"응?"

"샤워하고 와도, 될까요?"

"아니, 진심이 되면 어떻게 해."

정색하며 날린 꿀밤을 맞은 아야노가 「아얏」 하고 작게 비명을 지르자, 그녀에게서 떨어진 유키는 BGM을 껐다. 방에 정적이 돌아오자, 유키는 한숨을 내쉬었다.

"위험했어……. 하마터면 서비스 신을 넘어서, 섹시 신이 될 뻔했네."

"서비스 신, 입니까?"

"응, 서비스 신. 줄여서 SS."

그렇게 말한 유키는 어딘가를 향해 고개를 돌리며 훗, 하고 웃었다. 아야노는 그 시선을 쫓았지만…… 그 방향에서 아무것도 발견하지 못하자, 고개를 갸웃거렸다.

"저기, 유키 님. 무엇을 쳐다보고 계신 겁니까?"

"응? 바보한테는 안 보이는 카메라야."

"아! 역시, 유키 님은…… 저 같은 범골에게는 보이지 않는 세상에서 살고 계신 거군요……!"

"저기, 진담으로 받아들이지 말아줄래?"

유키가 도끼눈으로 쳐다보며 태클을 날린 순간, 그녀의 스마트폰이 진동했다. 그 화면에는 『참고로, 작위적으로 보여주는 백합은 그다지 맛깔나지 않다고』라는 메시지가 표시되어 있었다.

#러시부끄
잘 부탁드립니다
momo

■ 역자 후기

안녕하십니까. 근로청년 번역가 이승원입니다.

이번에 『가끔씩 툭하고 러시아어로 부끄러워하는 옆자리의 아랴 양』 6권을 구매해주셔서 진심으로 감사드립니다.

2024년의 1월도 벌써 마지막 날입니다.

1월 1일부터 응급실 구경을 하더니, 한파주의보 내린 날에 보일러가 터져서 실내 온도 마이너스를 봤고, 오래간만에 일본 출장 통역 의뢰가 들어와서 오오! 오래간만에 바다 건너 간다~! 했는데, 의뢰를 준 회사가 사흘 뒤에 공중분해되기까지…….

……이번 달은 정말 어메이징하기 그지없었습니다, AHAHA.

올해 악재는 1월에 집중되었을 테니, 2월부터는 행복한 나날이 펼쳐질 거라는 자기 암시(^^;;;)를 걸며 이 후기를 쓰고 있습니다.

독자 여러분께서는 행복한 하루하루를 보내고 계시길 진심으로 빕니다!

그럼 『가끔씩 툭하고 러시아어로 부끄러워하는 옆자리의 아랴 양』 6권에 관해 이야기를 좀 해볼까 합니다.

스포일러가 포함되어 있을 수도 있으니 본편을 안 읽으신 분은 유의해주시길!

『가끔씩 툭하고 러시아어로 부끄러워하는 옆자리의 아랴 양』 6권은 5권에서 이어지는 문화제 파트 2!

5권에 이어 문화제 이야기가 펼쳐지는 이번 6권은 전반부와 후반부의 분위기가 확 달라집니다.

전반부는 주요 인물들의 문화제 활약상을 다루면서, 고등학생 소년 소녀들의 밝고 즐거운 축제를 그려내고 있습니다. 특히 미소녀들이 평소와 다른 일면을 보여주는데, 컬러 일러스트와 흑백 삽화까지 더해지면서 그 매력이 폭발하죠. 개인적으로 엘프 아랴는 정말 우오오~! 였습니다.^^

하지만 후반부에 들어가면서 분위기가 확 달라집니다. 자신의 목적을 위해 문화제를 망치려 하는 자의 음모, 그리고 그 음모에 호의적인 어른들. 그들에 의해 문화제는 엉망이 될 위기에 처하고, 마사치카와 가까운 이들까지 육체적 혹은 정신적으로 피해를 입게 됩니다.

그리고, 그런 위기를 폭력(−_−;;;)으로 해결하는 학생들의 모습에서 묘한 카타르시스를 자아냅니다. 역시 불합

리한 폭력에는 그 이상의 폭력으로 맞서야 하는 법이죠.(어이)

그리고 문제의 해결과 함께, 마사치카의 마음속에 응어리로 남아 있던 어릴 적의 연심에도 마침표가 찍혔습니다. 홀가분해진 그는 이제 아리사의 연심과 마주할 수 있겠……죠? 개인적으로는 독점욕이 폭발한 아리사의 귀여운 폭주(?)를 또 보고 싶습니다, AHAHA.

독자 여러분께서도, 다양한 캐릭터의 기상천외한(^^) 매력을 꼭 즐겨주시길!

그럼 이만 줄이겠습니다.

L노벨 편집부 여러분, 언제나 재미있는 작품을 맡겨주셔서 감사합니다. 올해도 잘 부탁드립니다!

근처에 출장 온 김에 들른 악우여. 온다는 연락받고 봉지 라면 사다 달라고 해서 미안했다. 집에 라면이 떨어졌거든.^^ 그런데 다섯 개 사와서 세 개를 네가 다 먹고 간 건 너무하잖아. 나도 좀 먹자…….ㅠㅜ

마지막으로 언제나 제게 버팀목이 되어주시는 어머니와 『가끔씩 툭하고 러시아어로 부끄러워하는 옆자리의 아랴 양』을 읽어주신 모든 분께 진심으로 감사드립니다.

언니에게 또 표지와 히로인 자리를 빼앗길 위기에 처한 아랴 양을 볼 수 있는(^^) 『가끔씩 툭하고 러시아어로 부끄러워하는 옆자리의 아랴 양』 7권 역자 후기 코너에서 다시 뵙겠습니다!

2024년 1월 말

역자 이승원 올림

가끔씩 툭하고 러시아어로 부끄러워하는 옆자리의 아랴 양 6

1판 1쇄 발행 2024년 4월 10일
1판 2쇄 발행 2024년 8월 26일

지은이_ Sunsunsun
일러스트_ Momoco
옮긴이_ 이승원

발행인_ 최원영
본부장_ 장혜경
편집장_ 김승신
편집진행_ 권세라 · 최혁수 · 김경민 · 최정민
커버디자인_ 양우연
국제업무_ 박진해 · 조은지 · 남궁명일
관리 · 영업_ 김민원 · 조은걸

펴낸곳_ (주)디앤씨미디어
등록_ 2002년 4월 25일 제20-260호
주소_ 서울시 구로구 디지털로 32길 30, 코오롱디지털타워빌란트 1301-1308호
전화_ 02-333-2513(대표)
팩시밀리_ 02-333-2514
이메일_ lnovellove@naver.com
L노벨 공식 카페_ http://cafe.naver.com/lnovel11

TOKIDOKI BOSOTTO ROSHIAGO DE DERERU TONARI NO ARYA SAN Vol.6
©Sunsunsun, Momoco 2023
First published in Japan in 2023 by KADOKAWA CORPORATION, Tokyo.
Korean translation rights arranged with KADOKAWA CORPORATION, Tokyo.

ISBN 979-11-278-7517-6 04830
ISBN 979-11-278-6439-2 (세트)

값 8,500원

*이 책의 한국어판 저작권은 KADOKAWA CORPORATION과의 독점 계약으로
(주)디앤씨미디어에 있습니다.
저작권법에 의해 한국 내에서 보호를 받는 저작물이므로 무단전재와 복제를 금합니다.

*잘못된 책은 구매처에 문의하십시오.

©Kei Sazane 2023
Illustration : Toiro Tomose
KADOKAWA CORPORATION

신은 유희에 굶주려있다. 1~6권

사자네 케이 지음 | 토모세 토이로 일러스트 | 김덕진 옮김

한가한 지고의 신들이 만든 궁극의 두뇌 게임「신들의 놀이」.
오랜 잠에서 깨어난 신이었던 소녀 레셰는 눈을 뜨자마자 이렇게 선언했다.
"이 시대에서 게임을 제일 잘하는 인간을 데려와!"
지명된 사람은「이 시대 최고의 루키」로 주목받는 소년 페이.
두 사람이 도전하는「신들의 놀이」는 난이도가 너무 높아 완전 공략한 사람은 제로.
그 이유는, 신들은 변덕쟁이에 불합리하고, 가끔은 이해할 수 없으니까.
그러나 그런 게임이기에 진심으로 즐기지 않으면 아깝다!
여기에 천재 소년과 신이었던 소녀, 그리고 동료들이 펼치는
지고한 신들과의 궁극 두뇌전이 펼쳐진다!

신과 인류의 두뇌전, 드디어 개막!

라이트노벨의 새로운 빛! L노벨의 신간은 매월 10일에 발매됩니다. http://cafe.naver.com/lnovel11

NOVEL

©Miku 2020/Futabasha Publishers Ltd.
Illustration U35

진화의 열매 1~11권

미쿠 지음 | U35(우미코) 일러스트 | 송재희 옮김

어느 날, 히이라기 세이이치가 다니는 고등학교가 학교째 이세계로 이동했다.
돼지&못난이인 세이이치는 반에서 따돌림을 받아 혼자 숲을 헤맨다.
클레버 몽키가 가지고 있던『진화의 열매』를 먹어 허기를 달래지만
스테이터스 중《운》이 제로인 세이이치는 카이저콩 사리아의 습격을 받는다.
그러나…….
"나, 처음. 그러니, 부드럽게 부탁해?"
어째선지 사리아에게 구혼 받았다아아?!

『소설가가 되자』 연재작, 대인기 애니멀 판타지!

NOVEL

라이트노벨의 새로운 빛! L노벨의 신간은 매월 10일에 발매됩니다. http://cafe.naver.com/lnovel11

©Nana Nanato, Siokazunoko 2022
KADOKAWA CORPORATION

VTuber인데 방송 끄는 걸 깜빡했더니 전설이 되어있었다 1~5권

나나토 나나 지음 | 시오 카즈노코 일러스트 | 박경용 옮김

화려한 VTuber가 다수 소속된 대형 운영회사 라이브온.
그곳의 3기생이며『청초』VTuber인 코코로네 아와유키.
"역시 롱캔 따는 소리는 최고야!"
"응? 완전 꼴리거든?"
"내가 마마가 될 거야!"
하지만 그녀의 부주의로 방송을 제대로 안 끈 결과,
본래 성격(주정뱅이, 호색, 청초(VTuber))을 드러내고 마는데?!
"클립 엄청 따갔어?! 트렌드 세계1위?! 동시 시청자 수 실화냐고!!!"
이게 웬일, 갭이 호평을 받으며 인기 대폭발!
그 결과…… "으랏차—! 방송 시작한드아!"

모든 걸 내려놓은 그녀는, 대인기 VTuber의 길을 달려간다!!

NOVEL

라이트노벨의 새로운 빛! L노벨의 신간은 매월 10일에 발매됩니다. http://cafe.naver.com/lnovel11

©Kyosuke Kamishiro, TakayaKi 2022
KADOKAWA CORPORATION

새 엄마가 데려온 딸이 전 여친이었다 1~9권

카미시로 쿄스케 지음 | 타카야Ki 일러스트 | 이승원 옮김

어느 중학교에서 어느 남녀가 연인 사이가 되고,
꽁냥꽁냥거리다, 사소한 일로 엇갈리더니,
두근거림보다 짜증을 느낄 때가 더 많아진 끝에…… 졸업을 계기로 헤어졌다.
그리고 고등학교 입학을 코앞에 둔 두 사람은—
이리도 미즈토와 아야이 유메는, 뜻밖의 형태로 재회한다.
"당연히 내가 오빠지.", "당연히 내가 누나 아냐?"
부모 재혼 상대의 딸이, 얼마 전에 헤어진 전 연인이었다?!
부모님을 배려한 두 사람은『이성으로 여기며 의식하면 패배』라는
「남매 룰」을 만들지만—
목욕 직후의 대면에, 둘만의 등하교……
그 시절의 추억과 한 지붕 아래에 산다는 상황 속에서,
서로를 의식하고 마는데?!

NOVEL

라이트노벨의 새로운 빛! L노벨의 신간은 매월 10일에 발매됩니다. http://cafe.naver.com/lnovel11